Es ist der Klassiker und trotzdem ein Schock: Ihr Mann betrügt sie mit einer jungen Kollegin! Und Anna Michaelis geht. Sie packt etwas Wäsche zusammen und nimmt den erstbesten Flug, nach Edinburgh. Ihr Weg führt sie in die Nationalgalerie. Auf einem Gemälde von Gauguin beginnt eine Frau, als Rückenansicht dargestellt, plötzlich zu sprechen. Es ist der Anfang eines Spiels. Anna reist weiter. Sie steht vor Bildern in aller Welt und entdeckt Komplizinnen, die von Sehnsucht, Ehealltag, Liebe erzählen. In der Beschäftigung mit den Kunstwerken sieht Anna auf ihre eigene Ehe zurück und findet den Mut zu einem neuen Selbstbild.

Angelika Overath wurde 1957 in Karlsruhe geboren. Sie arbeitet als Reporterin, Literaturkritikerin und Dozentin und hat die Romane »Nahe Tage« und »Flughafenfische« geschrieben. »Flughafenfische« wurde u.a. für den Deutschen und Schweizer Buchpreis nominiert. Für ihre literarischen Reportagen wurde sie mit dem Egon-Erwin-Kisch-Preis ausgezeichnet. Sie lebt in Sent, Graubünden.

Angelika Overath bei btb
Alle Farben des Schnees 74418
Die Geheimnisse der genialen Leute 74551
Flughafenfische 74245

Angelika Overath

Sie dreht sich um

Roman

btb

Die Originalausgabe erschien 2014
im Luchterhand Literaturverlag, München.

Die Autorin dankt der Kulturförderung des Kantons Graubünden
und der Schweizer Kulturstiftung Pro Helvetia für die
Unterstützung ihrer Arbeit.

FSC
www.fsc.org
MIX
Papier aus verantwortungsvollen Quellen
FSC® C014496

Verlagsgruppe Random House FSC® N001967

1. Auflage
Genehmigte Taschenbuchausgabe September 2016
btb Verlag in der Verlagsgruppe Random House GmbH,
Neumarkter Str. 28, 81673 München

Umschlaggestaltung: semper smile, München
nach einem Umschlagentwurf von buxdesign, München unter
Verwendung einer Fotografie von Angelika Overath
Druck und Einband: GGP Media GmbH, Pößneck
Klü · Herstellung: sc
Printed in Germany
ISBN 978-3-442-71407-0

www.btb-verlag.de
www.facebook.com/btbverlag
Besuchen Sie auch unseren LiteraturBlog www.transatlantik.de

Für Henrike Lähnemann

Something produces intensity, a holy feeling, as oranges produce orange, as grass green, as birds heat. Some hearts put out more love and some less of it, presumably. Does it signify anything? There are those who say this product of hearts is knowledge.

Saul Bellow, Herzog

Aber es gab Augenblicke, in denen es ihm vorkam, daß die Welt weniger eine moralische denn eine mystische Angelegenheit sei.

Tania Blixen, Babettes Fest

ERSTES BILD, ERSTER TAG

I

Bist du da?

Sie saß auf einem ovalen, rückenlosen Plüschmöbel. Es roch nach Staub wie nach altem Puder. An den Türen standen Aufseher in dunkler Uniform.

Anna Michaelis sah zu der Wand mit den Bildern, auf die gedehnten Choreographien von Körpern, die sich an ihnen vorbeibewegten. Vom Hotel aus war sie gleich hierher gekommen. Die National Gallery lag unterhalb der Altstadt, nur wenige Schritte über unregelmäßiges Kopfsteinpflaster, dann eine Treppe hinunter durch einen Park. Museen waren sichere Orte. Tarnkappen. In ihren Räumen mußte man sich nicht verhalten. Im Grunde war man gar nicht da. Die Bilder waren da, und man selbst konnte untergehen in ihrem Muster oder sich wegschauen in das Leben anderer. Ein lichtflimmernder Salon, eine Frühstücksgesellschaft im Grünen. Eine hohe Dame in blauem Brokat mit Hündchen. Ein Klatschmohnfeld, eine Meerlandschaft. Anna war unsichtbar, aber nicht allein.

Sie streifte ihre Slipper von den Füßen, bewegte die nackten Zehen und sah ihnen zu. Wissen Zehen, wo sie sind? Zehen machten alles richtig. Beim Aufsetzen, beim Abrollen, Druck ausgleichen. Anna streckte ihren Rücken durch.

Stellte die Füße vorsichtig auf das weiche, vom Laufen noch warme Leder. Seit frühmorgens war sie unterwegs. Es mußte jetzt später Nachmittag sein. Eine Stunde Zeitverschiebung. Das Museum würde bald schließen. Sie sah den Besuchern nach. Einige von ihnen waren zu zweit; ab und an sprachen sie leise miteinander. Wiesen sich, gegenseitig Zustimmung voraussetzend oder zumindest ein Interesse erwartend, auf etwas hin. Waren sie einzelne, bewegten sie sich stumm von Bild zu Bild. Manche notierten etwas in ein dünnes Büchlein, auf einen Block.

Edinburgh, Schottische Nationalgalerie, Saal der Impressionisten. Fraglos saß sie da. Aber was tat sie hier, Anna Michaelis, an einem regnerischen Tag am Ende der Woche? Wenn das Museum schloß, würde sie wieder ins Hotel gehen. Und dann?

Am Morgen hatte sie noch einmal in seine Augen gesehen. Es waren alte Augen, älter als er, Augen von dieser samtenen Schärfe, als habe er eine hyperrealistische Aufmerksamkeit im Blick. Ein verdienter Oberstudienrat, immer schon einen pädagogischen Schritt weiter als seine begabten Schüler. Doch sie war ruhig aufgestanden und hatte wie in Zeitlupe (ja, sie hatte sich regelrecht dabei zugesehen!) ihr Handgepäck zusammengesucht. Sie konnte blind packen, ohne viel nachzudenken. Einen warmen Pullover, Strickjacke, T-Shirts, einen Rock, eine Jeans, etwas Unterwäsche; Reisen gehörte zu ihrem Beruf. Dann verließ sie das alte Münchner Reihenhaus, zwanziger Jahre, privilegierte Lage, mit dem maßvoll verwilderten Obstgarten und der kleinen, im Sommer rosenumrankten Dachterrasse. Kaum hörbar zog sie die

Haustüre zu, wissend, daß er dieses sanfte Geräusch empfinden würde wie eine Detonation. (Gefolgt vom leiser werdenden Knirschen der nassen Kiesel, dem kurzen Quietschlaut der niedrigen Vorgartentür mit dem Löwenknauf.) Das Taxi wartete schon.

Sie hatte den nächstmöglichen Flug genommen. München–Edinburgh! Sie kannte diese Stadt nicht.

Eine Menschengruppe gab im Weitergehen ein Gemälde frei. Sie hatte es beim Betreten des Raums flüchtig gesehen, aber kaum wahrgenommen. Es war ein Gauguin, das Bild mit den Bretoninnen, die sich um einen roten Platz versammelten. Anna kannte das Bild von verschiedenen Reproduktionen, »Jakobs Kampf mit dem Engel«. Bei einer Studienfreundin hing es einmal über dem Schreibtisch. Hier also war das Original. Sie hatte nicht erwartet, in der fremden Stadt gleich ein vertrautes Bild zu sehen. Sie schlug die Beine übereinander, stützte die Ellenbogen auf ihren Oberschenkel und legte das Gesicht in die Hände. Die Augen geschlossen. Die Berührung der Finger auf den Augäpfeln erzeugte ein buntes Blitzen. Das Sehorgan reagiert bei Druck mit Sichtbarem. Mit was reagiert die Seele?

Am Abend waren sie noch in einem Konzert gewesen. Eine Geigerin mit blonder Kurzhaarfrisur spielte die Solosonaten von Bach. Sie spielte ohne Vibrato und so ruhig und zugleich virtuos, als sehe sie mit Erstaunen ihrem Bogen zu. Es war etwas Keusches in diesem Spielen. Als sei sie einzig ein Medium für die Bachsche Musik. Und als müsse sie sich nur hingeben und schon entstünde unter ihrem Atmen zwischen Schulterkugeln und Handgelenken dieser Klang wie von selbst.

Da es stark regnete, waren sie mit dem Taxi nach Hause gefahren.

Sie hatte noch etwas trinken wollen und in der Küche ihrem Mann vom Kühlschrank aus zugerufen, ob er auch etwas möchte. Da hatte er, er stand mittlerweile in der Tür wie in einem Rahmen, mit der sicheren Stimme des Oberstudienrats gesagt: Ich war nicht allein in Triest.

Noch in der Hocke vor dem summenden Kühlschrank, war ihr der Altphilologenkongreß an Ostern eingefallen. Und sie hatte gleich gewußt, mit wem er in Triest nicht allein gewesen war.

Weißwein? hatte sie nach drei Sekunden Ewigkeit gefragt. Er hatte nicht geantwortet. Sie hatte, immer noch in der Hocke vor dem offenen Kühlschrank, auf das angeschnittene Stück Mozzarella gesehen das sie, in seinem Rest Plastikhaut in ein weißes Porzellanschälchen gelegt hatte, damit es nicht austrocknete. Und auf einmal hatte dieses Stück Käse sie gerührt, wie es so dalag in einer kleinen milchigen Pfütze. Und ihr ganzer Restalltag hatte sie gerührt, wie sie ihn bewahren wollten, immer wieder, in all den kleinen und größeren Gefährdungen einer langen Ehe.

Da hatte er gesagt: Sie wünscht sich ein Kind von mir.

Schockfrosten. Gefrierschockverfahren dienten der sensiblen Haltbarmachung von Lebensmitteln. Manchmal fielen Anna in schwierigen Situationen seltsame Wörter ein, die sie ablenkten und damit schützten. Sie glaubte dann mehr an die Wörter als an den Moment. Und dann war der Moment in seiner schlimmen Heftigkeit meist schon ein wenig vorbei. Bei mindestens minus achtzehn Grad, aber nur kurz, vielleicht zwei Minuten.

Sie hatte den Kühlschrank geschlossen. Sie war aufgestanden und sah zu ihm hin, ein Scherenschnitt in der offenen Tür.

Dann mußt du dich entscheiden, hatte sie gesagt. Er aber hatte sich umgedreht und war über den Gang in seiner Bibliothek verschwunden.

Nullpunkt, dachte Anna und öffnete die Augen. Wie oft hatte sie diese Szene rekapituliert in den letzten Stunden. Sie richtete sich wieder auf. Vor ihr lagen die weißen, die übergroßen und flächigen Hauben der bretonischen Mädchen. Sie sah nach ihren Schuhen, schlüpfte mit den Füßen hinein. Ihre Finger halfen den Fersen nach. Und als sie jetzt aufstand, um zu gehen, da hörte sie es.

2

So war es aber nicht.

Wir sind nicht dagestanden und haben fromm und ergriffen hingeschaut. Warum auch! Es gab nichts zu sehen. Ich meine, für uns. Und was hätten wir zu tun gehabt bei diesem Apfelbaum auf rotem Sand! Das war seine Idee.

Ganz langsam, dachte Anna und setzte sich wieder.

Und dann malte er uns, wie er uns brauchte: ergriffen von einer Vision. Seiner Vision. Aber wir haben das nie gesehen. Wir nicht. Und der Pfarrer auch nicht. Gut, in der Kirche hat Monsieur le Curé von einem Kampf mit dem Engel erzählt. Nein, erzählt nicht gerade. Er hat aus der Bibel gelesen, heiliges Wort für heiliges Wort, und dann hat er etwas gepredigt. »Furt« weiß ich noch. Und »Mann«. Und »Ringen«. Und »Hüfte«. Und »Mensch und Gott«, und: »Ich lasse dich nicht, du segnest mich denn«. Aber wer sagt, daß uns das interessiert hätte? Er.

Anna sah auf die Leinwand vor sich. Und sei es, daß sie zu müde war, um zu staunen, sei es, daß ihr das fremde Sprechen gar nicht so fremd schien, jedenfalls ließ sie sich unwillkürlich von der Stimme weiter mitnehmen.

Wir haben ihm gepaßt für sein Bild. Von uns. Vor allem farblich. Ein frischgestärkter Bogen aus weißen Hauben um dieses glühende Rot herum. Aber so rot war der Sandplatz vor der Kirche dann doch nicht. Auch wenn er glühte. Und er meinte wohl diesen Sand. Und als Glutkern in das Rot hinein – das wir rahmten – setzte er die zwei Männer. Jakob und den Engel. Oder wer diese winzigen, durchtrainierten Kerle auch gewesen sein mögen. In Blau und in Grün.

Und der eine hatte gelbe Flügel.

Nicht genau auszumachen, was die beiden taten. Kampf, Tanz? Ein Sich-Messen jedenfalls. Ums Leben? Um Mut, Anmut. Schwer zu sagen, was schwer war. Für uns war etwas anderes schwer als für ihn. Aber das fiel ihm nicht ein. Und dann hat er noch dieses Tier dazugemalt. Wie eine junge Kuh oder wie ein kleiner Stier, auf der anderen Seite des Apfelbaums, der mit seinen bunten Blättern in den Himmel stieg. Die Beine des Tieres waren komisch, staksig, ein wenig verdreht, genau wie die Beine der Kämpfenden.

Anna sah auf die Kämpfenden und auf das Tier. Sie sah von den Beinen des Tiers zurück auf die Beine der Kämpfenden.

Denn auch sie, diese seltsamen Kerle – und der eine geflügelt! – waren ein einziger Körper, eine einzige Gestalt. Ich sah das gleich. Sie waren nicht zwei. (Und ich wußte auch warum.) Und selbst der Pfarrer, der nichts wußte und nichts sah, muß es geahnt haben.

Von Pont-Aven haben sie ihm das Bild hinaufgeschleppt, durch Buchweizenfelder, Kastanienwälder. Eine seltsame Prozession, heidnisch: Er, der ernste Maler, und seine zwei jungen Freunde; sie trugen das Bild bis in die Kirche von Nizon. Dort haben sie es aufgestellt in das stickige, fromme Dunkel mit den hölzernen Heiligen und den geschnitzten Gesichtern, die von den Dachbalken herunter grimassierten. Dieser alte Gegenzauber gefiel ihnen! Das Gemälde würde es mit ihm aufnehmen und mit dem christlichen Glauben dazu. Jakobs Kampf mit dem Engel sollte sich in der Kirche beweisen. Das Bild erzählte von einer anderen Religion.

Auf einmal schien es Anna, als ginge eine ganz leichte Bewegung durch die Blätter des Apfelbaums. Sie wischte sich über die Augen. Sie hatte kaum geschlafen.

Als der Pfarrer, das Brevier in der Hand, endlich aus seinem Garten auftauchte, genügte ihm ein Blick. Er versuchte, höflich zu bleiben. Doch er schüttelte nur den Kopf. Nicht für geschenkt wollte er das haben, nicht in seiner Kirche! Das war kein frommes Bild. Das wenigstens war ihm klar.

Warum ich das weiß? Weil ich dabei war, weil ich ihnen nachgeschlichen bin. Jemand wie ich fällt nicht auf. Ein Dorfkind, das man zu Besorgungen schickt. Aber mir fiel auf, daß dieses Bild eine andere Geschichte erzählt.

Welches Dorfkind? Welche Geschichte? Selbstvergessen zog Anna die nackten Füße auf das Sofa, schlang die Arme um die Beine und hörte zu.

Jedenfalls brauchte er unsere Köpfe für seine Erleuchtung. Ausgerechnet als Rahmen. Als anmutigen Bilderrahmen im Bild. Haube an Haube an Haube. Gestärktes, kühles Weiß, heiß gebügelt von uns, von unseren Müttern mit Bügeleisen, die glühende Kohlen im Bauch hatten. Mit uns konnte er das machen. Wer waren wir denn für ihn und seinesgleichen? Bauernmädchen aus der Bretagne. Reine Motive. Auf der Leinwand jedenfalls.

Oft genug gezeichnet. Geduldig. Alle diese Maler, die kamen, haben uns gezeichnet. Wir waren ein einfaches Sujet. Immer wieder. Sie fanden unsere Hauben pittoresk. Sie fanden uns pittoresk. Frisch, die Wangen gerötet vom Wind. Pont-Aven war pittoresk. Ein exotisches Nest jedenfalls, wenn man aus Paris kam, aus Brüssel, Kopenhagen, New York. Und ein Maler war. Und wir, wir waren neugierig. Freilich. Geschmeichelt von diesen jungen Herren. Und nervös. Und hingerissen. Und standen im salzigen Wind.

Jetzt, auf dem Bild, ist alles einfach. Hinterher kann einem nichts mehr geschehen.

Aber damals –

3

Eine Aufsicht in nachtblauer Uniform stand vor ihr. Anna erschrak. Das Museum schließe in wenigen Minuten. Sie stand sofort auf und ging, nun wieder in der Wirklichkeit der Wärter angekommen, einige Schritte weiter.

Sie war durcheinander, es ging ihr nicht gut. Sie wußte nicht, was sie hier machte in diesem Museum auf einer Insel zwischen Nordsee und Nordatlantik und wo sie hin sollte in der schottischen Stadt. Aber verrückt war sie nicht.

Das Bild hatte gesprochen. Daran gab es keinen Zweifel. Dieses wirkliche Bild, das sie bislang nur kannte von Kalendern, Postkarten, von einem Plakat über dem Schreibtisch einer Freundin, hatte erzählt.

Sie wußte, daß sie jetzt gehen sollte. Und sie ging zu dem Bild zurück. »Jakobs Kampf mit dem Engel oder Vision nach der Predigt«, Pont-Aven 1888, 73 auf 92 Zentimeter. Sie setzte sich wieder (auf das Plüschmöbel, das nach Staub roch wie nach Puder). Ruhig bleiben, dachte sie. Haltung bewahren. Etwas Ungewöhnliches ist geschehen. Und doch war dieser Vorgang auch fast natürlich gewesen. (Also hatte sie nicht aufgeschrien, sondern zugehört.) Ihr Hinschauen war kaum merklich in ein Hinhören übergegangen.

Nun war es wieder still. Aber genau in dieser Stille hallte nach: das Bild sprach.

Sie war jetzt doch aufgeregt. Sie drehte sich nach den letzten Besuchern um. Niemand außer ihr schien etwas gehört zu haben. Dann sah sie noch einmal auf die weißen Hauben, die einen Halbkranz bildeten, den Schwung eines Rahmens um einen Platz. Lackrot. Japanisch. Keine Schatten.

Eine Geschichte aus der Bibel. Was aber sahen die Bretoninnen auf dem Platz? Und was sah sie, Anna, im Museum?

Bilder verändern sich nicht. Bilder sind so da, wie sie gemalt worden sind. Dann werden sie angesehen von vielen Menschen. Sie verstauben. Werden geputzt. Umgehängt. Sie sind begehrt und gehen auf Reisen zu anderen Museen. Wo sie auch sind, wer vor ihnen steht, sie sind dieselben über ein Jahr, ein Jahrhundert, ein Jahrtausend. Gut, sie altern, sie dunkeln nach. Doch ist das, was auf ihnen zu sehen ist, lange auf ihnen zu sehen. Auch Bilder, die eine Geschichte erzählen, sind stumm.

Aber dieses Bild hatte leise und mit einer jungen, festen Stimme gesprochen. Zu ihr, Anna, Journalistin, fünfzig Jahre alt, frischverlassen, sich wie fünf fühlend. Wie fünf, oder fünfzehn. Ein Alter, in dem man gerade schreiben lernt. Oder lieben. Frischverlassen, mit einem flatternden Ich.

Immerhin ein Anfangsgefühl. Null. Es kam also nur darauf an, wie man weiterzählte. Weitererzählte. Anna sah auf die beiden winzigen, muskulösen Männer. Ineinandergreifend, blau und grün und gelb geflügelt.

War es nicht auch als Kind so gewesen, daß Bilder erzählten und einen mitnahmen? In der Kirche die frischen Heiligenbildchen, die man sich an besonderen Feiertagen neben dem Portal von der Bank nehmen durfte und dann vorsichtig in das Gebetbuch legte. Welche lange Kinderzeit war ein lateinisches Hochamt! Bis die schmalen, nach Druckfarbe riechenden Figuren anfingen, sich zu bewegen: Und eine Geschichte in Weihrauch und Myrrhe begann.

Sie sah noch einmal zur Seite. Nein, es hatte tatsächlich niemand außer ihr etwas gehört. Sie sah die Rücken der letzten Museumsbesucher, die in der Flucht der Haupttür weitergingen. Ein Wärter sammelte Audioführer ein.

Vor den Fenstern wurde es langsam dunkel. Eine wattige Helle erfüllte den Raum. Wie ein Unterwasserlicht noch dicht am Meeresspiegel.

Anna fragte sich, warum sie sich nicht mehr wunderte. Aber es ging ja nur ums Aushalten, irgendwie. Bei Geburten etwa produzierte der Körper schmerzstillende Stoffe. Damit die Trennung leichter gelang, betäubte er sich selbst. Vielleicht konnte die Seele das auch.

Anna spürte, wie sie ruhiger wurde. Sie sah noch einmal auf die weißen Hauben. Sie sah, daß es auch Helme waren. Vor allem eine ganz im Vordergrund. Und war diese Helmhaube nicht von einer eigentümlichen Flächigkeit? Anna versuchte, die Helmhaube in ihrer Vorstellung weiter nach oben zu schieben. Fast, dachte sie. Fast wäre diese Haube eine Leinwand für die Szene des Kampfes. Und wie die Flügel der Kämpfenden nach oben zeigten, so wiesen, beinahe spiegelsymmetrisch, die beiden Haubenbänder hinunter.

Das Bild schwieg.

Anna sah noch einmal auf das Schild neben dem Rahmen.

Was war los in Pont-Aven im Sommer 1888?

Es klingelte zum dritten Mal. Die Wächter begannen, die Seitentüren zu schließen. Anna nickte dem Bild zu, als grüße sie es. Dann war sie auf dem Weg ins Hotel.

4

Vieles ist möglich, was man nicht für möglich hält. Anna sah in den Spiegel und zog ein Stück Zahnseide durch die Zähne. Es ist möglich, verlassen zu werden, nach einem halben Leben. Es ist möglich, sehr schnell ein Handgepäck zusammenzusuchen, in ein Taxi zu steigen, in ein Flugzeug. Es ist möglich, in einer fremden Stadt zu landen, in der man noch nie war. Weil es ein Anfang sein soll. Wenigstens ein Anfang. Was bleibt einem am Ende sonst übrig.

Edinburgh also. Sie nahm einen Schluck Mundwasser und bewegte die leicht beißende Flüssigkeit zwischen den Backen. Und dann war es möglich, in eine Gemäldegalerie zu gehen. Wie Tiergärten, wie Kirchen waren Museen zuverlässige Orte. Bilder vor allem schienen ihr eine immer angenehme Gesellschaft zu sein. Sie forderten nichts. (Weniger als die neugierigen Zebras hinter den Stäben; von den Heiligen in den Kirchenräumen ganz zu schweigen.) Bilder hatten eine einladende Überzeugungskraft. Sie waren versöhnlich, gesammelte Zeit. Schon geleistete Erfahrung. Bilder sind immer neu da, Anna spuckte das Mundwasser aus, und doch haben sie zugleich schon alles hinter sich.

Unwillkürlich zog sie mit den Zähnen die Oberlippe ein, dann die Unterlippe. Sie leckte mit der Zungenspitze nach. Daß man auch in der Katastrophe an die Mundhygiene denkt. »Mundhygiene«! Machte nicht gerade das Wort »Hygiene« jedes weitere Wort, dem es sich verband, ein wenig verdächtig? Ohrenhygiene, Nasenhygiene, Vaginalhygiene. Augenhygiene, Herzhygiene. Sie drehte sich um.

Vor ihr lag ein schmales Bett mit abgesteppter altrosa Bettdecke. Am Kopfende des Bettes, da, wo sie die Erhebung eines Kissens ahnte, lag ein Konfekt. Sie begann, sich langsam auszuziehen.

Als sie jung gewesen war, konnte man Monatsfahrkarten kaufen für das europäische Streckennetz der Eisenbahn. So war sie damals durch viele Städte gekommen, mit Schulfreunden im letzten Sommer vor dem Abitur, in den folgenden Jahren mit Studienkollegen, aber auch allein. Und ganz selbstverständlich, ohne sich bewußt zu sein, daß das nicht selbstverständlich war, hatte sie in jeder neuen Stadt sofort nach den Galerien gesucht. Eine Stadt besichtigen hieß für sie, ihre Bilder zu sehen. Eine Stadt versäumt haben war identisch mit dem Versäumen ihrer Gemälde. Es gab also in jeder Stadt eine zweite Stadt der Bilder. Und wenn sie jetzt zurückdachte, dann hatte sie durch die Bilder, die sie jeweils sah, doch einiges verstanden von der fremden Stadt, die sie nur flüchtig besuchte. Und konnte dort auf ihre Weise zu Hause sein.

Anna saß nackt auf der Bettkante. Sie sah hinunter auf ihre Füße. Sie mochte ihre Füße, ihre Zehen erinnerten sie an Gefieder. Flugbereit. Sie drehte sich zur Seite und sah zum Fenster.

Und wenn man kein Ziel hat, dachte sie, muß man sich eines erfinden.

ERSTES BILD, ZWEITER TAG

I

Vor dem Hotel nieselte es. Anna schlug den Kragen ihres Trenchcoats hoch und lief schnell die braunglänzende mittelalterliche Gasse entlang Richtung National Gallery. Erstaunlicherweise hatte sie geschlafen. Traumlos. Zum Frühstück hatte sie ein Glas Orangensaft getrunken und eine Kanne grünen Tee. Essen mochte sie noch nicht.

Vom Rand der Altstadt sah sie hinunter auf das Museum, das in einer großzügigen Parkanlage lag, und sie begann, die lange Flucht von Stufen hinunterzugehen. Auf einer Plattform kam sie an einem Bettler vorbei. Offensichtlich hatte er hier die Nacht verbracht, eingewickelt in eine Decke, unter Plastikfolien. Er mochte so alt sein wie sie oder jünger, auch wenn er älter wirkte. Sein Hals war schmal, seine Backenknochen standen mager hervor. Seine tiefliegenden Augen unter den dunklen Brauen erwiderten ihren Blick nicht.

Eine kleine Drehung, dachte sie. Nur eine ganz kleine Drehung und man könnte Kontakt aufnehmen zu ihm. Der Gedanke erschreckte und beruhigte sie zugleich. Man könnte ihm Geld geben. Ihn zum Frühstück einladen. Und dann? Sie sah, wie er die Decke enger um sich zog. Auf einmal bemerkte sie an der Höhe seines Oberschenkels etwas, das sich bewegte. Sie verzögerte ihren Schritt. Eine schmale

Schnauze schob sich flach über den Boden. Jetzt hob ein zerzauster weiß-grauer Hund seinen Kopf und sah sie mit schwarzen Augen an. Wann war man zuständig? Sie ging jetzt wieder schneller. Berührbar? Wann suchte man die Nähe zu einem ganz Fremden? Und stolperte in eine spontane Brüderlichkeit?

Sie dachte an ihren Mann.

Nach der Geburt ihres ersten Kindes hatte er, auf dem Weg von der Klinik zurück, in der Eisenbahnunterführung einem Bettler, der im feuchten Dunkel saß, einen großen Schein zugesteckt. Sie hatten damals kein Geld gehabt, wirklich nicht, Georg aber hatte, so war es ihm wohl erschienen, sein Glück teilen müssen. Damit er es aushalten konnte. Und sei es nur durch diese vermutlich alberne Geste. Als er ihr am Abend, am Bett in der Klinik, verschämt davon erzählte, hatte sie für eine sichere Sekunde gewußt, daß sie ihn liebte, und lachen müssen, ihr kleines Kind im Arm.

Vor dem Museum stand ein Dudelsackbläser. Seine bloßen Knie sahen rosa und eckig unter einem karierten Faltenrock hervor. Er hatte unter einem Vordach Platz gefunden. Er blies und drückte. Da es regnete, blieb niemand vor ihm stehen, um ihm zuzuhören. Selbst zum Photographieren schien es zu naß. Im Wind erinnerten seine Töne an Katzen. Anna schob ihre Hände tiefer in die Trenchcoattaschen. Er stimmte hier nicht, er zitierte nur seine Existenz. Und dann dachte sie: immerhin.

Das Museum hatte eben erst geöffnet. In den Gängen waren noch Putzfrauen unterwegs. Sie nickte zu den Belehrungen eines Museumswärters in Strickweste, der sie anwies, ihren kleinen Rucksack sorgfältig am Körper zu tragen, damit sie nirgends anstoße. Besser noch, sie würde ihn abgeben. Schnell war sie weitergegangen, den Rucksack wie eine Tasche halb unter die Achsel geklemmt.

Sie nahm die Stufen hinauf, immer zwei der mit rosa Teppichboden überzogenen Stufen auf einmal.

Und gleich stand sie wieder bei den Impressionisten.

Als sie den runden Raum betrat, hörte sie es schon. Das Bild sprach. Hatte es auch in der Nacht gesprochen? Oder hatte es auf sie gewartet? Vorsichtig ging sie näher auf die Hauben, die Helme zu. Sie war allein im Raum, an den beiden Türen standen noch keine Aufseher.

Er kannte mein Gesicht, war das erste, was Anna verstand.

Aber er hat es nicht gemalt.

Anna ging vorsichtig einen Schritt näher.

Er kannte mein Gesicht. Und er malte es nicht. Aber so, wie er mich gemalt hat, steht er direkt hinter mir. Wir beide sehen dasselbe, das wir nicht sehen. Vision nach der Predigt! Seine Erfindung. Er steht in meinem Nacken. Ich spüre seinen Atem. Das war keine Erfindung. Auf keinem Bild.

Natürlich, es war nicht das ganze Bild, das sprach. Anna blieb still stehen, als könnte sie das Bild erschrecken. Es war eine der Figuren, eine der bretonischen Frauen. Sie horchte. Sie trat wieder einen Schritt zurück und wartete.

Nur aus meiner Haube, hörte sie nun leise, nur aus meiner Haube hat er Haare herausschauen lassen.

Es mußte das Mädchen vorne sein, das sprach. Das Mädchen mit dem Haubenhelm, unter dem, abgeflacht und weiß wie eine Leinwand, sich einige Locken hervorkringelten.

Niemandem wird das auffallen. Außer mir. Hat er es deswegen gemalt? Hat er es gemalt, damit ich es sehe, damit ich ihn sehe, der mein Haar kannte, dieses so schlecht zu bändigende Haar. Hat er es für mich gemalt? Auch wenn er mir mein Gesicht nicht gegeben hat? Florence schon. Florence bekam ein Gesicht. Züge, die ihr ähnlich sehen. Wie konzentriert sie auf diesen Ringkampf schaut, als könne, als müsse ihr Blick ihn beglaubigen. Den Engel, der Jakob niederdrückt, den Jakob um die Taille faßt, an der Wade hält. Florence war die klügste von uns, die schönste. Wir bewunderten Florence, wir liebten sie.

Anna sah auf die junge Bretonin vorne im Halbprofil.

Wie sie mit Schwung die Wasserkaraffe auf den Tisch setzte, die Weingläser. Wie sie das knusprige Brot schnitt, daß die dünne Kruste absplitterte. Wie sie sich umdrehte in der langen Schürze. Die Hände abstreifte am steifen Stoff. Und er, der sie festhielt am Arm. Florence. Ich habe mich nicht gewundert, als ich sie auf dem Bild sah. Sehend. Als einzige von uns.

Und Monsieur le Curé schlägt die Augen nieder. Vor allem! Glaubte er wirklich, wir hätten ihn nicht erkannt, da am Bildrand. Hier ist nichts fromm, und am wenigstens dieser Pfarrer, der nur darauf zu warten scheint, daß die mit offenem Blick schauende Florence ihn mit ihren schönen Lippen auf die Stirn küßt.

Alle, die dabei waren in diesen Tagen, haben es gesehen: Der Mann unten rechts ist der Maler. Und kein Pfarrer. Es ist der Maler, der sich unter uns geschmuggelt hat. Vor dem Begehren schlägt er die Augen nieder. Nicht vor Gott.

Vor Florence. Und Florence ist Florence. Und er war vernarrt in sie. Mit ihr hatte seine Vision zu tun. Also ein wenig auch mit uns.

Und auch der geflügelte Kampf ist er. Das haben wir begriffen, bevor er uns malte. Mit sich ringt er! Ein Maler muß er werden. Endlich ein richtiger Maler. Und beugt, wie ein Pfarrer, davor sein Haupt. Vor diesem Ringen.

Frau und Kinder hatte er in Paris zurückgelassen. Daß er sie mit uns betrog, hat ihn nicht wirklich irritiert. Aber dieser Engel, dieser Engel, der etwas von ihm wollte. Der schon.

Als ich das Bild sah, wußte ich, er würde gehen. Familienvater, Bankangestellter. Das war vorbei. Und jetzt auch Florence. Als ich das sah, wußte ich, auch Florence war vorbei.

Pont-Aven war vorbei.

Anna sah auf die Haube. Täuschte sie sich oder bewegten sich kaum merklich die breiten Bänder?

Ja, und einmal stand er auch hinter mir. Ich war zu jung, die jüngste und die blödeste. Ich war nicht sicher und schön und erfahren wie Florence, die mit den Malern machte, was sie wollte. Gegen jeden Pinselstrich.

Auf einmal schüttelte das Mädchen den Kopf, eine Locke rutschte ihr tief zwischen die Schulterflügel auf ihr dunkles Kleid.

Ich weiß schon, welche Furt er meinte.

Dagelegen bin ich wie ein Strom. Unterm Apfelbaum.

Anna blieb ganz still. Sie sah das Helmmädchen jetzt im Halbprofil. Sie war jünger, als sie erwartet hatte. Sie hatte ein weiches Kinn. Und eine Sekunde weiter sah Anna, daß ihre Augen braun waren. Anna sah in die Augen des bretonischen Kindes, das durch Anna hindurchsah.

Aber es war ja nicht die Liebe, wie denn auch! Es war nichts, was mit dem Leben zu tun hatte, nur mit der Leinwand. Die Liebe war ihm wie die Farbe. Ein schönes Material, mit dem er etwas machte. Es war –

Kinder stürmten herein, eine Schulklasse. Ihre Lehrerin, das schwarze Haar streng zu einem Pferdeschwanz nach hinten gebunden, ein rotes Moleskine-Notizbuch in der Hand, folgte ihnen. Bei jedem Schritt spannte der enge Rock ihres tintenblauen Deux-Pièces. Sie trug schmale Pumps und anthrazit schimmernde Seidenstrümpfe. Die Schüler hielten Zettel in den Händen, offensichtlich standen darauf Fragen, die sie auszufüllen hatten. Suchend schwärmten sie aus. Sie schienen nicht alle die gleichen Bögen zu haben, denn sie ließen sich vor verschiedenen Bildern nieder. Sie begannen zu diskutieren. Manche schrieben schon oder zeichneten am Boden hockend im Schneidersitz. Die Lehrerin lehnte an der Türöffnung.

Als ihre Blicke sich trafen, sah Anna weg und schnell wieder hin zu den hellen, weißen Hauben über den dunklen Kleidern, vor dem lackroten Platz. Auf einmal roch sie einen Hauch von Sommerluft. Warmen Sand, Heu. Aber das Bild hatte sich wieder geschlossen; das Mädchen stand bewegungslos, eine behelmte, flächige Rückenfigur. Anna schien es, als nähme sie noch ein Zittern der Hauben wahr, eine letzte Bewegung im Blattwerk des Baumes. Dann lag das Bild still unter Glas.

2

Anna war in der Stadt herumgestrichen. Sie wich doppelstöckigen Bussen aus, die unerwartet hielten oder anfuhren. Der Linksverkehr irritierte sie und machte sie leicht schwindelig. An einer Straßenecke entdeckte sie einen alten Pub. Hinter seiner grünen Schwingtür öffnete sich eine Art Speisehalle. Anna rutschte auf einen Barhocker an einem der marmornen, in Messing eingefaßten Tische. Sie bestellte ein Thunfisch-Sandwich, das mit fetten, safrangelben Pommes Frites serviert wurde.

Sie hatte Hunger. Sie begann zu essen. Sie sah in die fülligen Dekolletés sehr junger Frauen, die Bier tranken und nach Make-up rochen. Warum frieren sie nicht? dachte sie. Aber nicht zu frieren schien eine Art Sport der Schönen zu sein. Frieren verbrauche Kalorien, hatte sie einmal in einem Magazin gelesen. Vielleicht ließ sich die Sünde des Nährwerts, die man mit dem Bier beging, so gleich wieder durch Nacktheit abarbeiten. Dann mischten sich Lust und Sühne und Lust.

Vor dem Fenster hatte es zu regnen begonnen. Anna leckte sich die salzigen Fingerspitzen ab und beschloß, ins Hotel zurückzugehen. Es war früher Nachmittag. Sie war jetzt 24 Stunden in der Stadt. Was mache ich hier, dachte sie, als sie wieder in die Schwingtür trat. Aber dann sah sie sich kurz um und durch das bewegte Glas zurück, und für einen Moment fand sie, daß die anderen auch kein größeres Recht darauf hatten, da zu sein.

Der Zimmerservice hatte ihr Bett gemacht. Ihre Zahnbürste steckte soldatisch im Glas, neben der auf den Kopf gestellten Zahnpasta. In der Seifenschale lag das schon einmal aufgeschäumte, nun getrocknete Seifenstück. Es freute sie, daß man die Seife nicht ausgetauscht hatte. Sie hinterließ Spuren.

Anna schlug das Bett auf, rutschte hinein und zog die abgesteppte Tagesdecke mit den rosa Moosrosen über sich. Sie roch Kampfer und Solidität.

Als sie wieder zu sich kam, hörte sie Stimmen vor dem Fenster. Es klang nach der Betriebsamkeit eines Feierabends. Jemand grölte. Es gab Gelächter und Lärm von Motoren. Alles könnte normal sein. Sie stand auf. Mit den Geräuschen gehörte auch sie zu diesem kleinen Alltag in Edinburgh.

Sie suchte nach ihrem Notebook. Sie hatte eine Abwesenheitsnotiz eingerichtet. Wegen einer Recherchereise im Himalaya sei sie für vier Wochen nicht erreichbar. (Die absurdesten Ausreden hatten sich als die glaubwürdigsten erwiesen.) Sie war fest entschlossen, das Mailprogramm nicht zu öffnen.

Der WLAN-Zugang im Hotelzimmer funktionierte. Sie ging auf Bibel-Online und tippte »Jakob Engel Furt« ein. Im Fenster öffnete sich Genesis 32,23:

Und Jakob stand auf in der Nacht und nahm seine beiden Frauen und die beiden Mägde und seine elf Söhne und zog an die Furt des Jabbok, nahm sie und führte sie über das Wasser, so daß hinüberkam, was er hatte, und blieb allein zurück.

Anna las die Stelle noch einmal. Sie konnte sich nicht mehr richtig an den Bibeltext erinnern. Da war Jakob, das Oberhaupt der Familie, mit den Seinen unterwegs. Und er bringt sie an die schmale Stelle am Fluß, dahin, wo man das Wasser gut überqueren kann. Er läßt sie hinübergehen, sieht ihnen wohl nach, wie sie so waten und wanken, mit Tieren, Gerätschaft, Zelten. Warum eigentlich nachts? Machten sie das heimlich? Man geht doch besser bei Tageslicht über den Fluß, damit man mögliche Untiefen, Strudel oder Steine gut sieht. Und warum blieb er zurück? Was war so wichtig, daß er im Dunkeln nicht bei den Frauen und Kindern blieb? Wußte er, daß etwas geschehen würde? Hatte er es erwartet?

Da rang ein Mann mit ihm, bis die Morgenröte anbrach. Und als er sah, daß er ihn nicht übermochte, schlug er ihn auf das Gelenk seiner Hüfte, und das Gelenk der Hüfte Jakobs wurde über dem Ringen mit ihm verrenkt. Und er sprach: Laß mich gehen, denn die Morgenröte bricht an.

Wo kam der Mann auf einmal her? Warum kämpfte er mit Jakob? Bestehlen konnte er ihn kaum; er hatte ja nichts mehr bei sich. Was also wollte er?

Er verletzt Jakob, aber Jakob hält ihn fest. Und nun kann sich der Mann nicht befreien. Er, der angefangen hatte mit dem Kampf, muß Jakob bitten, er möge ihn loslassen. Er ist also nicht so stark. Und dann diese seltsame Begründung: denn die Morgenröte bricht an. Ist das ein Vampir? Darf man ihn nicht sehen im kommenden Licht? Anna zog die Beine an. Es dürften wohl zwei oder mehr Geschichten sein, die hier zusammenkamen. Uralte Splitter, die ein letzter Schreiber mutig verband. Und doch war ein wunderbarer Text entstanden. Sie beugte sich wieder über die leuchtende Fläche.

Laß mich gehen, denn die Morgenröte bricht an.

Und die Antwort Jakobs:

Ich lasse dich nicht, du segnest mich denn.

Was für eine verrückte Argumentation. Anna fuhr mit der Hand über die rosa Erhebungen und Täler der Steppdecke, als könnten die Fingerspitzen hier etwas ablesen. Ein kurzer Ton signalisierte, daß gerade eine Mail ankam. Sie schaltete die Benachrichtigungsfunktion aus. Sie wollte nicht wissen, wann jemand und wer sie zu erreichen versuchte. Sie war im Himalaya. Sie war auf einer Expedition. Etappe Basislager.

Ich lasse dich nicht.

Auf einmal spürte sie die Melodie der Bachkantate. Sie wußte nicht, wann sie dieses alte Lied das letzte Mal gehört hatte. Sie stand auf und ging ans Fenster. Es war noch nicht spät, aber im trüb-feuchten Wetter dunkelte es vorzeitig. Als sie durch das Nieseln in die glänzenden Schaufenster und Leuchtreklamen auf der gegenüberliegenden Straßenseite sah, erinnerte sie sich, daß sie diese Bibelstelle schon als Kind gehört hatte. Damals bei den dominikanischen Nonnen. Und sie hatte diese Geschichte gemocht, obwohl oder gerade weil sie die kleine Szene für sich nicht ganz klären konnte. Ich lasse dich nicht, du segnest mich denn. Die Erläuterungen der frommen Frauen mit den schwarzen Schleiern hatte sie vergessen. Schon damals hatte der Text, unverstanden, ihr gehört.

Auf dem Bett las sie weiter. Der seltsame Angreifer fragte jetzt:

Wie heißest du?

Mein Gott, war das unlogisch! Da überfällt einer einen anderen, den er nicht kennt und der offensichtlich nichts bei sich hat. Und als ob das nicht schon unplausibel genug wäre, fragt der Angreifer den, der ihn niederringend fast überwältigt ausgerechnet nach seinem Namen!

Jakob.

Und der Mann:

Du sollst nicht mehr Jakob heißen, sondern Israel; denn du hast mit Gott und mit Menschen gekämpft und hast gewonnen. Und Jakob fragte ihn und sprach: Sage doch, wie heißest du? Er aber sprach: Warum fragst du, wie ich heiße? Und er segnete ihn daselbst.

Schon als Kind, als sie nichts begriff (wie sie auch heute nicht verstand), hatte sie gespürt, daß die beiden füreinander bestimmt waren. Schwach und stark zugleich und abhängig voneinander. Der Angreifer aber hatte die Deutungshoheit. Er war es, der die Magie der Namen beherrschte. Und er verriet den seinen nicht, sagte dem andern aber, wie er von nun an heißen solle. Gotteskämpfer.

Anna klickte den Text weg. Schaltete das Notebook aus. Der Bildschirm wurde hellblau, dann dunkel.

Vielleicht wußte Jakob, daß er kämpfen mußte, alleine am Fluß, um den Segen eines neuen Namens zu bekommen.

ERSTES BILD, DRITTER TAG

I

Ich lese keine Mails. Anna teilte mit der Gabel das blasse Rührei. Normalerweise liebte sie es, Mails zu bekommen. Der Klang einer eintreffenden Nachricht war ein Sirenenton aus dem Offenen. Anna wurde gerne angesprochen. Aber jetzt galten andere Regeln. Sie war im Himalaya, in eisigen Höhen. Sie mußte durchkommen. Keine Ablenkungen! Sie schob den Gedanken an ihre beiden Kinder fort, der ältere Junge, das kaum jüngere Mädchen. Die beiden waren erwachsen und führten, wie man so sagte, ihr eigenes Leben. Die Familie sah sich an Weihnachten, Ostern, bei kleinen Sommerferien am Meer, an spontanen Wochenenden. Und jedes Mal waren die Kinder ein wenig selbständiger, weiter eingebunden in einen von den Eltern nicht mehr zu teilenden Alltag. Rührei kauend, begann sie, Possessivpronomen zu reihen: mein eigenes Leben, dein eigenes Leben, sein, ihr eigenes Leben, unser, euer, ihr.

Neben ihr frühstückte eine spanische Reisegruppe. Anna gefiel, daß sie kein Wort verstand und doch im Windschatten einer heiteren Morgenmunterkeit dabeisein durfte. Auch der Frühstücksraum eines Hotels war ein noch sicherer Ort. (Viel gefährlicher abends die Linie der hohen Barhocker, die Verliese der Spiegel, das gestoßene Eis.)

Sie versuchte, sich an den Gedanken zu gewöhnen, daß sie nicht wußte, was sie mit diesem Tag anfangen sollte. Und mit den nächsten und übernächsten Tagen auch nicht. Sie hatte eine Kreditkarte, die ihr für einige Wochen alle Freiheiten gab. Also erst einmal heute. Sie schenkte sich grünen Tee nach. Die Tülle tropfte. Sie wollte nicht an ihren Mann denken, der ungefähr um diese Stunde ebenfalls grünen Tee trank. Am Schreibtisch, aus einer chinesischen Thermoskanne mit Schmetterlingen darauf. Die hatte sie ihm einmal aus Hongkong mitgebracht. Heute war Sonntag.

Ich lasse dich nicht.

Zwei Abhängige, im Kampf. Wer sollte wen segnen? Wer brauchte einen neuen Namen? Damit der andere freikam. Seltsame Geschichte. Anna sah in den beinahe goldenen Schein des grünen Tees in ihrer Tasse. Es sprach nichts dagegen, noch einmal ins Museum zu gehen.

2

Der Regen hatte aufgehört. Es war windig und der Himmel stieg über den nassen Dächern in Farben wie frisch aus einem Aquarellkasten. Vom Park kam der Duft von jungem Gras. Anna lief die Treppen hinunter.

Als Anna auf das Bild zuging, hatte sich das Mädchen schon umgedreht. Anna erschrak und sah weg. Sie sah auf den Boden, auf ihre Schuhe. Sie hatte die Turnschuhe mit den dicken Sohlen angezogen. Sie hatte nichts zu verlieren. Sie wippte leise. Und sah auf. Und dem Mädchen direkt in seine braunen Augen. Sein Blick war freundlich und ungerichtet wie der einer Blinden.

Er hat uns genommen wie Farben. Er ist über uns hinweggegangen. Er malte uns, wie wir sehen, was er malt. (Aber wir sahen es nicht.) Er malte, wie unser Leben ist. (Aber das war es nicht.) Nicht auf dem Sandplatz vor der Kirche, nicht auf der Wiese im Tanz, nicht beim Wäschewaschen. Er, vierzig Jahre alt, verheiratet, fünffacher Vater, nach dem Zusammenbruch seiner Bank arbeitslos, ein armer Autodidakt, der von Zuwendungen seiner Freunde lebte. Seine Frau, erzählte er einmal, sei mit den Kindern nach Kopenhagen gegangen, nach Hause zu ihrer Familie. Er hatte sie

also einfach zurückgelassen, folgerten wir. Verla
doch. Es kamen immer Briefe für ihn. Kleine I
die Adresse, der Absender in gemalter Handschr
mit diesen blaßbunten Marken aus dem nördlichen

Was heißt denn »Jakobs Kampf mit dem Engel«? Als ich das Bild sah, das sie nach Nizon schleppten, wußte ich, daß er gehen würde. Er hatte uns überwunden. Er hat sich vom Engel verletzen lassen, aber er ließ den Engel nicht los. Er würde ein Maler sein, ein Lebensnomade, der Leinwände schleppt bis ans andere Ende der Welt.

Arles als Etappe. Dort muß er mit einem gekämpft haben, der radikaler war als er. Ein Bruder. Die beiden ein Zwillingsgestirn. Aufeinander losgegangen sollen sie sein, zwei erfolglose Maler. Ich kenne die Bilder! Blitzende Sternenhimmel wie von Kinderhand. Schreiende Stühle. Sie haben sich gesegnet und verletzt. Und der andere war schwächer. Oder stärker? Schneidet sich ein Ohr ab. Nimmt sich das Leben.

Doch er, der gescheiterte Börsenmakler, der Spekulant, er, der Hobbymaler, sollte durchkommen. Jedenfalls eine Weile.

Anna beobachtete, wie sich das Glas wieder verdichtete. Es blendete und wurde matt zugleich. Sie blinzelte.

Ich weiß nicht, ob ich es mochte. Ich weiß nicht, ob ich mich mochte auf dieser Leinwand. Mich: ein Moment des Rahmens. (Mit einem ungeschützten Nacken, bereit für seinen Atem.) Er hat mit uns gelebt, sicher. Aber mit uns hat er die Malerei gemalt. Seine Malerei. Er malte das Sehen.

‚as Sehen der Vision. Er, der Prophet einer neuen Kunst. Verletzt und ausgesetzt und geflügelt. Und dann zog er auf die andere Seite der Erde ins Meer. Ein europäischer Südsee-Insulaner, unwahrscheinlich. Naiv, gierig, nicht mehr bei uns, nun mit anderen Frauen, Farben, über anderer Furt.

Ich weiß noch, wie Florence lächelte, als er zum letzten Mal abreiste. Fehlfarbensicher, sagte sie und schenkte uns Rotwein in die kleinen Gläser.

Auch Anna lächelte.

Es gab das absolute Gehör. Für jemanden, der es nicht hatte, war das eine unglaubliche, eine nicht verständliche Begabung. Vielleicht gab es auch das absolute Sehen. Vielleicht radikalisierte sich die Wahrnehmung mit den letzten Kräften. Im Himalaya. Und das Hinschauen löste gnädig eine körpereigene Substanz gegen den Schmerz.

Anna sah auf das Bild, das wieder schwieg.

Wenn man kein Ziel hat, muß man sich eines erfinden. Sie war sich nicht sicher, mit wem sie kämpfte oder gegen was.

Sie wünscht sich ein Kind von mir.

Ihr Mann dachte an einen Neuanfang mit einer jungen Frau. Der Klassiker. Ihre Ehe war gescheitert. Aber konnte man wirklich so sagen? Kann man von Scheitern sprechen, wenn eine Gemeinschaft ein Vierteljahrhundert gehalten hat. Wenn zwei lebensbegabte Kinder daraus entwachsen waren. War Gelingen nur lebenslänglich zu haben? Und nur vom Ende her zu sehen?

Anna spürte einen diffusen Schmerz. Es war nicht einfach Enttäuschung (natürlich auch), es war nicht nur Eifersucht und gekränkte Eitelkeit (wie denn nicht). Es war etwas, das Anna in einer ungeahnten Weise in Frage stellte. Wo stand sie? Eine Frau von fünfzig Jahren.

Anna trat einen Schritt zurück. Ihre Hände spiegelten sich im Glas über dem Weiß der Haube.

Expedition also. Himalaya. Ich habe alle Zeit zu verlieren an Orten, an denen ich noch nicht war.

Sie sah sich um. Sie war allein im Raum, an den Türen keine Wächter. Sehr langsam ging sie nun an das Bild heran. Immer näher. Sie sah sich nochmals um, machte einen letzten Schritt, und dann legte sie dem Mädchen zwei Finger auf die Schulter. Für einen kleinen menschlichen Moment.

Sie hielt den Atem an.

Kein Alarm.

Sie zog die Fingerspitzen zurück. Immer noch kein Alam.

Sie nahm die Stille als Reisesegen.

3

Sie lief die rosa Teppichbodenstufen hinunter. Draußen war es jetzt sehr hell. Rasenflächen blendeten grün. Sie rannte die Treppen der Parkanlage hinauf. Von weitem sah sie, daß der Bettler wieder da war. Sie blieb sofort stehen. In ihrer Börse suchte sie nach einem Schein; es war der größte, den sie hatte, frisch aus dem Bankautomaten des Flughafens. Sie holte Luft, und als sie dann auf seiner Höhe war, bückte sie sich kurz und legte schnell, wie flüchtig, das Geld auf seine verfilzte Decke, da, wo der Hund, eingerollt zu einer Schnecke, in einem schmalen Streifen Sonne lag.

Das Mädchen auf dem Bild hatte von der dänischen Frau des Malers gesprochen. Taugte dieser Hinweis als Spur? Dänemark. Anna war noch nie dort gewesen. Sie spürte, daß ein Spiel beginnen könnte, ein kleines Überlebensspiel in Etappen, dessen Regeln sich ihr erst nach und nach erschließen würden. (Hatte sie etwas Besseres zu tun?)

Anna ließ sich in der Stadt herumtreiben, sie kaufte keine Cashmere-Schals, kein Shortbread, keine Mützen mit Andreaskreuz. Sie trank Tee in einem pastellfarbenen Teesalon im fünften Stock eines alten Kaufhauses, dann ein dunkles Bier in einem Pub, neben einer Greisin, deren Chihuahua seine Flugohren aus der karierten Plastikhandtasche am Boden streckte.

Als sie an der Hotelrezeption den Schlüssel entgegennahm, sah sie im Vorbeigehen die Spanier lachend an der Bar. Es wäre leicht gewesen, sich dazuzustellen. In wenigen Schritten war sie am Lift. Im Zimmer öffnete sie sofort ihr Notebook. Es fiel ihr nicht schwer, das Mailprogramm zu ignorieren. Sie gab Dänemark ein: Zu Dänemark gehörten die Färöer, eine europäische Inselgruppe. Aber auch Grönland, das jenseits des Atlantik schon in Nordamerika lag.

Dänemark war ein interkontinentaler Staat. Ein Gemeinwesen im Spagat über einen Ozean. Anna dachte an ihren Mann. War nicht jede Ehe ein interkontinentaler Staat? Normalerweise hätte sie Georg aus Edinburgh einen schottischen Pullover mitgebracht. Sie hatte sich dabei ertappt, wie sie das Angebot in seiner Größe prüfte.

Dänemark also, oder besser (oder schlechter): Warum nicht nach Dänemark, diesem interkontinentalen Staat? Nein, sie war nicht verrückt. Die Situation war es. Und sie versuchte nur zu retten, was zu retten war. Also sich.

Innerhalb von Minuten hatte sie einen Direktflug gebucht, für den kommenden frühen Vormittag: Edinburgh–Kopenhagen.

Sie legte sich flach aufs Bett. Die Arme neben dem Körper weit ausgestreckt. Sie war ein Flugzeug, sie war ein Schiff. Sie hatte Segel und Flügel. Sie war unterwegs.

Blicklos sah sie zur Zimmerdecke.

ZWEITES BILD, ERSTER TAG

I

Anna lief durch den Garten des Königs.

Wenn man ein Baby hat, sieht man Kinderwagen. Wenn man seine alte Mutter im Rollstuhl schiebt, sind überall Treppen. Halten die Kinder ein Kaninchen neben dem Bett, prangt an den Gehsteigrändern verlockend fetter Löwenzahn. Mit einem Hund an der Leine ist dasselbe Grün Grund stehenzubleiben, weil ein Tierbein sich darüber hebt, zur Lösung.

Und wenn man allein war, dann saßen überall und vornehmlich an den schönsten Plätzen glückliche Paare. Anna bog ab in Richtung Rosenborg-Schloß.

Einmal hatten sie einen Hasen gehabt, ein halbwildes Tier, vermutlich eine Kreuzung aus Stallhase und Kaninchen. Er saß gerne im Kinderzimmer auf dem Trampolin, liebte Kirschen und konnte die Kerne ausspucken. Es war ein großer, sehr reinlicher Hase, der meist frei herumsprang. In seinen selbstgezimmerten Stall hätte auch ein Appenzeller gepaßt. Manchmal, wenn er gesäubert wurde, krochen die Kinder hinein und gingen hockend in Hasenpositur. Im Kinderzimmer roch es nach Hase und Blumenheu. Und solange sie den Hasen hatten, lagen keine Comics mehr herum, weil der Hase sie fraß. Er hatte erreicht, was der Mutter nicht gelungen war. Die Kinder räumten auf. Anna zog den Schal dichter um den Hals, auf einmal fand sie es kühl.

Sie folgte dem Weg durch die Rasenflächen. Einzeln gepflanzte, ausladende Bäume erweckten den Rhythmus einer alten heiteren Natürlichkeit, doch dieser Park war ein Schloßpark und das Ergebnis einer seit Generationen waltenden professionellen Sorgfalt. Das Natürliche wäre der Dschungel gewesen.

Es war trüb und windig. Durch die Luft zog das Wehen kalter Blütensüße. Anna ging am Schloß vorbei, wo sich Touristengruppen um ihre Reiseführer sammelten. Vor ihr öffnete sich nun ein Rosengarten, den die gärtnerische Tanzschrift exakt geschnittener Buchsbaumornamente umgab. Sie ging hinein und vorbei an den dunkelgrünen Nischen, in denen Kopf an Kopf Menschen saßen. Anna sah zögernde Hände, Blicke, einen innigen Kuß, das stille Beieinandersein. Dabei war es zu kühl und zu feucht, um draußen zu sitzen. Aber diese zusammengerückten Körper in Anoraks, Wollmänteln, Fleecejacken schienen den Frühling provozieren zu wollen. Glatte, rauhe, pelzige Liebesknospen, aufsprungsbereit.

Ein Eichhörnchen hüpfte ihr vor die Füße und sofort wie fliegend weiter über die Rabatten. Ein federleichter Hauch von Fell.

Unerwartet durchfuhr sie der Gedanke, daß sie alt war. Sie mußte lächeln. Frauen ihrer Generation waren mit fünfzig Jahren nicht alt. Bei den Jahrgängen ihrer Mütter war das anders gewesen. Diese Frauen hatten den Krieg erlebt, den Hunger, die Vertreibung. Das Wort »Kohorten« fiel ihr ein. Alterskohorten hatten verschiedene Körper. Das Überleben reicht uns nicht, dachte sie. Wir leisten uns den Luxus, beim Altwerden jung bleiben zu wollen. Und doch war eine Frau von fünfzig Jahren auch heute kein selbstverständliches Ziel des Begehrens mehr.

Doch begehrte denn sie?

Anna trat aus der Buchsbaumanlage hinaus und stand nun auf einer weiten Grünfläche, auf der Paare und kleine Gruppen lagerten. Sie blieb für einen Moment stehen. Roch sie Magnolien? Eine Weile folgte sie den sich kreuzenden Wegen orientierungslos. In der Ferne sah sie eine grünbläulich schimmernde Skulptur auf einem Sockel, umgeben vom Halbrund einer Hecke. Es mußte Hans Christian Andersen sein. Er saß in einem weiten Mantel, ein Buch in der gesenkten linken Hand, die rechte aber hob er, die Finger geöffnet. Wollte er beschwichtigen, segnen? Und wen? Die unglücklich Liebenden vermutlich.

Sie ging einige Schritte um die hohe Figur herum. Sie könnte auch zur Kleinen Meerjungfrau gehen. Schon am Flughafen hatte sie die Skulptur auf dem Stein gesehen, als Postkarte, Signet auf Plakaten. Und während sie versuchte, sich an das Märchen mit dem Mädchen zwischen den zwei Welten zu erinnern, und wieder abbog, durch die Wiesenflächen mit den Paaren hindurch, fiel ihr ein, daß ihr Ehemann heute vermutlich an der Seite einer Referendarin erwacht war, über deren olivbraune Schultern lange, meerjungfrauschöne Locken flossen. Heute war Montag. Waren die beiden nach einem gemeinsamen Wochenende in der Früh nebeneinander zum Unterrichten gegangen?

Ich bin Anna, dachte sie, immer noch. Oder zumindest versuchte sie, so zu denken, als sei ihr Rufname ein Halt. Aber etwas war weggebrochen. Ein im Gedankenlosen eines Ehealltags gar nicht mehr bemerktes Geländer von Gewöhnung und Vertrauen.

Hinter diesem Park, in einem angrenzenden nächsten Park, lag Kopenhagens wichtigste Gemäldesammlung. Ein perfektes Ziel.

Sie achtete jetzt auf ihre Schritte, als müsse sie aufrecht, am besten beschwingt, daherkommen. Sie steckte die Hände in die Manteltaschen. Gut, sie war nicht mehr jung. Aber sie war eine geübte, eine geduldige Journalistin. Und jetzt war sie im Himalaya. Sie blieb unter einem Magnolienbaum stehen, legte den Kopf in den Nacken und sah in den Sturm von rosa Weiß. Himalaya, hatte sie gelesen, bedeutete: Wohnung des Schnees

Schon gestern Abend, noch im Hotel in Edinburgh, hatte sie sich den Weg eingeprägt: am Theater vorbei, Gothersgade, dann durch den Garten des Königs. Sie befand sich in einem Zustand vager Sicherheit. Oder sicherer Vagheit. Eine Flasche Chardonnay ist viel, wenn man allein ist. Und im Hochgebirge wirken Drogen stärker.

Nachdem sie den Flug Edinburgh–Kopenhagen gebucht hatte, war sie eingeschlafen, in Kleidern ausgestreckt auf dieser nach Mottenpulver riechenden Decke. Und als sie aufwachte, nein hochschreckte, und zu sich kam, war vor dem Fenster Nacht und sie lag in den abgesteppten Moosrosen wie in einem Abgrund. Herzrasen. Was um Himmels willen machte sie in diesem Hotelzimmer, in dieser Stadt? Was für eine unmögliche Reise.

Als Kind hatte sie mit Verwandlung gelebt. Die Muster der Tapete, die Schatten an den Wänden, alles konnte mutieren zu einem Tier, das sich, schneller oder langsamer, in sich selbst veränderte. Wenn sie es heute benennen sollte, würde sie sagen, daß es aussah wie ein dicker oder dünner werdender Quasi-Olm, nackt wie eine Zunge (also sprachbegabt?), farblos, blind. Aber ich kenne dich, hatte sie als Kind manchmal, all ihren Mut zusammennehmend, gesagt, und dabei hatte sie das namenlose Tier fixiert. Mit wildem Willen. Und dann war das Tier blasser geworden und blasser, und nach und nach waren wieder die Tapetenmuster erschienen. Oder die Schatten. Und wenn sie Glück hatte, war aus der Küche nun das Klappern der Mutter zu hören gewesen. Und sie landete wieder an.

Anna war vom Bett aufgestanden (sie hatte an den Quasi-Olm gedacht, sie hatte ihn nicht gesehen), war ans Fenster getreten und hatte kurz erwogen, an die Bar zu gehen. Aber dann traute sie sich nicht mehr die Kraft der Aufmerksamkeit zu, die es brauchte, um mit Menschen in Kontakt zu treten. Oder Kontakt abzuwehren. Sie nahm das Telephon und bestellte Wein, den ein befreiend uninteressierter Zimmerservice ihr brachte. Und schluckweise wurde die Lage wieder selbstverständlicher. Bald geriet sie in die Geselligkeit fliegender Gedanken. Bis dieser seltsame Raum der Moosmottenpulverrosen sie wieder aufnahm und sie eingeschlafen war.

Noch jetzt, am Nachmittag, spürte sie die leichte Unschärfe ihrer Wahrnehmung. Und war dankbar dafür. Als Person galt sie noch nicht, sie blieb fern der anderen, abgetaucht in einer schärferen und zugleich überraschenden Empfindungsfähigkeit.

Anna verließ den Garten des Königs. Vor ihr lag eine stark befahrene Kreuzung mit schwer übersehbaren Einmündungen. Dahinter aber konnte sie ein monumentales Gebäude erkennen; es mußte das Staatliche Kunstmuseum sein.

2

Sie stieg die breiten Treppen des tempelartigen Eingangs hinauf. Fahnen und Plakate kündigten die Sonderausstellung über einen Maler an, von dem sie noch nie gehört hatte. Sie löste eine Eintrittskarte, bekam ein Faltblatt mit dem Orientierungsplan und einen Anstecker in Form einer Heftklammer. Mit ihr konnte man sich frei im ganzen Haus bewegen, ohne bei jeder neuen Abteilung wieder die Eintrittskarte zeigen zu müssen. Jeder Tag hatte offensichtlich eine andere Farbe. Anna schob die blaue Heftklammer an den Kragen des Trenchcoats.

Sie ging durch die erste Tür in den ersten Raum der Ausstellung »Vilhelm Hammershøi und seine Zeit«.

Das Licht war dämmrig, die Bilder hingen dicht an dicht. Es waren schon sehr viele Besucher da. Immer wieder mußte sie warten, bis sich eine Menschengruppe vor einem Gemälde löste. Aber auch wenn sie vor einem Bild stand, sah sie nichts. Es fiel ihr schwer, sich zu konzentrieren. Sie ging auf das Bild einer lesenden Frau zu, die auf einem Sofa hinter einem Tisch mit lichten Mohnblumen saß. Anna überraschte das wehende Leuchten der hellroten Blüten. Aber als sie an die Legende trat, sah sie, daß dieses Bild nicht von Vilhelm Hammershøi war. Sie kannte den

Namen der Malerin nicht, wie ihr kaum einer der Namen der hier ausgestellten Künstler etwas sagte. Gezeigt wurden meist dänische Impressionisten, Symbolisten. Portraits, Genrebilder, Landschaften. Sie ging an Vitrinen mit Photographien vorbei.

Und auf einmal stand sie in einem Raum, wie sie ihn nicht erwartet hatte. An seinen Wänden hingen Bilder von Räumen, die vor allem aus Fenstern und Türen bestanden. Nur Fenster und Türen. Der Besucherstrom hatte sich etwas gelichtet, und so konnte sie vergleichend an den Gemälden vorübergehen. Sie sah Momente großbürgerlicher Interieurs. Doch gab es in diesen hohen Zimmern kaum Möbel, keine Teppiche. Keine Bilder an den Wänden. Und die wenigen Dinge, die da waren, schienen scheu vor jedem Gebrauch zu fremdeln. Es gab vielleicht einen Tisch, der allerdings eine Tür so verstellte, daß sie nicht mehr zu öffnen war. Wer sollte hier sitzen? Ein anderer Tisch stand verloren im Raum, seine vier Beine warfen Schatten in vier verschiedene Richtungen. Ein zierliches Hammerklavier stand an der Wand; doch nur auf zwei Beinen. Ein Stuhl, eine Porzellanschale, die immer gleichen vereinzelten Objekte, wanderten von Bild zu Bild, als hätten sie im Leben keine ernstzunehmende Funktion, als sei ihre Anwesenheit allein auf der Leinwand berechtigt. Als Formen, Farben. Anna sah bilderlose Rahmen an weißen Wänden, Spiegel, die nichts spiegelten.

In diesen Interieurs lebte die Leere. Hier residierte das Licht nur, um mit Fenstern und Türen zu spielen. Und die weiten, glanzbereiten Böden waren ihm dunkler Malgrund.

Die hohen Fenster mit den weißen Rahmen hatten weiße Verstrebungen, so daß der Eindruck eines Gitters entstand, manchmal sah man durch sie hindurch auf weitere Fenster mit weiteren kreuzförmigen Unterteilungen und deren Schattenspiel. Lichtgefängnisse. Niemals ging der Blick hinaus. Manchmal fiel Helle herein in Streifen und lief über eine Wand, manchmal warf das Licht ein Fenster auf die Dielen, das dann stärker leuchtete als die von Helligkeit durchflutete Fensteröffnung selbst. Oft aber klebte das Licht nur weiß vor dem Glas. Eine undurchdringliche Masse.

Reportagen aus dem Zweiten Weltkrieg erzählten, wie Menschen bei Bombenalarm ihre Fenster verdunkelten. Blaues oder schwarzes Papier hinter den Scheiben galt als passive Luftschutzmaßnahme.

Handelten auch diese Bilder von einem Krieg? Vor was könnte sich ein Maler mit weißen Verdunkelungen schützen wollen?

Anna ging weiter. Sie folgte einer Strömung. Die weißen Türen öffneten sich auf weitere Fenster oder Türen, die nirgends hinauswiesen. Und trotzdem (oder gerade deshalb?) strahlten sie eine Offenheit aus, eine kühle, eine kühne Höhe. Eine arktische Autarkie. Auch wenn das diffuse Weiß die Fluchten der Türen verschloß, waren es Passagen der Freiheit.

Himalaya, dachte Anna. Sie stand vor den Wohnungen des Schnees.

3

Der nächste Raum zeigte in den leeren Zimmern nun schwarzgekleidete Frauen. Doch schien es immer dieselbe Frau zu sein. Sie sah in den Raum des Bildes hinein. So waren auch ihre schwarzen Rücken Türen. Türen gegen die Welt.

Anna verharrte vor einem Bild, auf dem die schwarze Frau an einem Klavier saß. Wieder sah man sie nur von hinten. Im Vordergrund aber, der fast bis zur Bildmitte reichte, stand ein Tisch mit einem gediegenen weißen Tischtuch. Es war gutes Leinen. Das harte Leinen der alten Familien, das von Mutter zu Tochter weitergegeben wurde. Unverwüstlich wie die Tradition.

Auf diesem weißen Tischtuch standen zwei leere weiße Speiseteller und ein kleiner weißer Unterteller mit einem großen Stück Butter darauf. Genaugenommen war es ein Klumpen. Sonst nichts. Kein Besteck. Keine Gläser. Keine Servietten. Nur ein Klumpen Butter. Anna sah auf die Klaviatur. Sie erschien als schmale weiße Linie; sie hatte keine schwarzen Tasten. Das Notenblatt war leer. Auf den Bildern, die über dem Klavier hingen, war nichts zu sehen.

Anna ging näher an das Bild heran. Sie horchte. Aber außer dem Rauschen von Audiogeräten neben ihr, Schritten und den gedämpften Stimmen von Museumsführern, die vor Gruppen dozierten, war nichts zu hören. Das, was das Bild erzählen könnte, dachte Anna, wäre eine ganz und gar unsinnige Geschichte. Dieses Klavier ist nicht zum Spielen da und der Klumpen Butter nicht zum Essen.

Damit das Bild sprach, mußte sie es genau anschauen. Konnte sie es zur Rede stellen? Sie schluckte. Und doch gehörte wohl das Loslassen, die Demut vor dem Zufall zum Spiel. Letztlich habe ich keine Ahnung, wie es geht, dachte sie. Und so buchstabierte sie eine Inventur:

Es gibt das glatte Weiß und das rauhe Weiß und ihre Schatten. Im Innern des Buttertellers ist das Weiß glatt, und auch der Schatten im porzellanenen Tellerrand ist von glattem Weiß. Aber der Teller wirft auch einen Schatten auf die weiße Leinendecke. Dieser Schatten ist rauh. Die Decke hat zwei Falten, die vom Zusammenlegen herrühren. Die linke dieser Liegefalten zeigt eine glänzende Linie der Erhebung gegen rechts und eine dunkle, weiße Schattenlinie gegen links. Die rechte Liegefalte scheint nicht ganz so hoch. Glanz und Schatten sind abgeschwächt. Auch die milchfettweiße Butter wirft eine schmelzende Schattenseite in sich. Wie ein Gebirge. Ein Tafelgebirge sozusagen. Anna lächelte. Und ein wieder anderes Weiß liegt auf der vom Tisch herabfallenden Leinentuchkante. Es war eine Materialorgie der Farbigkeit im Weißen. Der Künstler hatte den Körper des Weiß gemalt.

Das Weiß kam wieder als die glatten Verstrebungen des Stuhls, die wie ein photographisches Negativ vor dem schwarzen Kleid der Frau lagen, wie Fensterkreuze vor dem Licht. Anna sah das stumpfweiße Notenblatt, das ein geometrisches Echo fand in den leeren Bildern, die nichts als das weißliche Grau der Wand rahmten, eingefaßt in zwei nur ansatzweise gezeigte, weite Stuckaturrahmungen. Tisch, Notenblatt, Rahmen, Stuckatur: sie öffneten Bilder im Bild zu einem rhythmisierten Klangraum. Und die Frau am Klavier intonierte dieses Weiß auf der nur weißen Klaviatur, stumm.

Sie sitzt nicht am Klavier, dachte Anna, wie somnambul lehnt sie da. Anna sah das Licht auf dem Glasschirm der Lampe, die auf dem Klavier stand, das Licht an den Wölbungen der hohen gedrechselten Klavierfüße. Phallisch? Sie zögerte. Sie sah das fahle, weiche Weiß im Nacken der Frau. Für einen Moment setzte sie ihr die Haube des bretonischen Mädchens auf. Sie schüttelte den Kopf. Das paßte nicht. Diese Frau hier schaute nirgends hin. Möglich, sie sah in sich hinein. Sie könnte auch eine Puppe sein. Oder eine Tote.

Anna dachte an viktorianische Post-mortem-Photographien, auf denen sich Familienmitglieder um eine schöne Kinderleiche gruppierten. Ein totes Mädchen im gewürfelten Sommerkleid lehnte im Sessel, und die kleine lebende Zwillingsschwester, die brav und zu Tode erschüttert (oder wie sollte man sagen, zu Tode verwundert?) daneben stand, im gleichen gemusterten Kleid, griff nach der kalten Hand. Ein toter Bube hockte mit aufgerissenen Augen auf einem

Schaukelpferd; ein in Totenstarre schräg lächelndes Baby lag noch einmal – für den Moment der Photographie und der Ewigkeit – der Mutter im schwarzen, spitzenbesetzten Arm.

Anna sah zur Klavierspielerin. Das Bild sprach nicht. Sie wußte, sie hatte noch nicht alles gesehen. Aber sie war zu müde, um weiter hinzuschauen. Morgen würde sie wiederkommen. Und eilig, ohne noch nach rechts oder links zu blicken, ging sie durch die Ausstellungsräume zurück.

In der Eingangshalle zögerte sie kurz und kaufte einen Katalog.

ZWEITES BILD, ZWEITER TAG

I

Anna steckte sich eine lilafarbene Eintrittsheftklammer an. Rücke vor auf Los! Es war noch früh am Morgen. Sie gehörte zu den wenigen ersten Museumsbesuchern an diesem Tag. Im Hotel hatte sie etwas über die Biographie von Vilhelm Hammershøi gelesen, und als sie nun vor den Bildern und Vitrinen mit den Photographien stand, erkannte sie manches aus dem Katalog wieder. Das Leben des Malers war ihr mittlerweile vertrauter. Es war paradox. Das Wissen öffnete das Erleben und verschloß es zugleich. Weil man Gefahr lief, nur noch zu sehen, was man schon kannte. Bis man schließlich nichts mehr sah. Es war das alte Problem bei Recherchereisen. Für eine gute Reportage brauchte es Hingabe und Abstand. Man mußte sich das Fremdsein immer wieder zurückholen, gegen die Gewöhnung, gegen das sicher Gewußte. Bis das Vertraute exotisch wurde und das Exotische vertraut.

Und in der Liebe? Anna stand vor einem Bild mit einem Mädchen, das Pfifferlinge putzte. Den alten Ehemann neu ansehen? Welch ein Projekt.

Anna war ausgeschlafen. Es war ein angstfreier Abend gewesen, sie hatte im Katalog geblättert in einem unkomplizierten Zimmer mit einfachen Holzmöbeln, das mit seiner grau-weiß gestreiften Bettwäsche ein wenig an eine Jugendherberge erinnerte.

Heute fand sie sich in den dämmrigen Museumsräumen besser zurecht.

Die junge Frau mit den Pfifferlingen war ihr gestern schon aufgefallen. Sie saß da wie in Szene gesetzt, und doch schien sie lebhaft, voll junger Anmut. Sie hatte den Teller mit den noch leicht erdigen Pilzen auf dem Schoß, einen zweiten mit schon gesäuberten auf dem Tisch. Ihr linker Arm, der das Putzmesser hielt, schien über den sauberen Pilzen zu schweben. Sie sah ein wenig verträumt, selbstversunken, doch konzentriert auf das Messer, auf die Pilze. Ihre rechte Hand lag, einen Pilz haltend, vor ihrer Brust. Ein weißer, runder Spitzenkragen gab dem Moment der Küchenarbeit etwas Feierliches. Das ganze Bild war in warmen Braun- und Goldtönen gehalten. Anna sah den hellen Schmelz der Pilze, die schlanken, nackten Arme, die Hände des Mädchens, den glänzenden Ehering. Ihr Kleid fiel in Fächern von Falten über ihren dünnen, weichen Körper.

Peter Ilsted hatte sie so verträumt und doch ernst vor Konzentration gemalt. Aus dem Katalog wußte Anna, daß der Maler ihr Ehemann war, und daß sie Ingeborg hieß, eine Kopenhagener Apothekertochter. Es war die Augenblicksaufnahme einer jungen Ehefrau. Noch so viel Kindlichkeit.

Peter Ilsted und Vilhelm Hammershøi waren Studienkollegen an der Kopenhagener Akademie gewesen. Jetzt waren sie Schwäger. Mit 27 Jahren hatte Vilhelm die 25jährige Schwester Ida des Malerfreundes Peter geheiratet. Doch bis zur Eheschließung wohnte Vilhelm mit seiner Mutter und seiner Schwester Anna zusammen. Hammershøis Vater, ein Kaufmann, ein Bankrotteur, schien in der matriarchalischen Familie keine große Rolle gespielt zu haben. Das Vermögen kam offensichtlich und in jeder Hinsicht von der Mutter. Schon mit acht Jahren hatte sie Vilhelm durch Privatlehrer im Malen und Zeichnen unterrichten lassen. Seinen ersten Erfolg feierte Hammershøi mit dem Portrait seiner Schwester Anna. Spätestens da hatte die Mutter begonnen, ein Archiv ihres Sohnes anzulegen.

Anna war weitergegangen und stand nun vor dem Bild, das Vilhelm Hammershøi von den drei ihm vertrauten Frauen gemalt hatte: Da saß Ingeborg Ilsted, die Frau des Malerfreundes, in einem goldhellen Kleid (es könnte das vom Pfifferlingsbild sein, nur ohne Kragen), neben ihr seine Ehefrau Ida und, im Halbprofil den beiden zugewandt, ohne auf sie zu sehen, seine Schwester Anna in faltenlosem Schwarz. Im Unterschied zu Ingeborg wirkten Ehefrau Ida und Schwester Anna körperlos und statuarisch. Die drei jungen Frauen, die sich ja gut kannten, waren von Hammershøi beziehungslos nebeneinander plaziert worden, jede nur in sich versunken. Sie wirkten fahl, Ida und Anna dazu noch ältlich. Die Szene hatte etwas Unfrohes, sie hätte im Wartezimmer eines Arztes spielen können. Ging es um Krankheit? Um ein seelisches Nicht-Gelingen, um Entzug?

In den Ausstellungsräumen herrschte eine andere Atmosphäre als am Tag zuvor. Die Luft war noch unverbraucht. Anna konnte schnell durch die Säle laufen, zurückkehren, vergleichen. Sie atmete die Kühle der Fensterbilder.

Kurz stand sie vor einem dunklen Bild, das »Fünf Freunde« hieß. Es zeigte wohl Malerkollegen, die nah nebeneinander und sich fremd um einen Tisch saßen. Zwei Kerzen, zwei Schnapsgläser. Er malte Menschen Seite an Seite, aber er malte keine Gemeinsamkeit. Er sparte die Geschichten aus, die sie teilten. Aber gab es Schwägerinnen, Freunde, gab es eine Ehe ohne Geschichten? Wenn nicht erzählt wurde, verging keine Zeit. Das gab diesen Bildern etwas Gedehntes, ja Eingefrorenes. Und die Zeit blieb stehen für das, was nicht gesagt werden konnte.

Dann stand Anna vor einem kleinen Bild mit einer schwarzen Rückenfigur, ein Motiv, das sie nun kannte. Aber etwas war anders. Der Blick ging nicht in die Zimmerfluchten großbürgerlicher Interieurs, sondern in den Winkel eines schlichten Raums, dem ein Durchgang folgte. Dahinter lag, wie eine sehr schmale Tür verriet, ein dritter Raum, vielleicht eine Kammer. Diese Tür war geschlossen.

Der Boden im ersten, angeschnittenen Zimmer bestand aus breiten Holzdielen, der Boden im angrenzenden Raum schien aus rötlichem Backstein gelegt zu sein. Dazwischen gab es keine Tür. Das ist unsinnig, das ist zu kalt, dachte Anna, denn der erste Raum war einfach, doch er hatte etwas von einem bewohnbaren Zimmer, während der zweite hofartig wirkte. Er schien, wie das dunklere Licht und die rohen Steine andeuteten, nur eine Art Passage zu sein, über die Dienstboten vielleicht auf die Straße oder in Vorratsräume gehen konnten.

Die schwarze Rückenfigur war kaum Ida, die Ehefrau

des Malers. Es mußte das Stubenmädchen sein. Es hielt einen Besen in der Hand. Neben ihm stand ein Eimer. Die Legende sagte »Interieur mit junger fegender Frau. 1899«.

Aber die junge Frau fegte nicht. Und gleich könnte eine Spieldosenmusik beginnen und die junge Frau würde sich drehen, drehen, mit ihrem Besen um sich selbst drehen, bis die Musik aufhörte und sie wieder mit einem letzten Zittern verharrte. Als eine stille Spielfigur neben dem Putzeimer, der kein Wasser enthielt.

Anna begann, sich dem Bild zu nähern, als schleiche sie sich an:

Da sind die Fugen zwischen den Holzdielen und die Fugen zwischen den Steinen, im rechten Winkel dazu der Abschluß der Bodenleiste und der Absatz der Tür nach dem Durchgang. Da sind die Türrahmen mit ihren Schatten. Die klare Geometrie. Da ist die Frau mit dem Nacken, und hat nicht der hofartige Durchgangsraum auch seinen Nacken: dieses Holzbrett dort oben am Türrahmen? Eine Art Schaufel, aber eine Schaufel war das nicht. Was war es dann? Seine Funktion schien egal. Als Abschluß der dunklen Tür nahm es die Figur der Fegenden auf. Und das weiße Schürzenband um die Taille der Frau und der schmale, weiße Streifen, den man in der Körperdrehung gerade noch von der Schürze sah, waren Variationen der Bodenlinien. So hatte die Frau eine Fuge und das Zimmer einen Nacken. Noch die Haare der Frau, die sich von der Stirn lösten, nahmen den struppigen Besen wieder auf. Das Rund des Eimers spielte mit dem Rund am Ausschnitt des Kleides, mit dem Rund der Taille. Ein Anhauch von ganz leichtem Rosa verband die Bildelemente. Rosa war im schwarzen Kleid, lag auf den Steinen, den Dielen. Rosa war im Blech des Eimers. In den Wänden des Durchgangs. Es ließ die tote Materie erröten, lichtbelebt, und reihte den Frauenkörper kaum merklich zu den Dingen. So verwandelte der Maler das Lebendige in Gebautes, in Architektur. Und heimlich hatte er der Genremalerei das Genre genommen.

Anna trat zurück, denn die Stimme war da.

2

Er hatte ja kein Atelier! Er hatte seine Wohnung! Strandgade 50. Elf Zimmer. Und bevor er mit Ida die Räume bezog, ließ er als erstes die bunten Täfelungen und Zierleisten weiß übermalen, die farbigen Wände und Decken grau streichen, die Holzdielen und Fußböden einheitlich dunkel beizen. Er wollte es leer und weit. Gemütlich war das nicht, auch wenn es bei Hammershøis nicht ganz so leer war wie dann auf seinen Bildern.

Anna lächelte, tatsächlich, das Stubenmädchen sprach!

Er nahm seine Wohnung als Atelier; seine Räume wurden seine Modelle. Wenn er eine Variation brauchte, verrückte er die Möbel, die Schalen, die Blumentöpfe, oder er stellte noch seine Frau Ida hinein. Daß er mich einmal malte, war die Ausnahme. Der Durchgang zur Vorküche hat ihn interessiert. Und er malte mich genau so, wie er Ida gemalt hätte oder seine Schwester, wenn er neben Ida eine zweite Figur brauchte wie eine Vase. Schwarzes Kleid, nackter Nacken, und von hinten.

Anna sah sich schnell um, sie stand allein vor dem kleinen Bild und keiner der anderen Besucher schien das Sprechen des Stubenmädchens zu hören. Ein leises Murmeln lag im Raum, das Surren der Audiogeräte, manchmal klackten Schritte.

Als die beiden noch verlobt waren, malte er Ida einmal nach einer Photographie. Ich fand das seltsam. Da rasterte er die Photographie, und dann übertrug er das Bild kleines Quadrat für kleines Quadrat säuberlich auf die Leinwand. Ich habe im Zimmer abgestaubt. Sie waren damals noch nicht verheiratet, aber er malte sie schon mit einem Ehering. Und einem kleinen Hut. Zutraulich und traurig.

Ich fragte mich: Warum malt er seine junge Braut nach einer Photographie und nicht nach dem Leben? Später habe ich mich das nicht mehr gefragt.

Bilder sind etwas anderes. Vieles auf ihnen ist nicht verständlich.

Das Bild mit den Pfifferlingen zum Beispiel. Da malte also Peter, sein Schwager, wie seine junge Frau Ingeborg Pilze putzt. Das ist wirklich ein sehr schönes Motiv. Nur putzt kein Mensch so Pfifferlinge! Dürfen wir, die wir Pfifferlinge putzen, nicht erwarten, daß das richtig gemalt wird! Das Pilzeputzen, meine ich. Ich meine nichts anderes. Nicht die Seele, nicht die Sehnsucht. Die Künstler meinen leicht etwas anderes, weil das leichter ist. Sie weichen aus in weiche Ziele. Sie beugen sich über unser Leben, als interessiere es sie. Es interessiert sie aber nicht. Was uns im Grunde nicht weiter beschäftigt. Jeder macht schließlich seine Arbeit. Aber wir schlagen keine Funken aus ihrer Not. Sie aus der unseren schon. Ohne uns hätten sie keinen Stoff. Wir schon. Wir haben die Pilze. Niemand kann Pilze putzen, wenn er so dasitzt. Das kränkt meine Berufsehre.

Ich machte damals alles. Einkaufen, servieren, aufräumen, putzen. Kochen auch, aber die Herrschaften aßen ja wenig, und wenig zu Hause. Die Pilze. Ja, manchmal, wenn es nichts zu tun gab, schickten sie mich in die Pilze, ich glaube, sie meinten es dann gut mit mir. Aber niemand kann so Pilze putzen. Warum malt er es dann? Eine Lust an den Farben, den Pfifferlingen, dem Mädchen. Muß man deshalb das Pilzeputzen mißachten? Da hat man nicht einen Teller auf dem Schoß und den andern auf dem Tisch! Da krümelt man nicht herum. Der Weg vom Schoß zur Tischplatte ist zu weit. Man muß nah an den Tisch heranrücken und dann ganz sorgfältig über dem Teller arbeiten. Sonst schneidet man zu viel ab, sonst verletzt man den Pilz. Und verschwendet das gute Fleisch. Das ist eine genaue Arbeit.

Aber Ingeborg sieht auf dem Bild wenigstens lebendig aus. Bei Ida war ich mir nicht immer sicher. Wie sie in den leeren Räumen steht, schwarz und von hinten. Er malte sie schon in dieser Art, bevor sie schwermütig wurde. Peter zeigte Ingeborg als Mutter, wie sie mit ihrem Kind spielt, im unaufgeräumten, bunten Zimmer. Doch Vilhelm hat Ida gemalt wie ein gutes Möbel. Sie hatten keine Kinder. Und es war bei ihnen immer ordentlich.

Vilhelm, ihr Mann, war radikaler als Peter, ihr Bruder. Er ging diesen Kompromiß nicht ein: Ein Künster war ein

Künstler und kein Familienvater! Vilhelm war härter. Aber es war ja nicht nur Härte.

Dann begannen Idas Anfälle. Sie wurde krank. Ich habe das kommen sehen. Immer so unter der Aufsicht der Schwiegermutter, sie mußte sich einfügen wie eine Tochter, nur daß sie nicht die Tochter war. Irgendwie schon eine seltsame Familie. Die starke Mutter, die schöne Tochter, die zeitlebens mit ihrem jüngeren Bruder lebte. Auch er war ein Maler, und die beiden führten eine Geschwisterehe. Vielleicht hat Vilhelm dieses Leben mehr überzeugt als ein Zusammensein von Mann und Frau. Seine Ida war eine patente Begleitung auf den vielen Reisen. Sie entlastete ihn. Sie war es, die seiner Mutter in braven Briefen berichten mußte. Und sie war gut für seine Bilder, ein praktisches Modell. Aber als Frau war sie austauschbar. Nein, nicht austauschbar, so gefügig ist nicht leicht eine andere. Aber sie war als Person nicht wichtig. Wenn es sein mußte, hat er mich, das Stubenmädchen, doch genauso gemalt.

Da malt er also diesen Durchgang zur Vorküche. Und mich, wie ich fege. Aber da brauche ich doch eine Kehrschaufel und keinen Putzeimer, in dem kein Wasser ist. Und dann hängt er das Küchenbrett oben an die Tür! Das gibt überhaupt keinen Sinn. Das ist mein Brett mit den Rändern, auf dem ich die blutigen Innereien hacke, bevor ich sie koche mit geschnittenem Schweinefleisch und Zwiebeln, Äpfeln, Schmalz. Er hat das Brett gemalt, und er hat es doch nicht gemalt. Weil es ihm nicht um das Brett ging, sondern um einen Farbfleck für seine Komposition. Und kein Mensch erkennt, was das ist.

Manches darf man nicht sagen. Aber man kann es sehen.

Nachdem er seine Verlobung bekanntgegeben hatte, schrieb ihm Otto, sein älterer Bruder – ich werde den Brief nie vergessen, er hat ihn, etwas verschämt, seiner Mutter vorgelesen, dann war er auf dem Tisch liegengeblieben.

»Lieber Vilhelm!«, schrieb Otto also, »empfange hiermit meine herzlichsten Glückwünsche zu Deiner Verlobung! Ich hoffe, Ihr kommt bald hierher, da ich mich selbstverständlich darauf freue, Deine Verlobte kennenzulernen.« Und dann: »Es war eine große Überraschung, jedenfalls für mich, ich hätte geschworen, daß Du niemals daran denkst, Dich zu verloben.

Mit freundlichem Gruß an Dich und Deine Liebste,
Dein ergebener Bruder
Otto Hammershøi«

Das sollte ein Glückwunschschreiben sein. Aber was heißt denn »selbstverständlich darauf freue«, was heißt »jedenfalls für mich«! Otto war sein Lieblingsbruder, sein inniger Vertrauter. Die beiden schrieben sich viel. Warum sagte ihm der Bruder, daß er geschworen hätte, Vilhelm würde nie heiraten? Das eine ist ja, daß man das empfindet; das andere, wenn man es auch noch sagt. Otto muß wirklich sehr überrascht gewesen sein.

Doch man muß keine Briefe kennen. Wer mag, kann es auf den Bildern sehen.

Auf einmal sah Anna, wie das Stubenmädchen den Kopf leicht hob und sich dann eine Strähne aus dem Gesicht wischte. Jetzt schaute sie ein wenig über die Schulter zurück in den dämmrigen Ausstellungsraum hinein. Anna versuchte, in Blickkontakt mit ihr zu treten, aber die blauen Augen sahen weit an ihr vorbei. Anna roch Ölfarbe und Terpentin. Und einen Hauch von altem Parfüm. Aus der Ferne kam das gedämpfte Klappern von Hufen auf Kopfsteinpflaster. Sie schnupperte, sie horchte. Aber schon hatte sich die junge Frau wieder umgewandt. Anna sah das Licht auf ihrem leicht geneigten Nacken, ihren Schultern, sie meinte noch einmal »Man kann es sehen« zu hören. Und dann leise, aber klar: »Artemis«.

ZWEITES BILD, DRITTER TAG

I

Anna saß am Ufer vor der Kleinen Meerjungfrau. Die Bronzestatue kauerte auf einem Findling. Sie wirkte viel kleiner, als die Photographien es erwarten ließen, eine junge Frau mit unauffälligem Fischschwanz. Vom Hafen kam ein kühler Wind. Der Frühling wollte sich nicht recht durchsetzen. Dabei war es schon Anfang Mai. Das Licht spielte in einem transparenten Grau, durch das, wenn die ziehenden Wolken die Sonne für einen Moment freigaben, ein heller manganblauer Himmel drang.

Anna wußte nicht, ob sie noch einmal ins Museum gehen sollte. Es war ihr egal, ob dieser Maler, von dem sie bis vor zwei Tagen noch nie gehört hatte, homosexuell war oder nicht. Freilich, die Idee einer unsicheren, einer nicht gelebten geschlechtlichen Identität würde die Fenster und Türen dieser Bilder anders öffnen. Weiße Luftschutzmaßnahmen.

Anna zog die Beine an und umfaßte ihre Knie. Sie sah zum Wasser. Sie dachte an ihren Mann. Es schien ihr lange her zu sein, daß sie zusammen waren. Dabei war sie noch keine Woche unterwegs. Sie mochte nicht an den letzten Abend in München denken. Was war das für ein Vorgang: Zerbrechen? Manchmal geschieht etwas Entscheidendes in Sekunden. Auch ein mundgeblasenes altes Weinglas zerspringt auf einem Steinboden unrettbar im Nu. Ob es nun aus Versehen fiel oder geworfen wurde. Und doch war eine Ehe kein Weinglas.

Sie hatte gerne mit Georg gelebt, dem Altphilologen. Er hatte diesen Beruf aus einer vergangenen Zeit mit dem Hautgout von Oberstudienrat. Aber ein guter Altphilologe war nie langweilig. Ihr Mann konnte ihr Wörter schenken, oft ohne es zu wissen. Epithalamios, zum Beispiel. Das hieß Hochzeitslied. Aber epithalassios hieß: am Meer gelegen. Manchmal sagte er so was wie nebenbei, wenn er in der Küche an Korrekturen von Schülerarbeiten saß und sich über Fehler wunderte. Sie konnte dann weiterspielen und sagen: Und ein Epithalamios epithalassios, das wäre dann ein am Meer gelegenes Hochzeitslied.

Manchmal lachte er dann.

Anna hatte begonnen, Steinchen ins Wasser zu werfen. Und die Kreise zu beobachten, die nacheinander und ineinander entstanden.

Eine Störung, unerwartet, provozierte gleichmäßige weiche Formen.

Wenn das Zusammenleben noch gut ist, weiß man es nicht. Man nimmt es einfach hin. Und streitet über liegengelassene Socken auf der Treppe oder ein verschwundenes Buch. Oder den Müll. Sitzt abends am Küchentisch, zeitunglesend, vor Korrekturen oder am Notebook. Gewöhnung macht blind. (Wie die Angst blind macht; aber das war ein anderes Thema. Ein Kapitel aus der Biographie des Quasi-Olm.) War ihre Ehe gut gewesen? Wie sie jetzt so dasaß und Steinchen ins Wasser warf an der kalten Uferpromenade von Kopenhagen, kam ihr der vergangene Alltag auch kostbar vor.

Aber nicht nur.

Der Wind drang durch den Trenchcoat; sie verschränkte fröstelnd die Arme. Sollte sie sich »Artemis« noch einmal ansehen? Das Stubenmädchen hatte den Namen so eindringlich genannt. Als sei dieses Bild ein Schlüssel. Vier nackte Frauen nebeneinander, lebensgroß, in Beige-Tönen wie Sand. Sonst nichts. Anna zielte jetzt mit einem Kiesel auf den Findling, so daß er ins Wasser zurücksprang; sie sah auf die Meerjungfrau. Auch dich könnte man lesen als ein Märchen über sexuelles Außenseitertum. Du tanzt mit Beinen wie auf Messern, weil du deinen Fischschwanz verleugnen mußt, um zu lieben. Und du bist stumm, denn für deine Verwandlung hat die Meerhexe deine Stimme behalten. Du willst das Herz des Menschenprinzen gewinnen, den du vor dem Ertrinken gerettet hast, und durch seine Liebe eine unsterbliche Seele bekommen. Er aber erkennt dich nicht. Nicht als Liebende, nicht als seine Retterin, die ihm entgegengeschwommen war. Er wird eine Menschenfrau heiraten, kein Wesen wie dich aus dem anderen Element. Du hast alles für ihn aufgegeben und weißt, daß du nach seiner Hochzeitsnacht beim ersten Sonnenstrahl sterben wirst. Es sei denn, du tötest ihn. Deine fünf Schwestern haben sich ihr langes Haar abgeschnitten und von der Meerhexe dafür ein scharfes Messer bekommen. Wenn das Blut des Prinzen auf deine Beine spritzt, erhältst du deinen Schwanz wieder und kannst zurück in den submarinen Glaspalast deines Vaters, wo das tiefe Meer so blau ist wie die Blütenblätter der schönsten Kornblume. Aber als du den schlafenden Prinzen siehst, wirfst du das Messer fort, springst ins Wasser und wirst mit dem frühen Licht, wie die Legende es will, zu todeskaltem Meeresschaum. Doch unversehens erwächst dir aus dem Schaum ein unsichtbarer Körper, der durch seine eigene Leichtigkeit fliegt. Weil du den Prinzen mehr geliebt hast als dich selbst, bist du ein Luftgeist geworden. Die Töchter der Luft nehmen dich auf und erklären dir, daß auch Luftgeister keine unsterbliche Seele haben, wie Meerjungfrauen. Aber anders als diese können sie sich selbst eine schaffen. Wenn sie dreihundert Jahre danach streben, all das Gute zu tun, das sie vermögen.

Anna sah über das Wasser und in die hohen schnell dahinziehenden Wolken. Welche Schmerzensphantasien steckten in diesem Märchen, das die bronzenackte Figur auf dem Findling am Ufer anmutig milderte.

Aber du bist schön. Anna strich sich die Haare aus der Stirn, du bist ein Wahrzeichen. Mit 1,25 Metern war diese Meerjungfrau eines der kleinsten Wahrzeichen der Welt. Wieviel größer der Eiffelturm! Oder die Freiheitsstatue! Und doch war sie das Emblem der Hauptstadt eines interkontinentalen Staats. Sie suchte das Gesicht des Mädchens, das sich durch das Licht- und Schattenspiel auf dem Metall entzog. Bist du heimlich, zwischen Meer und Land, eine Schutzheilige der Ehen? Und blieb nicht jede Ehe die ehrenhaft scheiternde Probe auf deine Meerjungfrauen-Utopie, eine Seele durch einen andern zu bekommen? Unsichtbar, ein kühler Hauch, hast du zum Abschied die Stirn der Braut geküßt und dem Prinzen zugelächelt; jetzt bist du mit den Geistern im Wind unterwegs. Ave und ahoi, ihr Töchter der Luft!

Ich bin durchaus nüchtern, dachte Anna. Aber ich habe Hunger. Und die kleinen Wellen hier machen mich betrunken, dieser Ostseewind und vielleicht auch die bronzene Körperlinie dieser anmutigen Märtyrerin aus Liebe.

Sie sah auf das hingelagerte Mischwesen. Unentschlossen.

»Artemis« war ein monumentales Gemälde. Neben der Leinwand hingen gezeichnete Aktstudien und ein Akt von Ida mit unkenntlich gemachtem, ausgekratztem oder verwischtem Gesicht. Sie hatte das alles gestern aus dem Augenwinkel wahrgenommen, es hatte sie aber weniger interessiert als die leeren Fensterwelten, die somnambulen Fluchten der verschlossen-offenen Türen.

Ich habe Zeit, dachte Anna, ich habe nichts zu tun. Ich bin unterwegs mit Kreditkarte und Handgepäck. Und im Augenblick weiß ich nicht, wohin ich weiter gehen soll. Das Hotelzimmer ist bis morgen gebucht. Ich kann es verlängern. Wer kein Ziel hat.

Ich bin im Spiel. Himalaya. Ziehe eine Ereigniskarte: Artemis.

War Artemis, die griechische Göttin der Jagd, nicht auch die Göttin, die Frauen und Mädchen in ihren Schutz nahm?

Anna stand vom Boden auf, klopfte sich den Sand ab. Sie sah noch einmal zur Kleinen Meerjungfrau. Gerne hätte sie ein Wort mit ihr gewechselt. Quer durch die Zeiten, über die unsicheren Aggregate der Realität hinweg. Doch dann war sie schon auf dem Weg zurück zum Museum.

2

Bevor sie das Bild sah, sah sie den Mann. Er war etwa 1,80 Meter groß, dunkelblaues Hemd, genauer indigofarben, wenn man das bei diesem Dämmerlicht wirklich sagen konnte. Jeans. Schmale Hüften. Kein Audiogerät um den Hals. Kein Notizbuch in der Hand. Über die linke Schulter hing ihm ein Rucksack, der an die Taschen von Fahrradkurieren erinnerte. Anna kannte dieses Modell von ihrem Sohn. Der Mann stand aufrecht. In einer selbstvergessenen Haltung, die Anna spontan als keusch empfand. Von hinten kommend, sah sie, wie er in das Bild vertieft war. Er nimmt mir meinen Platz weg, dachte sie. Das war natürlich Unsinn. Vor dem riesigen Gemälde mit den lebensgroßen Figuren war so viel Raum, daß noch eine ganze Schulklasse hier hätte Notizen machen können.

Anna fixierte den Rücken des Mannes – konturierte Schultern – und ging links an ihm vorbei. Er stand nun rechts von ihr, unmittelbar vor der vierten Frau des Bildes, die, wie Anna jetzt in der Nähe der Leinwand erstmals sah, keine Frau war. Sie sah noch einmal hin. Die Gestalt mit dem langen, zurückgekämmten Haar und den weiblichen Hüften hatte fraglos einen Penis. Sie ging zwei Schritte weiter und stellte sich vor Artemis, die eine kleine Mondsichel wie eine Markierung über dem Kopf trug. Links von der Göttin standen zwei weitere Damen in antikisierender Manier.

Anna rang mit einer Antwort. Sie fand das Bild hilflos schlecht.

Und doch. Vielleicht unterschätzte sie es. Hammershøi hatte etwas nachgemacht. Und verwandelt. Er war in Rom gewesen, lange in Paris, er hatte in Museen kopiert.

Vorgestern und auch gestern noch war sie schnell an dieser Leinwand vorbeigegangen. Sie war ihr, im besten Fall, unerheblich erschienen. Sie hatte weggesehen, weil sie den Maler schützen wollte.

Jetzt sah sie hin. Aus demselben Grund.

Das Ganze wirkte wie ein Fries; man hätte es sich an einem modernen Tempel vorstellen können. Der androgynen Männerfigur rechts entsprach eine Frauenfigur am linken Bildrand, die nur als Rückenfigur zu sehen war. Artemis stand im gleichen Abstand zwischen den beiden und besetzte damit auch die Bildmitte. Ein wenig hinter ihr, aber nah bei ihr, stand eine Frau, die einen Schritt hin zu dem weiblichen Mann machte. Man hatte also eine weibliche Rückenfigur links und zwei Frauen in der Mitte, die auf einen androgynen Mann rechts hin orientiert waren. Die Frau, die bei Artemis stand, schien ihre Hand auf Artemis' Rücken zu legen. Artemis selbst sah sehr offen zu der weiblichen Männerfigur hin.

Diese senkte den Blick.

Eine abgetönte Ruhe lag auf dem Bild. Ein brauner Bodenstreifen und ein hellerer, gräulicher Himmelsstreifen gaben der Szene keinen Raum, eher den einfassenden Bordürenrand wie für ein Muster.

Irgend etwas an dem Bild machte Anna nervös. Sie sah, daß sie etwas nicht sah. Was war es?

Die Frauen waren als Frauen zu erkennen, aber sie hatten seltsam taillenlose Körper und flache Brüste. Ihre Hälse waren kurz, fast stämmig. Anna trat etwas näher an das Bild heran. Sie wollte sich den Penis genauer ansehen. Unversehens kam sie in die Nähe des blauen Mannes, der immer noch vor dem Bild stand. Ich sehe mehr als er, dachte sie. Ich bin Profi im Hinsehen.

Der Penis war gerade so gemalt, daß er fraglos zu erkennen war, jedenfalls auf den zweiten Blick. Aber er war auch keinen Pinselstrich genauer gemalt, als zur Identifikation unbedingt nötig gewesen wäre. Hoden fehlten. Anna trat zurück und schaute dabei schnell nach dem Mann hinter sich. Der reagierte auf ihre Bewegung; ihre Blicke begegneten sich kurz. Anna lächelte reflexhaft und hatte sich schon wieder umgedreht. Sie spürte, daß auch der Mann jetzt einen Schritt zurückgetreten war.

Und dann sah sie es, aber es war so deutlich, daß sie daran zweifelte. Artemis und ihre Freundin legten beide in paralleler, also doppelter Geste ihre rechte Hand über ihr Geschlecht. Aber was war das für eine Geste! Die Frauen verhüllten nicht ihre Scham mit einer abdeckenden Hand. Nein, Daumen und Zeigefinger, bei Artemis Zeige- und Mittelfinger, bildeten eine Form, die gegen den Augenschein zugleich als Penis mit Hoden zu erkennen war. Dabei wirkten beide leicht geöffneten Hände wie auffordernde Winke hin zum Geschlecht des angelehnt sinnenden Mannes. (Woran er sich anlehnte, sah man nicht, er war, wie die ihm polare weibliche Rückenfigur, vom Bildrand angeschnitten.) Er stand in einer verdrehten Haltung da. Sein weiblich wirkender Oberkörper schien entspannt, der männliche Unterkörper hingegen verkrampft. Er hielt die Beine zusammengepreßt, wobei er sein Geschlecht frei zeigte.

Das Bild könnte der Ausschnitt aus einem Fries sein, sicher, aber es ließ sich auch als Spieluhr in Form eines Wetterhäuschens lesen. Dann drehte sich der weibliche Mann auf die Position der weiblichen Rückenfigur. Die beiden kämen nie zueinander, sie wechselten einander ab: Sah man die eine Figur von vorne, sah man die andere von hinten. Im Zentrum ihres Drehens aber drehten sich Artemis und ihre Freundin umeinander, und ihre Hände zeigten die Geste des männlichen Geschlechts. Anna schätzte, daß die Hand der kühn blickenden Artemis ziemlich genau im Schnittpunkt der beiden Bilddiagonalen lag. Im nackten Zentrum.

Man weiß nicht immer, was man weiß, dachte Anna. Er mußte das nicht absichtlich gemalt haben. Es gab eine Wahrheit der Intuition. So konnte die Bildsprache eines Gemäldes mehr verraten, als dem Maler lieb war. Die Zehen jedenfalls hatten ihn, so flüchtig, wie er sie darstellte, im Unterschied zu den Gliedern der Hand nicht interessiert.

– Er hatte eine gerahmte Photographie von Peruginos »Apollon und Marsyas« in seinem Zimmer hängen.

Anna drehte sich um und schaute dem blauen Mann ins Gesicht.

– Seine Frau Ida hatte sie ihm geschenkt. Der Mann lächelte. Entschuldigen Sie, aber ich dachte, es könnte Sie interessieren, wenn Sie dieses Bild so genau ansehen.

Und? sagte Anna leise. (Warum sprach er sie auf deutsch an? Was an ihr verriet ihre Sprache?)

– Die Figur des Apollon von Perugino zeigt ziemlich genau die Haltung des Mannes hier.

– Auch so verdreht im Unterkörper? Auch hodenlos?

Der blaue Mann lachte.

– Nein, entspannt. Aber die beiden sehen sich ähnlich. Bei Perugino hört Apollon dem flötespielenden Marsyas zu.

– Eine Männergeschichte?

– Wenn Sie so wollen. Mit einem ziemlich scheußlichen Ausgang. Ich kann Ihnen das Bild zeigen, wenn Sie möchten. Kommen Sie mit in die Cafeteria?

Anna sah ihm ins Gesicht. Er hatte einen schmalen Mund, hohe Backenknochen. Langstreckenläufer, Radfahrer, Schwimmer? Vegetarier eher nicht, aber sie war nicht sicher. Er lächelte sie aus dem Dämmerlicht an. Odessa fiel ihr ein. Er sah aus wie die Männer am Hafen von Odessa.

3

Die Cafeteria war hell. Bunte Stühle und Tische standen vor einer Glasfront, hinter der ein Park begann. Es hatte wieder zu regnen begonnen, doch in windigen Schauern kam manchmal die Sonne durch. Als Anna sich setzte, bemerkte sie, daß die Tulpen, die in weißen Vasen auf jedem der Tische standen, immer drei Tulpen in einer schmalen Vase, die Farbe der Möbel zitierten: Grasgrün die Tische, die Stühle Aubergine, Gelb. Anna überlegte, welche Blumen man nehmen würde, wenn es keine Tulpen mehr gab. Ob der architektonische Entwurf die Blumen festlegte zur Raumgestaltung? Vielleicht gab es in Dänemark Gewächshäuser mit lila und gelben Tulpen über das ganze Jahr.

Sie hatte Hunger. Sie wußte nicht, was sie jetzt mit dem fremden Mann am Tisch machen sollte. Auch wenn er ihr gefiel. Er hatte sich ihr gegenübergesetzt, seinen Laptop aus seinem Rucksack genommen und ihn angeschaltet. Dann sah er auf und fragte: Mögen Sie einen Café?

Sie wollte etwas essen. Doch der Vorgang der Nahrungsaufnahme schien ihr jetzt zu intim. Sie wußte, daß sie eine Art gesellschaftlicher Eßstörung hatte. Oder anders: Sie kannte das Glück gemeinsamen Essens. Ja, eine ihrer Ideen von Glück war die lange Tafel mit der Familie, Freunden,

Kollegen. Aber sie schämte sich gegenüber einem Fremden, der ihr zusehen würde, Nahrungsmittel in den Mund zu nehmen, zu kauen, zu schlucken.

Lieber einen grünen Tee, sagte sie, werden wir nicht bedient?

Er schüttelte den Kopf und wies auf eine Theke, wo man sich selbst das Gewünschte holte.

– Aber hier gehen Kellner herum.

– Sie räumen ab und bringen die warmen Speisen.

Ich bringe Ihnen einen Café mit, sagte sie, während Sie das Bild suchen mit Apollon.

Er dankte kurz und klickte sofort in seinen Laptop.

Ich habe Hunger, dachte Anna. Und ich habe ein Problem. Ich sitze mit einem ziemlich attraktiven Mann am Tisch und möchte ihn nicht ankauen. Ich bin unglaublich verklemmt. Und dann fiel ihr ein, daß das Wort »verklemmt« wohl nicht mehr im aktiven Wortschatz der jüngeren Generation war. Oder doch? Wie sagten sie, wenn sie diesen Anflug von Scham verspürten. (Sie würde ihre Tochter fragen. Und auf einmal überkam sie ein Sehnsuchtsanfall nach dem Kind. Und sie schloß kurz die Augen und nahm sich zusammen. So war das eben im Himalaya.)

Als Anna mit den Getränken zurückkam, sah sie Apollo und Marsyas. Er hatte recht gehabt. Der androgyne Mann auf dem Bild »Artemis« sah Peruginos Apollon sehr ähnlich.

Ich kenne die Geschichte nicht, sagte Anna, sie lachte auf: Anna Michaelis, übrigens.

Und dann erzählte Martin Buri vom Wettstreit zwischen dem Gott Apollon und dem Satyr Marsyas. Marsyas, der Herausforderer, spielte auf einer gefundenen Doppelflöte. Apollon nahm die edlere Kithara, ein der Lyra verwandtes Saiteninstrument, nur größer. Zunächst sprechen die Musen Marsyas den Sieg zu. Da aber beginnt Apollon zu singen. Und schon war er der Gewinner. Apollon aber, wütend (trotz des Siegs) über die Frechheit des Satyrs, sich mit ihm zu messen, ließ Marsyas bei lebendigem Leib die Haut abziehen.

– Ich zeige Ihnen ein anderes Bild. Er tippte Tizian in die Suchmaske ein. Man sagt, Tizian habe nicht mit Farbe, sondern mit Fleisch gemalt. Schauen Sie hier, eines seiner letzten Werke. Marsyas hängt kopfüber am Baum und König Midas, vielleicht eine Selbstdarstellung des Malers, sieht dem Abziehen der Haut melancholisch zu. Die Geschundenen erlitten einen langsamen Tod.

Anna sah die opulente Grausamkeit. Wenn er mit Fleisch gemalt haben soll, dann war das auch ein Bild über das Malen. In einer kaum zu steigernden Schmerzenspracht.

Um was ging es? fragte sie.

– Um Hybris vermutlich. Oder eben um Demut. Fordere keinen Gott heraus. Oder wisse, daß du in deiner Kunst nicht allein entscheidest. Oder wie sagte es Michelangelo: »Ich möchte wollen, Herr, das nicht von mir Gewollte.«

Ich lasse dich nicht, du segnest mich denn, dachte Anna.

Und Artemis, sagte sie nun schnell, worum ging es da?

– Das ist ein sehr merkwürdiges Bild. Es ist das einzige unter Hammershøis Gemälden mit lebensgroßen Figuren, und auch das erste und einzige, das er aus der Phantasie gemalt hat. Es gab kleinere Studien, aber nichts Ernsthaftes.

Er malt ein Diffundieren des Geschlechtlichen, versuchte es Anna.

Martin Buri lachte auf.

– Eine Diffusion ist eine ungerichtete Zufallsbegegnung von Teilchen aufgrund ihrer thermischen Energie.

Anna errötete.

– Ja, vielleicht haben Sie recht, das Bild spricht von einem Ineinander-Übergehen von weiblichen und männlichen Momenten. Der blaue Mann nahm einen Schluck Kaffee und klappte den Laptop zu. Aber vielleicht malte er auch nur, daß das Geschlecht keine Rolle spielt.

In welchem Sinn, fragte Anna.

– Daß man es vielleicht nicht leben muß. Oder daß man es sehr verschieden leben kann.

ZWEITES BILD, NACHT

Buri legte sein Knie zwischen ihre Knie und lag, auf die Oberarme gestützt, über ihr.

– Wohin wirst du jetzt gehen?

Er lehnte seine Stirn an ihre nackte Schulter. Sie spürte, wie er ihren Geruch einsog. Ich habe seit dem Morgen nicht geduscht, dachte sie, und ich war den ganzen Tag unterwegs. Er schien es zu mögen, sie zu riechen. Auch jetzt noch.

Ich weiß es nicht, sagte sie. Und dann atmete sie tief ein und mußte sich gestehen, daß auch sie seinen Duft mochte. Auf einmal schien alles leicht.

Er legte sich wieder neben sie, fuhr mit seiner Hand über ihre Seite, den rechten Brustkorb entlang, strich über die Brustwarze, die sich unter seiner langsamen Berührung aufrichtete, die Hüfte, den Oberschenkel. Sie griff noch einmal nach seinem Glied und berührte mit dem Zeigefinger leicht die Eichel, als prüfe sie deren Oberflächenbeschaffenheit. Sie dachte an die konzentrischen Kreise auf dem Wasser. An das Werfen der Steinchen bei der Kleinen Meerjungfrau. Dann suchte sie weiter mit der Fingerspitze und fand das Wort Samt.

– Komm mit nach Basel, sagte er.

Sie schwieg.

Sie sagte, sie sei schon einmal in Basel gewesen, vor vielen Jahren, für eine Reportage über Blindenhunde.

– Blindenhunde! (Natürlich lachte er.)

Ja, Blindenhunde, sagte sie. Es war eine Reportage über die Ausbildung von Blindenhunden in einem Vorort von Basel.

Und einer der Ausbilder habe einen schönen Satz gesagt, den sie in der Reportage damals nicht zitierte, der ihr aber bis heute ein wichtiger Satz geblieben sei. Und manchmal sage sie ihn auch zu ihren Studenten.

– Und? Er küßte sie auf die kleine Falte, unter der die Achselhöhle begann.

Ein Frösteln überlief sie, und sie wunderte sich, daß dieser Fremde Macht hatte über ihren Körper.

– Manche Blindenhunde lernen, was sie lernen müssen, in sechs Monaten, sagte der Ausbilder. Es gibt aber andere Blindenhunde, die bräuchten für dasselbe Pensum neun Monate. Bis sie es können. Das heiße aber durchaus nicht, sagte er dann, daß das die schlechteren Blindenhunde seien.

Sie schwieg. Sie sehnte sich danach, noch einmal mit ihm zu schlafen.

Er aber nahm ihren Kopf in seine Hände und legte seine Stirn kurz an die ihre.

– Komm mit.

Mit einer leichten Drehung entzog sie sich ihm. Sie konnte ihm jetzt unmöglich erklären, daß sie im Spiel war. Und daß es zwar kleine Ausnahmen gab, Ereigniskarten wie jetzt, die den Ablauf unterbrachen, aber daß sie zu Ende spielen mußte. Obwohl sie die Regeln kaum kannte. Und daß es nicht so einfach war; sie mußte dabei allein sein.

Stattdessen sagte sie:

Ich bin am falschen Bahnhof ausgestiegen, damals in Basel. Und mußte mich umständlich mit der Straßenbahn durchschlagen. Basel hat drei Bahnhöfe, die zu drei verschiedenen Ländern gehören. Das wußte ich nicht. Ich fand das wunderbar.

Er strich ihr über das Haar. Ich fahre übermorgen nach Basel, sagte er. Es gibt einen Direktflug: In einer Stunde sind wir dort. Und ich nehme dich mit in alle Museen der Stadt, in die Galerien, und wenn du das gesehen hast, dann machen wir in Zürich weiter. Du wirst mehr als genug Bilder finden.

Sie nickte. (Er konnte es ja nicht verstehen. Es ging nicht um mehr als genug Bilder, es ging immer nur um das eine Bild. Es ging um einen Wink fürs Weiterkommen. Eine Grundregel des Spiels war, das zumindest glaubte sie mittlerweile verstanden zu haben, auf die Notwendigkeit des Zufalls zu achten.)

Anna nickte noch einmal, weil sie sich über sein Angebot freute. Und weil sie ihm zeigen wollte, daß sie es schätzte.

Ich kann jetzt nicht alles genau erklären, sagte sie, und sie fuhr mit ihrer flachen Hand über seinen Oberschenkel wie über den Rücken eines Neugeborenen.

– Dann erklärst du es mir morgen. Er drehte sich zu ihr und sah in ihr Gesicht. Morgen noch einmal im Museum, zur selben Zeit, vor Artemis.

Hinter dem kleinen Fenster dämmerte ein Morgen. Wie viel Utopie lag in jedem neuen Tag. Sie waren verloren vor Hoffnung.

Und sie nickte und sah in seine Augen, die von einem kristallinen Grau waren, gerade jetzt in diesem Zimmer mit der Jugendherbergsbettwäsche, in der zu frühen Stunde, in diesem so schnell hell werdenden Licht.

Ich kann nicht schlafen, wenn du dableibst, sagte sie. Es ist wie mit dem Essen.

– Aber du hast doch gegessen. Und nicht wenig: Vollkornbrot und Heringsfilets und Salat! Du hast gesagt, ich schäme mich, vor Ihnen zu essen. Und da habe ich gesagt, daß ich mitesse, daß ich auch Hunger habe. Und so haben wir das gleiche gegessen. Einander gegenüber. Und du hast gelacht dabei. Und alles aufgegessen, noch das letzte Blatt Salat. Also auch mein letztes Blatt Salat. Er umfaßte ihre Schultern.

Sie nickte noch einmal.

Da begann er, sich vorsichtig auf sie zu legen. Sie spürte, er wollte ihr nicht sein Gewicht zumuten, denn er stützte sich wieder mit den Händen ab.

Leg dich auf mich, sagte sie. Ganz.

Und als sie ihn spürte – seinen Kopf auf ihrer Schulter, seinen Bauch gegen ihren Bauch, sein Geschlecht an ihrem Oberschenkel, seine Knie –, da wußte sie, daß sie sich entscheiden mußte.

Artemis, sagte Anna. Himalaya.

– Himalaya! Bitte nicht. Er küßte ihren Hals. Und ins ewige Weiß lasse ich dich nicht allein.

Sie versuchte zu lachen. Dann bat sie ihn zu gehen.

Er drückte sich von ihrem Körper hoch und setzte sich an die Bettkante. Er sah zu ihr zurück. Und es gibt dort keine Galerien. Nun nickte sie fast flehentlich.

Auch wenn er nicht verstand, so stand er doch auf, griff nach seinem indigodunklen Hemd und begann, sich anzuziehen.

Und ein bißchen Liebe ist doch dabei, dachte Anna.

Artemis, sagte er, Artemis morgen zur gleichen Zeit!

Heute, sagte sie. Es ist schon heute.

Er beugte sich noch einmal über sie. Sie küßte ihn still zurück auf die schmalen Lippen. Und als er sah, daß sie weinte, nahm er mit seinen Lippen das Naß von ihren Wangen. Und jetzt mußte Anna doch lachen, denn sie dachte an die sorgfältigen Putzerfische früher, am Glas des Aquariums ihrer Kinder.

Er aber hatte sich nun wieder aufgerichtet und ging davon mit der weichen Eleganz eines Mannes, der sich sicher ist.

ZWEITES BILD, VIERTER TAG

I

Am Abend dieses Tages saß Anna Michaelis in einem Flugzeug Richtung Boston, Massachusetts.

Sie war sofort eingeschlafen am frühen Morgen und erst wieder aufgewacht, als es im Hotel kein Frühstück mehr gab. Sie brauchte grünen Tee. Sie hatte versucht, sich zu erinnern.

Sie hatte sich erinnert.

Und dann hatte sie gewußt, wie es weiterging. Nur sollte sie jetzt sehr, sehr schnell sein. Sie wollte weiterreisen, bevor sie viel zu überlegen begann.

Noch auf der Bettkante schaltete sie das Notebook ein. Als Schülerin hatte sie die Reproduktion eines kolorierten Stichs der Boston Tea Party über ihrem Bett aufgehängt. Bostoner Honoratioren warfen, verkleidet als Indianer, Kisten mit Tee in den Hafen. Ein revolutionärer, opernhaft symbolischer Akt auf dem Weg zur Unabhängigkeit ihres neu besiedelten Kontinents vom Mutterland. Anna war noch nie in Boston gewesen.

Eine schnelle Fingerspitzenetüde über der Tastatur. Und schon hatte sie einen Last-Minute-Flug gebucht. Nicht direkt, aber machbar. Zwischenlandung und Aufenthalt in London. Flugzeit insgesamt dreizehn Stunden.

Sie hatte ihr kleines Gepäck zusammengerafft und ein Taxi zur Nationalgalerie genommen. So viel Zeit war noch. Sie hatte den Fahrer gebeten zu warten; sie sei gleich wieder da. Sie hatte eine Eintrittskarte gelöst, sich die heute weiße Büroklammer angesteckt und war sofort zum Bild des Stubenmädchens durchgelaufen.

Sie stand vor ihm. Atemlos.

Ich will dir etwas sagen, sagte sie. Ich weiß nicht, ob du mich hörst, aber ich will dir sagen, daß ich dir dankbar bin. Anna wartete. Daß ich dir dankbar bin wegen Artemis. Und überhaupt, dankbar für alles, was du gesagt hast, von diesem Maler und seiner Frau und dieser Ehe in Not. Also von den Luftschutzmaßnahmen. Sie sah, daß sich das Mädchen nicht umdrehte. Sie sah auf den wasserlosen Putzeimer. Den Besen in ihrer Hand, der sich nicht rührte. Sie spürte die vielen Menschen in ihrem Rücken. Sie wagte es nicht, zwei Finger auszustrecken zu einer kleinen Berührung. Sie hielt inne.

Und da nahm sie auf einmal den Geruch von einem dänischen Essen wahr, Zwiebeln, Schmalz, Äpfel, Innereien, und sie konnte sich die blauen, die wasserblauen Augen vorstellen und die Hand, die sich vom Besenstil löste und sich die strohblonden Strähnen aus dem Gesicht strich.

2

Wenig später hatte sie ihre Turnschuhe ausgezogen, sich angeschnallt und beim Start an die kleine Meerjungfrau gedacht. Sie ließ sich in den Sitz zurückfallen. Sie war auf eine grundlose Weise glücklich. Anna, frischverlassen und frischgeliebt, war allein, also im einzig möglichen Zustand für das Spiel. Und der blaue Mann würde bald in Basel sein und wichtige Gespräche führen in seiner Galerie. (Noch meinte sie, an ihren Fingern seinen Geruch wahrzunehmen.)

Und sie wußte, daß die Angst wiederkommen würde, und in Gedanken grüßte sie, wie immer, wenn er auftauchte, auch den unsäglichen, zungennackten (also sprachbegabten?) Quasi-Olm. Dann aber war sie eingeschlafen.

Anna Michaelis hatte den Londoner Transit verdämmert. Und als sie wieder erwachte, lag unter ihr das Blau des Atlantik.

DRITTES BILD, DIE ERSTEN TAGE

I

Sie war mit der Sonne geflogen, durch eine gleißende Nacht, die immer wieder in ihren leichten Schlaf hineinblitzte. Erst beim Anflug auf den anderen Kontinent neigte sich der Tag. Anna ließ die Sicherheitskontrollen über sich ergehen wie ein laues Bad. Als sie endlich durch die Glastür des Flughafens nach draußen ging, stand sie in der Abenddämmerung. Hörte sie Möwen? Roch sie Wasser? Bis sie die Linie der Taxis gefunden und, in der Warteschlange langsam vorrückend, einen Wagen bekommen hatte, war es dunkel.

Noch am Kopenhagener Abfluggate hatte sie online ein Appartement in Boston gemietet. Sie war der Rituale der Hotels müde. Sie wollte sich morgens verschlafen und halbnackt einen Tee kochen können. Anna sehnte sich nach einem kleinen Alltag. Mai war Vorsaison; sie klickte sich durch mehrere Angebote. Eines gefiel ihr sofort. Die Beurteilungen der früheren Gäste waren so extrem unterschiedlich, daß sie sich ein gutes Bild machen konnte. Sprachen die einen von der Lage in einem »armen Viertel«, so betonten andere, daß man hier wohne »wie Einheimische«. Die Küche sei einfach eingerichtet. Das störte sie nicht. Einmal wurde kritisiert, daß es »schmutzig« sei. Das schien Anna relativ und veränderbar. Und als sie das Bild einer großen

Holzterrasse sah, von der aus man über den Hafen und hinüber zur Skyline von Boston sehen konnte, hatte sie Herzklopfen bekommen. Und sofort gebucht. Das Appartement lag im Osten der Stadt, nahe dem Flughafen.

Der Vermieter öffnete in Jogginghosen. Er war ein etwa vierzigjähriger Mann, der barfuß vor ihr eine alte, abgebeizte Holztreppe hinaufstieg bis in den dritten Stock. Es roch nach frischer Farbe. Er schloß die Wohnungstür auf. Sie traten in eine Küche, durch deren Fenster sie sofort die Holzterrasse sah, die sie von der Website des Reiseportals kannte.

Der Vermieter erklärte ihr den Gasofen. Auf einer großen Tischplatte aus schwarzem Marmor stand ein silberner Toaster. Sie bekam einen Stapel mit Stadt- und U-Bahnplänen, Faltblättern von Restaurants und Prospekten mit Besichtigungstips. Als der Vermieter ihr seine Telephonnummer aufschreiben wollte, sagte sie, daß sie kein Handy dabei habe. Er stutzte. Aber ein Notebook, fügte sie schnell hinzu. Und so notierte er seinen Namen und seine Mailadresse auf einen Zettel. Das Appartement habe freien WLAN-Zugang. Über Skype könne sie ihn also anrufen. Ich kann auch klopfen, sagte Anna. Ja, sagte er, er sei meistens da. Er wohne ganz unten, links. Im Haus seien gerade noch eine französische Familie und ein kanadischer Koch.

Er zeigte ihr zwei kleine, helle Zimmer, die rechts und links von der Küche abgingen, dann öffnete er die Tür in ein winziges Bad. Die Messingarmaturen an Badewanne und Waschbecken gaben der fensterlosen Kammer einen Anhauch von Eleganz. Anna überlegte, woher der Farbgeruch kam. Das Appartement schien ein Work in Progress zu sein, eine in Heimwerkerliebe beständig verschönte Installation. Vielleicht waren die Wände neu geweißelt oder die Holzböden frisch lasiert. Anna sah hinunter auf den Küchenboden, auf dem sie in Socken stand; im Augenwinkel nahm sie seine nackten Füße wahr. Roteichenholz, sagte er. Die Böden seien aus den harten Planken von Roteichen. Sie lebten hier in einem Viertel, das Bostons Klipperbauer einst entworfen hatten. Anna freute sich über das Wort »Clipper«; fliegende Segelschiffe, dachte sie, nahm den Schlüssel und dankte.

Bevor er sich verabschiedete, zeigte der Vermieter zu einer kleinen Wandtafel, die neben der Spüle hing. Es wäre schön, wenn auch sie etwas daraufmalen würde. Er photographiere das. Er lächelte ihr verlegen zu. Er habe ein Archiv von Gästezeichnungen. Wenn sie wolle, könne sie sich das auf seiner Website ansehen. Anna sah auf das stumpfe Schieferschwarz, das Glas mit den runden Kreiden in Gelb, Hellblau, Rosa, Weiß. Warum interessierten ihn die – wohl meist dilettantischen – Striche seiner Gäste? Las er sie als Antwort auf seine Mühe um Schönheit? War es ein kleines Ritual persönlicher Gastfreundschaft jenseits des Bezahlens?

Als Kind hatte sie sich lange eine Tafel gewünscht. Ihre Mutter aber hatte den Kalkstaub der Kreide in der Wohnung gefürchtet. Was wird aus Kinderträumen, wenn sie vergessen werden? Werden sie vergessen? Vielleicht hätte sie den Quasi-Olm zeichnen müssen in bunten Kreiden auf eine Schiefertafel neben dem Bett. Abwischbar.

Sie sind müde, sagte der Vermieter. Sie schreckte auf. Er lächelte sie an. Sie prüfte seinen Blick und sah, daß er homosexuell war. Sie sind müde, sagte er noch einmal, das ist verständlich nach so einem Flug! Als sie nickte, wünschte er ihr einen guten Schlaf. Und sie hörte, wie seine nackten Füße mit kleinen, hellen Lauten die Treppe hinuntergingen.

Anna öffnete die Tür hinaus auf die Terrasse und trat in die windige Nacht. Die Luft war kalt und klar. Hinter der Ebene des Flughafenareals lagen die Hafenbecken. Darüber zog sich ein Band hell erleuchteter Hochhäuser dahin, ein Fries aus feinen Würfeln, die flimmernd brannten.

2

Anna ließ sich treiben, und sie wollte alles sehen. Sie genoß diesen kleinen Schwindel der versetzten Zeit und gab sich ihm hin. Es war eine enthebende Müdigkeit. Anna gehörte nirgends dazu und durfte doch mitlaufen auf diesen fremden Straßen im fremden Licht, in dem sie die Nähe des Ozeans spürte.

Ihr Appartement lag auf einem Hügel im Bezirk der blauen U-Bahn-Linie. Wenn sie der Straße abwärts folgte, war sie in zehn Minuten an der Station »Aquarium«. (Die Endstation stadtauswärts hieß »Wonderland«, was ihr auch gefiel.) Ihr Weg führte sie an schmalen, holzverkleideten Häusern vorbei, hellblau, lindgrün, wie die Malkreiden. Auf den Eingangsstufen saßen Männer in Jogginghosen und rauchten; Frauen wippten an Kinderwagen, manchmal stand eine auf, um ein rosa Mädchen oder einen Knaben mit knielangem Fußballtrikot von der Straße zurückzuziehen. Das kleine Areal zwischen offener Eingangstür und Bordsteinkante schien ihnen ein erweitertes Wohnzimmer zu sein. Bäume warfen weiße Blüten auf den Beton; in von Stein gefaßten Rabatten blühte hier und da Akelei.

Es war ein spanisches Viertel. Die Supermärkte, die eher Kioske waren, boten frische salzige Käse an, Tomaten, Avocados, duftendes Brot. (Einer dieser Läden hieß »Don Quijote«, ein anderer »Costa del Sol«.) Der summende Waschsalon an der Ecke hatte 24 Stunden geöffnet, der Friseur, der den ultimativ modernen Haarschnitt versprach, kaum weniger lang. Und bei »Annie's Brunch« gab es den ganzen Tag Frühstück.

Sie hatte sich eine Wochenkarte für die Untergrundbahn gekauft und versucht, schnell mit dem System der verschiedenfarbigen Linien vertraut zu werden. Sie staunte über das antiquierte Flair mancher der unterirdischen Knotenpunkte, die mit abblätternden Stahlträgern aussahen wie Markthallen in alten Filmen. Die Bahnen erinnerten sie an die holpernden Straßenbahnwagen ihrer Kindheit; sie quietschten so laut, daß sie sich anfangs ungläubig die Ohren zuhielt.

Sie war den »Freedom-Trail« abgelaufen, den »Fußweg der Freiheit«, wie sie übersetzte. Rote Pflastersteine oder aufgemalte rote Bänder führten zu historischen Orten, die von der Besiedlung Bostons und den einzelnen Phasen im Kampf um die Unabhängigkeit der englischen Kolonien erzählten. In dieser Stadt schienen Geschichte und Anekdoten über historische Ereignisse in den Alltag hineinzuperlen wie Sektbläschen. Als frühe Siedler verkleidet zogen Reiseführer Touristengruppen hinter sich her. Aber manchmal sah man sie auch allein, vereinzelte, schöne Fragmente des Vergangenen, an einer Haltestelle wartend: in Hauben und Hüten, langen Leinenröcken oder Pluderhosen, mit gestärkten weißen Hemden, Blusen, einem geflochtenen Einkaufskörbchen auf den Knien. Boston war alt und britisch.

Anna hatte sich kaum systematisch umgesehen. Sie war

nicht als Journalistin unterwegs; sie mußte niemandem etwas anschaulich machen. Sie durfte mäandern, sich bei Dingen aufhalten, die nur für sie interessant waren oder vielleicht noch nicht einmal interessant. Diesmal unterlag sie keiner Bringschuld.

Es sei denn sich selbst gegenüber.

Georg und sie waren wenig gereist.

Anna stand auf der Parkanlage »Boston Commen«, wo sich einst die ersten Siedler versammelt hatten. Sie sah den Kindern zu, die, sich um sich selbst drehend, an Eistüten leckten.

Georg hatte sich für Bibliotheken interessiert. Und hätte man ihn gefragt, wohin er gerne fahren möchte, hätte er gesagt, er wohne in München, da gäbe es die Staatsbibliothek. Und dann hätte er vielleicht hinzugefügt: Herzog August Bibliothek, Wolfenbüttel; Bodleian, oder Merton College, Oxford; British Library, London; Herzogin Anna Amalia Bibliothek, Weimar. Wanderferien in Kitzbühel mit den Kindern waren ein pädagogisch notwendiger Kompromiß gewesen. Beim Wandern erzählte er Grimmsche Märchen oder seine Variationen der Klassischen Sagen des Altertums nach Schwab. Blieben die Kinder stehen und quengelten, sie seien müde, hörte er auf zu sprechen. Da liefen sie meist weiter. Und er äußerte triumphierend die These, daß der Ursprung der Literatur im Nomadentum liege.

Oft war sie mit dem Jungen und dem Mädchen allein an die bayrischen Seen gefahren: Ammersee, Staffelsee, Chiemsee, Starnberger See, auch an den Kochelsee und den Walchensee, der so mutprobenkalt war, daß man in seinem tiefen, eisblauen Wasser nur drei, vier Schwimmzüge machen konnte. Es gab gemeinsame kleine Sommerferienwochen am Meer, meist an der Ligurischen Küste, während derer Georg, migränenah, in einem kleinen abgedunkelten Hotelzimmer lag und las. Dann Venedig zu zweit, Biblioteca Marciana. Das eine oder andere verlängerte Wochenende in Florenz, Biblioteca Medicea Laurenziana, oder Rom, die Vatikanischen Museen. Dort wurde er scheu vor der Fülle. Nun sei er, konnte er fast erschreckt sagen, schon wieder an einem zweieinhalbtausend Jahre alten Satyr vorbeigelaufen, einfach so.

Anna überlegte, ob sie sich bei einem der fliegenden Händler eine Sonnenbrille kaufen sollte, realistischerweise boten sie zugleich Regenschirme an. Sie ließ es sein, vielleicht nur, weil ihr der Blickkontakt, das Sprechen mit dem Verkäufer zu viel waren. Sie wollte nicht unter seinen Augen aussuchen. Sie lebte auf dem anderen Kontinent, in der versetzten Zeit, noch auf Abstand.

Am Rand des Parks saßen junge Leute in Fahrradrikschas und warteten, in iPhones tippend, auf Kunden. Sie beobachtete eine zierliche junge Frau mit schlanken, wenig muskulösen Beinen. Was machte sie, wenn zwei dicke Fahrgäste auf sie zukämen? Oder würden dicke Menschen sich eher an einen kräftigen Rikschafahrer wenden? Bedachte, wer für eine Leistung bezahlte, das Maß seiner eigenen Zumutbarkeit?

Anna ging über die Straße. An der Außenmauer der Park Street Church huldigte eine Tafel einem frühen Kämpfer für die Aufhebung der Sklaverei:

Da die Freilassung nun einmal rasch vorangetrieben werden muß und profaner Widerstand sicher ist – warum die Sache dann nicht sofort anpacken?

Sie wußte nicht, wer William Lloyd Garrison war, der in dieser Kirche 1829 seine erste öffentliche Rede gehalten hatte. Sein Ton gefiel ihr; und später, als sie mit ein paar Früchten, die sie, ohne mit jemandem sprechen zu müssen, aus dem Regal eines Bio-Supermarkts genommen hatte, wieder in ihrem Appartement war, hatte sie im Netz nach ihm gesucht.

Ich registriere zahlreiche Einwände gegen die Härte meiner Sprache; doch gibt es nicht Gründe für diese Härte? Ich bin so rauh wie die Wahrheit, und so kompromißlos wie die Gerechtigkeit. Ich werde weder moderat denken, sprechen noch schreiben. Nein! Nein! Erklären Sie einem Mann, dessen Haus brennt, moderat Alarm zu schlagen; bitten Sie ihn, seine Frau ein Stück weit aus den Händen des Vergewaltigers zu retten; erklären Sie einer Mutter ihr ins Feuer gefallenes Baby stufenweise herauszuholen; – aber drängen Sie mich nicht zu Mäßigung in einem Fall wie diesem. Es ist mir ernst – Ich gebrauche keine Ausflüchte – Ich entschuldige mich nicht – Ich weiche keinen Millimeter zurück; – ABER ICH WERDE GEHÖRT.

William Lloyd Garrison, 1805 geboren in Newburyport an der Küste, etwas südlich von Boston, hatte als Schriftsetzer in einer Lokalzeitung gearbeitet, nach und nach selbst zu publizieren begonnen und schließlich die Zeitung »The Liberator« herausgegeben, in der er für die sofortige Abschaffung der Sklaverei kämpfte. Er wurde verfolgt, verhaftet, mit einem auf ihn ausgesetzten Kopfgeld für vogelfrei erklärt; er gehörte zu den meistgehaßten Personen in den Südstaaten. Mit Gleichgesinnten gründete er mehrere Organisationen, in denen – was äußerst umstritten war und zur Abspaltung einer Gruppe von Abolitionisten führte – auch Frauen zugelassen waren. Und er hatte Erfolg. Nach der gesetzlichen Aufhebung der Sklaverei in Massachusetts 1780 (als erster amerikanischer Staat hatte Vermont drei Jahre zuvor auf diese Form der Barbarei verzichtet) widmete sich Garrison anderen Reformbewegungen. Er kämpfte für das Frauenwahlrecht.

Anna klickte durch verschiedene Seiten und sah sich das vornehm zurückhaltende Gesicht des schmalen Mannes an. Entgegen seinen heftigen Worten schien eine freundliche Bescheidenheit von ihm auszugehen, wie sie manchmal wahrhaft sicheren Menschen eigen war. Bald trug er Haare nur noch an den Seiten, dafür bis in den Nacken. Seine Nase war gerade, sein Mund eher groß und schmal, doch mit schön geschwungenen Lippen. Wieder einmal dachte Anna, daß es schade war, manche Menschen nicht kennenlernen zu können. Nur wegen eines so banalen Umstandes wie der menschlichen Zeit.

Anna war über alte Friedhöfe gegangen. Sie streifte die Ruhestätten von namhaften Freiheitskämpfern, Revolutionären und deren meist namenlosen Frauen. Frisches, dünnhalmiges Gras stand dicht zwischen den kleinen Gräbern. Die Grabsteine, verwittertgraue, dünne Platten, oben abgerundet und angeschlagen, von dunklen Moosen modelliert, standen schief, wie hin- und herwogende Wellen eines Meeres über einem grünem Grund.

Das Old South Meeting House war nun als Museum eingerichtet, und sie las den Bericht von Joshua Wyeth, einem damals sechzehnjährigen Teilnehmer der Tea Party an der Griffin's Wharf:

Wir waren vergnügt, und leise verhalten bei der Vorstellung, eine so große Tasse Tee für die Fische zu machen, und wir brauchten kein Wort mehr als absolut notwendig war. Ich habe in meinem Leben nie härter gearbeitet.

Daneben lagen die Notizen von Betty Palmer, Gattin von Joseph Pearse Palmer, der nach vollbrachter Tat, noch als Indianer verkleidet, am kalten Morgen des 16. Dezembers 1773 vor der Haustür stand und seiner erschreckten Ehefrau erklärte:

Hab keine Angst, Betty, es bin bloß ich. Wir haben gerade nur einen kleinen Salzwasser-Tee gemacht.

Anna gefiel diese Radikalität, die zugleich symbolisches Spiel war. Letztlich ging es wohl kaum nur um die Teesteuer oder andere Abgaben (die die Siedler von Neuengland bezahlen mußten, ohne im Repräsentantenhaus des Mutterlandes vertreten zu sein). Was sie im Protest suchten, war eine neue Identität. Und dazu brauchten sie die Unabhängigkeit auf diesem nun von ihnen besiedelten Kontinent.

Im Hafenviertel bei Griffin's Wharf inszenierten Schauspieler mit Touristen mehrmals täglich die Tea Party. Aber Anna dachte an ihren alten Stich im Schulmädchenzimmer und fremdelte. Sie suchte die Toiletten des Schiffs; dann wollte sie im Salon einen Tee trinken, den junge Leute in historischen Kostümen der Siedler servierten. Aber nicht einmal das gelang ihr.

Sie stand draußen am Kai, sog die Hafenluft ein und sah hinunter in das graue Hafenwasser, als könne es sprechen.

3

Sie war über die Charlestown Bridge gegangen, die das Charles River Basin mit dem Inner Harbor verband. Als ihr auf einmal bewußt wurde, daß sie ihre Schritte auf ein Gitter setzte, durch das sie nun sehr tief unter sich die schaumig strudelnde Wasseroberfläche sah, war es zum Umkehren zu spät gewesen. Die Brücke war über hundert Meter lang. Die Sonne schien. Vor ihr und hinter ihr liefen Menschen. Es gab keinen Grund für Angst. Die Brücke hielt. Das Gitter hielt. Daß sie hindurchsehen konnte, besagte nichts. (Der Quasi-Olm regte sein amorphes Haupt.) Anna atmete gleichmäßig, sie versuchte, sich auf eine Frau zu konzentrieren, die, in Sneakers federnd, einen Kinderwagen vor sich herschob und dabei gutgelaunt in ein Handy sprach. Was, wenn nicht das, war Souveränität!

Als Kind hatte sie einmal einen Film gesehen (war es um Biologie oder Psychologie gegangen?), in dem man zuerst ein Baby, danach einen Affen an den Rand einer Glasplatte setzte, die über einem tiefen Schacht lag. Auf der anderen Seite des Schachts wurden Süßigkeiten und lockendes Spielzeug verstreut. Das Baby krabbelte sofort über das Glas; der Affe dagegen stutzte und hüpfte um den durchsichtigen Boden herum. Faktisch hatte das Baby recht, aber nur aus Instinktlosigkeit. Und als Anna aus diesen Gedanken wieder auftauchte, hatte sie das andere Ende der Brücke schon fast erreicht. (Ja, ich hätte dich bannen sollen, Quasi-Olm, dachte sie, mit Pastellkreide. Und dann wegwischen mit einem großen, nassen Schwamm.)

4

Sie lief durch Boston. Sie schlief lange in ihrem Appartement. Sie saß auf der Holzveranda. Alles war neu. Sie hatte die Zeit vergessen wie eine Genesende. Und als es wieder zu regnen begann, ging sie ins Aquarium.

Am verglasten Areal, gleich beim Eingang, kündigte eine junge Frau mit Headset die Fütterung der Robben an. Aus dem Dunkel eines hinter Gestein verborgenen Raums kamen Tierpfleger mit Eimern und Spielzeug und traten in den Bereich des gläsernen Schaukastens. Sie hockten sich paarweise auf niedere, die Anlagen durchziehende Felsvorsprünge über dem Wasser und lockten mit Rufen und kleinen frischtoten Fischen je einen Seehund oder Seelöwen an. Die geschmeidig glatten Tiere versuchten, ihre Mäuler hin- und herwiegend, die Ankunft der Beute vorwegzunehmen; sie tauchten den geworfenen Gummiringen hinterher, spielten mit Bällen. Nach pantomimischer Aufforderung durch ihre Wärter, die vormachten, was sie selbst nun tun sollten, konnten sie winken und rhythmisch mit den Flossen tanzen. Oder klatschen. Sie kamen gerne nah an die Scheibe zu den Besuchern. Die junge Frau mit dem Headset sagte, es seien Tiere der Arten, wie sie auch frei im Hafenbecken lebten.

Als Anna nun die Haupthalle des Aquariums betrat, verstand sie nicht, was sie sah. Der Raum war hoch, eine sanft ansteigende Rundrampe verband die verschiedenen Stockwerke miteinander. Ganz unten lag, durch Plastikfelsen und Pfeiler unterteilt, der Bereich eines großen offenen Fischbeckens. Hier standen Menschen mit gediegenen Gesichtern und ordentlichen Frisuren im Wasser, manche hüfttief, andere brusthoch. Sie trugen dunkelblaue oder anthrazitfarbene Taucheranzüge. Fische umschwammen sie. Eine junge, eher kleine Frau watete mit rudernden Schwimmbewegungen hinter einer Schildkröte her und versuchte, ihr mit dem Schwamm den Panzer zu putzen. Ein älterer Herr, Nickelbrille, Halbglatze, wollte schneller vorwärtskommen; er schwamm, mit Flossen schlagend, seinen Kopf sorgsam aus dem Wasser heraushaltend, an schaukelnden, türkisfarbenen Kastenbehältern vorbei. Bei einem Felsen stand eine Gruppe und diskutierte. Eine dünne, ätherisch wirkende Dame hatte ihr langes, graues Haar sorgfältig mit Spangen hochgesteckt. Ihre robustere Kollegin trug einen dicken blonden Zopf, der zur Hälfte ins Wasser hineinhing, wie eine persönliche, je nach Bewegung anklebende oder frei schwimmende Alge. Oder wie ein exquisiter Schwanz.

Ein Rochen kam vorbei und wurde, wie ein Hund, mit einem Tätscheln begrüßt. Ein zweiter gesellte sich schaukelnd dazu. Es war, als hätte man eine Abteilung seriöser Sachbearbeiter hinter ihren Bürotischen hervorgerufen und zu einem Wasserdasein unter Meerestieren verpflichtet.

An den vielen Schläuchen und Containern erkannte Anna nach und nach, daß das Aquarium sich im Zustand eines größeren Umbaus befand. Konstruktionen mußten besprochen, Tiere separiert und vorübergehend umgesiedelt werden. Die Menschen waren nur zum Teil Tierpfleger; sie waren vor allem Architekten, Statiker, Bauleiter. Offensichtlich hatte man beschlossen, das Aquarium geöffnet zu halten und den Umbau als eine vorübergehende Besucherattraktion zu verstehen.

Nun schwamm die Frau mit dem opulenten hellen Zopf, ein menschlicher Otter, zügig los, um in eine andere Region des Beckens zu gelangen. Ein neugieriger Schwarm flirrend bunter Fische gab ihr Geleit.

In den oberen Stockwerken gab es Terrarien und Kleinaquarien mit verschiedenen Tiergesellschaften. Filigrane Fetzenfische, Verwandte des Seepferdchens, schwebten durch Algen. Sie drehten sich schwebend mit ihren blattförmigen langen Gliedern, ein durchsichtiger Hauch von Eigensinn. Neben den Aquarien erklärten Bildschirme die Fische, perfekt ausgeleuchtet und lichttechnisch bearbeitet. Daneben wirkte das Glasaquarium mit den Lebewesen fade. In den Leuchtkästen wurde das Sehen geleitet und sofort bedient. Man mußte nicht wartend schauen, bis man im schattigen Grün doch noch einen grünen Schlangenkopf entdeckte oder den sich rosa windenden Tentakel eines Oktopus hinter einem blassen Krug aus Ton.

Wegen des Umbaus waren die jungen Blaupinguine umgesiedelt worden. Sie lebten jetzt in einem weißgekachelten Raum bei etwas Sand und Wasser auf einer schiefen, oben abgeflachten Ebene. Hier standen sie dicht an dicht beieinander, als ob sie staunend frören. Ein einziger hatte sich allein gestellt. Er blieb unten, am Fuß der Schräge, und verharrte, das Gesicht, den Schnabel zur weißen Wand gedreht.

Er stand da wie im Protest. Im besten Fall.

Das Becken der Ohrenrobben auf dem Dach der Aquariumanlage war blau gestrichen wie ein Freibad. Die Tiere mit den langen Flossen und den kleinen Fußnägeln schwammen sauber durch bunte, blaue und grüne Plastikbänder, die ihnen die Heimat in Algenwäldern ersetzten.

Anna stand im Wind neben dem Robbenbassin; im Hafen fuhr ein Whale-Watching-Boot aus.

5

Im Dämmer der South Station hatte sie einen der riesigen Greyhound-Busse gesehen. Die Silhouette des schlanken, springenden Windhunds auf der Karosserie traf sie wie ein Sekundenglück. Seit den ersten Englischstunden in der Schule war Greyhound ein Synonym für Aufbruch.

Sie war nach Plymouth gefahren. Bei der Ankunft auf einem Hügel sah sie hinunter auf eine weiße Wand. Der Nebel war so dicht, daß sie kein Meer erkennen konnte. Sie ging Richtung Wasser. Die Mayflower II war noch nicht aus dem Restaurierungswinter zurück. Es sollte die genaue Nachbildung der Mayflower sein, mit der am 21. November 1620 die 102 »Pilgrim Fathers« (Frauen und Kinder mitgezählt), 31 Mann Besatzung, dazu Tiere und Hab und Gut bei Cape Cod anlegten. Sie gingen da an Land, wo heute Provincetown liegt. Ihr Ziel war Virginia gewesen, aber heftige Stürme hatten sie ihren Plan ändern lassen.

Anna hätte die Mayflower II auch deshalb gerne gesehen, weil sie als Nachbildung zwar eine Fälschung war, aber doch zugleich echt. In England nach alten Plänen gebaut, war auch sie, im April 1957, auf dem Weg der Mayflower über den Atlantik gesegelt.

In Plimoth Plantation, einem großen Freilichtmuseum, belebt von Schauspielern in historischer Tracht, ging sie vorbei an Gemüsegärten und niedrigen, mit Stroh gedeckten Holzhäusern. Ziegen grasten. Frauen mit weißen Hauben und langen Miederkleidern harkten die Beete, pflanzten Setzlinge. Die Hütten waren offen. Unversehens hatte sie sich hineinwinken lassen und setzte sich linkisch auf einen Holzstuhl neben der Tür. Schon war sie eingebunden in einen Kreis von Frauen. Sie sprachen ein altes britisches Englisch mit vergangenen Höflichkeitsformen, verlorenen Wörtern, Sätze über das Heiraten, die Sitte, die Kinder. Eine stattliche Frau in der Mitte, wohl die Hausherrin, nahm ein kleines Tongefäß vom Regal und aß ein wenig daraus: Veilchenblätter, erklärte sie, in Zucker konserviert. Sie seien gut für die Augen, beruhigten und vertrieben die Traurigkeit. Anna wagte nicht, um ein Löffelchen zu bitten.

Sie befand sich in einem lebenden Märchenbild: Es waren einmal die Pilgrim Fathers. Sie bewunderte die Schauspieler, die sehr viel recherchiert haben mußten. Und doch war es ihr unangenehm, daß sie sich nicht recht verhalten konnte. Sie interessierte sich für die Siedler, aber noch mehr, für deren Darsteller. In welcher Sprache hätte sie mit ihnen sprechen sollen? Man hätte sich in altem Britisch auf sie einlassen und dann in das Amerikanische wechseln müssen, und vielleicht zurück. Georg hätte diese Situation brillant und zum Vergnügen aller Beteiligten gemeistert.

Unbeholfen bedankte sie sich und stand auf. Draußen schien die Sonne. Sie blinzelte in das gleißende Licht und ging den Hauptweg der Siedlung weiter hinauf. Die meisten Häuser waren leer, doch die Türen standen offen: ein

Kupferteller, Tongefäße, ein dicker, geknüpfter orientalischer Teppich halb über einen Holztisch gelegt. Wie in Bildern von Vermeer. Am Boden eine Wiege. Ein Reisigbesen bei der Tür. Der Boden nur gestampfter Sand. Sie sah auf diesen Sand.

Einmal war sie im Süden Chinas gewesen, auf einer Hochebene, wo das Volk der Yi heute noch so lebte (ohne orientalische Teppiche). Was wußte sie noch von dieser Reise? Sie hatte eine solide Reportage geschrieben. Aber all der andere Stoff, das, was zu flüchtig, zu abseitig war, was nicht zum Thema gehörte oder das Thema gekippt hätte, wo war es hingegangen? Kamen Bilder zurück, wenn sie wichtig waren? Lebten sie wie Wildtiere in uns, die aus dem Dunkel auftauchen, wenn sie Nahrung ahnen?

Die Ziege wurde für den Gast hereingeführt. Der Sohn (es gab immer einen Sohn, und eine Familie, die stolz auf ihn war) nahm das Messer, bog den Kopf des Tiers zurück und durchtrennte seine Halsschlagader. Man saß auf dem Boden und sah zu. Das Blut floß in eine dünne Schale aus gepreßtem Aluminium. Einige Lieder später bekam jeder ein Stück der Leber aus der Asche. Eine der Frauen des Kreises, die Anna in diesen Tagen begleitet hatte, schenkte ihr eine kleine, hölzerne Spindel. Es war nur eine gurkenscheibengroße, dünne Scheibe, durch deren Mitte ein Stäbchen lief. Aber damit spann sie, durch die Felder gehend, einen starken Wollfaden, den sie später einfärbte, um daraus einen schweren Stoff zu weben für die Tracht der Yi. Anna war so glücklich gewesen über dieses Geschenk der Spinnerin, daß sie es sofort erwidern mußte. Doch sie hatte nichts bei sich, von dem sie glaubte, daß es ihr gefallen könne. Nur ihre relativ einfache, aber solide Schweizer Swatch-Uhr. Die Uhr, auf die sie sich während der Reise verließ. Sie hatte sie vom Arm genommen. Und die Spinnerin hatte das Geschenk nicht verstanden, es schien ihr zu groß, aber Anna hatte sich geschämt, denn sie wußte, die Batterie hält nicht ewig und die Spinnerin würde sie nicht ersetzen können. Sie, Anna, aber würde mit der Spindel auf ewig spinnen können. Wenn sie es denn könnte. Zeig mir, wie es geht, hatte sie pantomimisch gebeten. Sie hatte es ein wenig gelernt. Und in Europa wieder vergessen. Aber die Spindel lag mit ein wenig selbstgesponnenem Faden aus Schafwolle auf ihrem Schreibtisch.

Später, auf dem Rückweg, in Kunming, dann diese gläserne Büroanlage, in der ein Trupp von Frauen putzte. Und eine der Chinesinnen, die auf den Knien die Bodenplatten unter einer Treppe wischte, trug extrem hohe High Heels. Mit High Heels war das Putzen nicht leichter. Vermutlich tat es weh. Aber die schönen Schuhe, die von einem anderen Frauenleben erzählten, schienen ihr persönlicher Widerstand gegen die schlechte Arbeit zu sein. Sie gaben ihr eine Haltung und eine Rettung im Kleinen.

Anna ging weiter den Weg hinauf. Von der Höhe der Siedlung sah sie zurück zur Weite des Atlantik. Am Horizont bog sich die schmale Landzunge von Cape Cod wie ein Wink.

6

Auf der Holzterrasse ihres Appartements war es kühl, aber nicht windig. Anna hatte sich zwei T-Shirts, ihren Rollkragenpullover und darüber die Strickjacke angezogen. Mit der Dämmerung begann die Skyline von Boston zu leuchten.

Warum hatten Georg und sie nicht mehr zusammen unternommen? Würde er mit der, mit der er in Triest nicht allein war, reisen? Nach Griechenland, auf die Peloponnes, in ihre Heimat? Zu Studienzeiten war Georg in Athen gewesen. Später manchmal auf Schulfahrt mit einer 13. Klasse. Campen unter Olivenbäumen, Delphi, Epidaurus, Athen. Das ganze Programm. Hatten sie die Chance verpaßt, gleich nach dem Auszug der Kinder noch einmal zu zweit anzufangen?

Sie halbierte eine Avocado, löste den Kern heraus und löffelte das Fruchtfleisch auf ihren Teller.

Unter sich hörte sie die gedämpften Stimmen der französischen Familie. Sie war ihr nie begegnet. Auch vom kanadischen Koch kannte sie nur das Lautmuster seiner Schritte. Wenn sie den Vermieter auf der Treppe sah, grüßte er sie wie eine gute Nachbarin.

Sie schnitt eine Tomate in rote Monde und drehte die Salzmühle aus Plastik. Knirschend zerbrachen die rosa Kristalle zu unregelmäßigen Körnlein. Es war Salz aus dem Himalaya. Sie hatte es gleich am ersten Abend gesehen, als der Vermieter ein Schieberegal herauszog und ihr zeigte, daß Grundsätzliches in der Küche vorhanden sei: Kaffee, Tee, schwarz und grün, Pfeffer, Salz. Langsam kaute sie die Avocado; aus einem Wasserglas trank sie Pinot Grigio, den sie bei »Don Quijote« gekauft hatte, während im Waschsalon ihre Wäsche ein Kurzprogramm durchlief. Auf den Eingangsstufen hatte sie Maischips aus der Tüte gegessen, in einem Bostonführer geblättert und gewartet, bis der Trockner fertig war.

Sie sah hinüber zur nachtschönen Skyline, die nun hell aufglühte wie ein elektrischer Toaster. Und auf der ganzen Welt gab es keine Quasi-Olme mehr.

Morgen würde sie die Blaue Linie ab »Aquarium« nehmen, »Government Center« in die Grüne Linie umsteigen, Zweig »E«, Richtung »Heath«. Und aussteigen bei »Museum of Fine Arts«.

DRITTES BILD, SECHSTER TAG

I

Anna atmete durch wie in Höhenluft. Sie stand in einer der kathedralenhohen Haupthallen und hatte den Orientierungsfaltplan des Museums in der Hand. In unterschiedlichen Farben waren die Abteilungen auf den verzweigten Stockwerken verzeichnet; aber sie lief einfach immer weiter. Helle Flure, offene Treppen, gläserne Fluchten, von denen weitere Galerien abzweigten. Manchmal fragte sie einen der vielen Wärter, wo sie sich befand. Und war dann richtungsblind schon wieder unterwegs auf einem unsinnig seligen Weg.

Sie sah eine Sonderausstellung über Samurai und die Kunst der White Mountains (New Hampshire, Maine); sie lief durch zeitgenössische Rauminstallationen in Weiß und Schwarz, durch dämmrige buddhistische Tempelanlagen und ägyptische Gräber, vorbei an Präsentationen von blauem iranischem Glas, einen Zwischenflur entlang. Sie stand vor einer modernen japanischen Skulptur: eine Pappkartonkiste für Druckerpatronen, realistisch nachgebildet in feinstem Porzellan. Heiligung des Alltags? Sie wußte, sie würde wiederkommen, sie wollte nur einmal wissen, was alles da war. Aber es war zu viel. Von der Höhe gläserner Gänge sah sie hinunter auf vornehme Restaurants und Cafés. Manchmal hörte sie gedämpfte Musik. Es war ein Rausch.

Später schlüpfte sie durch eine Tür in ein sonnenhelles Gartengeviert. Junge Familien picknickten auf der Rasenfläche in der Mitte; Männer in Maßhemden und Jacketts, Frauen in ärmellosen Etuikleidern aßen an den Tischen am Rand unter Bäumen. Sie kamen direkt aus ihren Büros, um hier die Mittagspause zu verbringen. Manche hatten sich in der angrenzenden Selbstbedienungshalle Salate oder belegte Brote, Pizzastücke genommen, andere öffneten Plastikgefäße, in denen sie eigenes Essen von zu Hause dabei hatten. Wenn ich in Boston leben würde, wäre ich ein Mitglied dieses Museums, dachte sie. Und dann erschrak sie kurz bei diesem Gedanken.

Vielleicht waren Anfänge leichter möglich, als sie dachte.

Lange blieb sie in einem Saal der Impressionisten. Die »Großen Badenden« von Cézanne (sie hatte nicht gewußt, daß sie in Boston hingen), daneben »Woher kommen wir, was sind wir, wohin gehen wir« von Gauguin. Das Gold war wärmer, inniger als auf den Reproduktionen, die Haut schien zu atmen. Und auf einmal sah sie, wieviel Bescheidenheit in diesen riesigen Gemälden lag, die mit kleinen Pinseln gemalt worden waren.

Seerosen von Monet, daneben eine seiner Kathedralen und dann sein Heuhaufen. Offensichtlich war das Sujet schon fast egal. Ein alter Mann saß versonnen auf einem Klappschemel und zeichnete Rodins »Psyche«. Die weiße Marmorfigur barg ihr Gesicht im Haar, das, herabfallend, in ein Tuch überging und ihren Körper umhüllte. So zeigte und versteckte sie sich zugleich. Unwillkürlich suchte Anna nach dem Fischschwanz. Auf einem Sockel hinter Glas stand eine bronzene Tänzerin von Degas. In ihren metallenen Pferdeschwanz hatte der Künstler eine Schleife aus Stoff geknüpft. Im Unterschied zum Metall war sie schütter geworden, gealtert.

Anna setzte sich. Willkommen, dachte sie, im Wohnzimmer der Moderne.

Sie sah sich um und entdeckte die Rückenfigur eines halbnackten Mannes in Rot- und Brauntönen. Sie stand wieder auf. Es war kein Krieger und auch kein posierender Akt. Sie ging auf ihn zu. Der Mann war gemalt in einer ganz alltäglichen, intimen Situation. Er zog sich ein Handtuch über den Rücken, um sich abzutrocknen. Mehr nicht. Er hatte nackte, rosa Hinterbacken, muskulöse Schultern und Beine. Man sah die metallene Badewanne, einen Stuhl, ein Nachthemd auf dem Boden, Lederstiefel. Die Wasserabdrücke glänzten dunkel am Boden wie Blut. Das Bild war in Hammershøi-Farben gemalt, und doch war es voll körperlicher Vitalität. Licht in der Wanne, auf dem Trockentuch, dem Hemd, Licht, das die Schenkel modulierte, die schwarzen Stiefel noch schwärzer scheinen ließ.

Obwohl nichts geschah, lag eine Wildheit in diesem Moment.

Gustave Caillebotte hatte sich dem erwartbaren Motiv verweigert. Er hatte keine scheue, überraschte, erotisch lockende Frau im Ankleide- oder Badezimmer gemalt. Er zeigte einen sich abtrocknenden Mann, der nicht daran denkt, daß ihm einer zusieht, der ihn schön findet. War es mutig von ihm, dieses Bild zu malen?

Als Schülerin hatte sie in Paris, im Jeu de Paume nahe dem Louvre, Caillebottes Parkettschleifer gesehen. Braungebrannte Männer mit nackten Oberkörpern, die auf den Knien unter Einsatz ihrer ganzen Körperkraft und -spannung das honigfarbene Holz abhobelten. Caillebotte malte die Hingabe im Akt der Arbeit.

2

Ein Flügel war amerikanischer Kunst und Alltagskultur gewidmet. Anna lief durch die Interieurs früher Bostoner Bürgerhäuser. Sie sah die seidenen Biedermeiermöbel, das gute Porzellan aus Europa. Es war der mutwillig europäische Pulsschlag auf dem neuen Kontinent. Der sich langsam veränderte.

In einem höheren Stockwerk amerikanisches Alltagsdesign, Jugendstil, Art Deco. Eine Ausstellung über Schwarz-Weiß-Photographien in Harlem folgte. Sie las den Satz: »What you call a ghetto, I call home.« Anna ging weiter und überlegte noch, ob sich der Satz auch umdrehen ließe, da stand sie schon in einem nächsten Raum.

Und sie sah es sofort.

In einem mit Schiebefenstern verglasten Erker saß eine Frau im Lehnstuhl; vor ihr lagen Dächer und Kamine. Es war ein Bild von Edward Hopper. Doch Anna kam von Hammershøi. Sie sah den Nacken über der Stuhllehne, die Frisur. Es war die Frau von dem Butterbild, Hammershøis Klavierspielerin, die nicht Klavier spielte. Da saß sie: eine Zwillingsschwester in einem anderen Interieur, auf einem anderen Kontinent, in einem anderen Licht. Anna überlegte, ob Edward Hopper Vilhelm Hammershøi gekannt haben könnte. Es schien ihr unwahrscheinlich. Es mußte ein Zufall sein. (Wieviele solcher Bild-Zufälle gab es?) Eine innere Notwendigkeit? Eine parallele Ehegeschichte mit entscheidenden Varianten?

Das Bild wirkte frisch. Die Situation der Frau war unklar. Warum saß sie da? War sie zufrieden? Melancholisch? Aber die Frau schien nicht das eigentliche Thema des Bildes zu sein. Oder doch?

Anna setzte sich auf eine der lehnenlosen schwarzen Lederbänke.

3

Aus dem Innern eines Raumes (in dem der Maler stand) fiel der Blick in einen Lichterker (in dem die Frau saß). Drei bodentiefe, mit einer waagerechten Strebe zweigeteilte Schiebefenster, deren Jalousien in der oberen Hälfte fast ganz heruntergezogen waren, füllten die Breite des Bildes. Rechts und links begrenzten die Mauerkanten des Erkers, unterstützt von einem hellgrauen Sockelstreifen, die Fenster so, als seien sie Bilder. Zwei der Fenster lagen nebeneinander, eines im rechten Winkel zu ihnen. Es mußte, diesem einzelnen gegenüber, noch ein viertes Fenster geben, aber die Perspektive folgte einer Diagonalen zur rechten hinteren Erkerecke, so daß das Fenster auf der linken Erkerseite nicht in den Blick kam. In der Höhe nahmen die Fenster mehr als zwei Drittel der Bildfläche ein. Und der von ihnen begrenzte lichte Innenraum schien zu grünen. Die Sonne kam durch das einzelne Fenster der rechten Erkerwand und warf ein hellgrünes, strahlendes Rechteck auf den dunkelgrünen Boden. Es wurde durch den blauen Saum des Kleides der Frau und durch den blauen Schatten, den der Saum warf, angeschnitten. Ja, vielleicht, und der Gedanke schien Anna von einer irritierenden Richtigkeit, war das ganze Bild nur gemalt für diesen pulsierenden Streifen von Grün.

Vor den Fenstern sah man auf ein Band von Backsteinhäusern mit Kaminen. Das Draußen grünte nicht. Die Fenster der Häuser, ihre Kamine waren nur so weit angelegt, daß sie als solche gerade identifiziert werden konnten, es waren schon fast nachlässige Notate von Fenstern und Kaminen, denen jede Besonderheit fehlte. Die Kamine verloren sich in der Ferne des Horizonts; der Himmel über ihnen schien plan und blau. Die drei Fenster mit den drei, in der oberen Hälfte unterschiedlich weit heruntergezogenen grünen Jalousien rahmten den Blick des Betrachters dreimal anders. So waren die Fenster wie drei Bilder im Bild, die mit den Variationen von Jalousie, Himmelsstück und rotem Häuserband spielten. In das linke Fenster ragte die sitzende Frau, an der rechten Erkerecke, zwischen dem mittleren und dem rechten Fenster, stand ein kleiner runder Tisch mit einem Blumenstrauß. Dieser Tisch hatte eine blaue Decke und antwortete auf einen eckigen, größeren Tisch im Vordergrund, der eine dunkelrote Tischdecke trug. Sonst war der Raum leer.

Wenn man wollte, konnte man den Raum in horizontalen Farbstreifen lesen: Dunkelgrün des Bodens, Grün des Lichtfeldes, Dunkelgrün des Bodens, Braun des Wandsockels, helles Grau der Wand, Braun der Fenstereinfassung, Weiß des äußeren Mauervorsprungs, Rot des Backsteinhäuserbands, Blau des Himmels, dünnes Braun der Fensterstrebe, Blau des Himmels, Grün der Jalousie. Der Raum ließ sich auch entziffern durch die Verteilung der farbigen Rechtecke von Fenstern, Böden, Sockeln, Simsen. Blau, Grün und Dunkelrot antworteten aufeinander. Was da hing, war kein

Mondrian. Aber es war ein sehr weitgehender Flirt mit der Abstraktion, dem der Maler, gleichsam im letzten Augenblick, doch noch entsagte.

Der Erker schloß rechts mit einer weißen Mauerkante ab, links mit der entsprechenden Kante, die aber, da der rote Tisch den Blick auf den Boden verdeckte, nur als Wandstreifen, nicht als Ecke wahrgenommen wurde. Es schien, als könne man den Raum wie einen Paravent auseinanderziehen oder zusammenschieben. Als sei er eine Kulisse für ein Bühnenstück.

Als er mich so malte, fing es an. Es hatte noch keinen Namen. Später nannte ich es Entfremdung. Und er: Erfolg.

Anna erschrak glücklich. Und lächelte. Sie sah zu der Frau. Sie sah zur Blumenvase. Sie bemerkte, daß Blumenvase und Nacken vom einfallenden Licht betont wurden. Jetzt also! Anna lehnte sich nach vorn und verschränkte ihre Ellenbogen auf den Knien.

Wir waren nicht mehr jung, als wir uns kennenlernten. Genau genommen war ich bald vierzig. (Auch wenn ich mich auf den Papieren jünger gemacht habe; was ging mein Alter denn die anderen an!) Und ich war eine erfolgreiche Malerin.

Die Figur schien den Kopf ein wenig gehoben zu haben. Bewegte sie sich? Der bloße Streifen des Nackens jedenfalls war schmaler geworden.

Und er schlug sich damals noch mit Illustrationen durch, für Zeitschriften! Er war ein Riese, und ich war klein. Körperlich. Wir haben so überhaupt nicht zusammengepaßt. Und uns angezogen. Wir kannten uns ja schon lange. Von der Kunstschule, von den Sommern auf Cape Cod. Es gab dort eine Künstlerkolonie, und meine Mutter liebte Provincetown, das Fischerdorf an der Spitze der Landzunge.

Einmal wohnten wir in derselben Pension. Wir grüßten uns, ein Nicken am Morgen, wortlos. Vielleicht war er zu schüchtern, vielleicht hatte er kein Geld und wagte nicht, an eine Beziehung zu denken. Vielleicht nahm er mich auch gar nicht wahr. Dann trafen wir in Gloucester wieder aufeinander, einer Künstlerkolonie nördlich von Boston. Sommer 1923 war das, und er sagte seinen ersten Satz zu mir: Hey, ich habe gestern Ihre Katze gesehen!

Er meinte Arthur, der dauernd davonlief. Arthur, mein Kater, den er später am liebsten zum Teufel gejagt hätte. Zwei Bücher wollte ich in meinem Leben schreiben. Eines über Arthur, der mir dann wirklich abhanden kam, und eines über ihn, Ed.

Damals jedenfalls, nachdem er gesagt hatte: Hey, ich habe gestern Ihre Katze gesehen! setzte er sich auf einen Zaun und zeichnete eine Katze von Gloucester für mich. Von da an zogen wir gemeinsam los, um zu malen. Er sah, daß ich aquarellierte. Und er begann, mit mir zu wetteifern. Aquarellfarben hatte er vorher nur für seine Gebrauchskunst genommen. Wir arbeiteten im Rocky-Neck-Viertel von Gloucester, wir malten die schönen, alten Kapitänshäuser am Hafen, die Segelschiffe, wir malten in den italienischen und den portugiesischen Vierteln. Wir malten die portugiesische Kirche (ich die Maria, die kein Jesuskind trug, sondern ein Schiff; er aus der Distanz die Architektur). Er habe eben die Vogelperspektive, sagte er, und ich die Wurmperspektive.

Ich ahnte schon damals, daß er meine Sachen nicht ernst nahm. Aber dann hockten wir über dem weißen Sandstrand von Little Good Harbor auf Bass Rock, und die Brandung schlug an den Felsen zu uns hoch, und er zitierte Verlaine. Ich führte die Verse dort fort, wo er aufhörte. Vermutlich waren wir romantisch.

Als ich ihn sehr viel später einmal gefragt habe, warum er mich geheiratet habe, antwortete er ohne Zögern: »Du hast Locken. Du kannst Französisch. Und du bist eine Waise.«

Und ich war Jungfrau, dieser Feigling! Das hat er aber nicht gesagt. Er machte sich lustig über meine sexuelle Unerfahrenheit; aber er hätte mich niemals geheiratet, wenn ich nicht Jungfrau gewesen wäre. Er wollte etwas exklusiv, nur für sich. Ohne Eltern, ohne Vergangenheit. Etwas zum Lieben, etwas zum Quälen. Er hat es wohl nicht anders gelernt. Er war nicht böse. Er war aufbrausend, unbeherrscht. In ihm steckte das gedemütigte, das gepeinigte Kind. Und ich? Warum ich das mitgemacht habe?

Etwas in mir hat ihn verstanden.

Anna sah, wie die Frau den Stuhl ein wenig nach rechts zur Vase drehte. Gleich würde sie ihr Profil sehen.

Es ist übrigens das einzige Bild von ihm, auf dem er Blumen malte. Blumen waren ihm zu selbständig, man könne ihnen nichts hinzufügen, hat er einmal gesagt. Und dann eingeräumt, daß Monet das natürlich konnte. Aber er, er war doch kein Impressionist.

Nun erkannte Anna die kleine Linie der Nase, fast eine Stupsnase aus einem Kinderbuch.

Ich habe ihn ermutigt. Ich habe gesehen, daß er etwas konnte, etwas Besonderes. Ich malte französisch; aber er hatte einen neuen Blick. Ich habe an ihn geglaubt. Und dann habe ich ihn vermittelt. Durch mich fand er einen Galeristen, seinen Galeristen (bei dem er sein Leben lang blieb). Er kam ins Brooklyn-Museum. Das war sein Durchbruch. Er hat nie zugegeben, daß meine Hilfe für seine Karriere entscheidend war; er mußte es vergessen. Offensichtlich war ihm wichtig, daß ich nicht wichtig war. Nicht wichtig meine Malerei, nicht wichtig mein Einsatz, meine Arbeit für ihn. Dabei hätte er ohne mich niemals diese ersten Schritte auf dem Kunstmarkt hinbekommen. Ich hatte seinen Namen genannt; natürlich, wenn er nicht gut gewesen wäre, hätte das auch nichts genutzt. Aber nun wurde er erstmals als Künstler wahrgenommen, nicht nur als Illustrator für Zeitschriften, Werbegraphiker.

Als er dann Erfolg hatte, in Galerien, Ausstellungen, Museen, so richtig Erfolg, da hat er mich belächelt und nicht mitgenommen. Nie hat er mich empfohlen! Männlichen Kollegen hat er geholfen. Aber nicht mir. Mit einem Mal schien es ihn fast zu stören, daß ich auch malte. Er war in kindischem Furor eifersüchtig darauf.

Anna wartete.

Und doch war ich ihm wichtig. Und er mir auch.

Anna sah eine winzige, reinblaue Ecke auf der Fensterbank. Sie ging ein wenig näher. Ein rührend frisches Blau. Gemalt, um übersehen zu werden. Und jetzt sah sie, daß die Farben, die von Ferne plan und ungemischt wirkten, in sich kleine Abstufungen hatten. Sie flimmerten nicht, aber sie bewegten sich in einer leichten Unruhe.

Wir sind zusammmen in etwas hineingerutscht. Ein süßes Abhängigsein, eine nützliche Zweisamkeit, die ihn zum Maler machte und mich zum Modell. Seinem einzigen Modell. Darauf wenigstens habe ich bestanden.

Ein französisches Paar kam in den Raum. Oh, ein Hopper, sagte sie, blieb kurz auf einem Bein stehen und lehnte den Fußrist des anderen Beins an die Wade. Sie balancierte ein wenig. Ihre hellblaue Sommerhose hatte sehr dünne weiße Streifen, ihre Pumps waren türkis. Er nickte. Sie hängte sich wieder geschmeidig bei ihm ein. Aber Anna sah, daß ihn diese Zutraulichkeit verlegen machte. Als schämte er sich vor dem Bild. Eine Weile stand das Paar da und flüsterte. Sie legte ihren Kopf an seine Schulter. Anna hörte vor allem ihre helle Stimme. Er sagte wenig. Sie gingen weiter.

Die Figur hatte sich zurückgedreht. Der Nacken der Frau lag wieder leicht gesenkt da.

Vielleicht war es für heute vorbei. Anna stand auf. Sie streifte den Rucksack über die Schulter. Sie sah zum Durchgang in den anderen Raum. Doch da setzte die Stimme wieder ein.

Auf dem Bild bin ich die Frau im Lehnstuhl, die dem Bild so etwas wie Lebensrealität gibt, Wohnlichkeit. Selbstgenügsam sitze ich da, wie die Blumen in der Vase. Wir blühen beide wurzellos. Sein Pinsel war unsere Wurzel, Terpentin und Öl unser Wasser. Fast weiße Blumen, ein Hauch Rosa in den Blüten. Unschuld. Unbeschrieben.

Als Jungfrau in die Ehe, mit 41 Jahren! Das ist doch komisch. Das fand er durchaus nicht. Auch wenn er natürlich sexuelle Erfahrungen gemacht hatte. Zur Genüge, nehme ich einmal an. Damals in Paris. Und ich war ein Schaf, ein munteres Blümchen. Und als ich erschrak und als es schmerzte und er sich austobte in seiner Gier, da dachte ich noch, das sei normal. Ich dachte, körperliche Brutalität sei normal in einer Ehe.

An manches will man sich nicht erinnern.

Er malte eine unverschämte Karikatur, da liege ich wie aufgebahrt im Bett und er steht daneben wie ein Engelchen im Nachthemd mit Heiligenschein. Als ob ich ihn in so eine Rolle hätte drängen wollen. Als ob das die Alternative gewesen wäre zu seiner Rücksichtslosigkeit. Er traute mir körperliche Lust nicht zu. Er traute sie sich nicht zu! Sex war Sünde, Verbot. Das hatten ihm die Eltern unmißverständlich klargemacht. Sex war immer ein Übertritt, ein Verstoß, und nur zu rechtfertigen, weil die Frau ein minderwertiges Wesen war. Darwin hatte recht; das machte ihm seine Brutalität einfacher. Und ich schluckte in meiner viktorianischen Ahnungslosigkeit. (Ich kannte ja nur meinen Kater Arthur, geschmeidig, schnurrend, zärtlich, von eleganter Anwesenheit.) Und versuchte, im Ehebett irgendwie durchzuhalten. Mir möglichst wenig wehtun zu lassen, so wenig wie eben möglich.

Er war eifersüchtig. Er haßte Arthur. Den ich liebte. Alle meine Aufmerksamkeit sollte ihm gelten, nichts davon dem Tier. Und er sprach nicht mit mir, er ging auf keine Partys. Ich war seine Gefangene.

Als er Erfolg hatte, der mich ausschloß, da begann ich, Bücher zu führen. Über ihn. Ich wurde seine Chronistin, die aufschrieb, was er malte, wo er es ausstellte, wer es kaufte. Und ich schrieb Tagebuch. So sprach ich mit mir. Ich glaube, ich fing damit an in der Zeit, als er mich in diesem Erker malte, wie in einem offenen Käfig. In einer Vitrine, in unserer Wohnung. Es war ja seine Wohnung, in die ich eingezogen war: New York, Washington Square 3.

Du weißt, sagte ich ihm, und zeigte auf das Bild, daß diese Fenster da auf Französisch »Fenêtre à guillotine« heißen? Er gab keine Antwort; ich aber sah meinen nackten Nacken.

Er war jetzt ein angesehener amerikanischer Maler geworden. Kein Epigone der Franzosen. Er machte etwas Eigenes, etwas, das es noch nicht gab. Hochhäuser interessierten ihn nicht. Er malte das übersehene, das geheime Amerika. Er malte die Sehnsucht, das Scheitern. Die B-Seite des amerikanischen Traums. Er malte uns. Unser Versagen als Ehepaar, unsere seltsamen Siege. Er sprach nicht mit mir, aber er sprach in seinen Bildern zu mir. Zu mir, seinem einzigen Modell. Ich war ich, und ich war auf der Leinwand. Durch ihn eine Doppelexistenz. Immer bedroht. Ich habe mich mit mir nicht verständigt, mich nicht verstanden. Warum habe ich diese Ehe mitgetragen? So wurde er immer wichtiger für mich. Die Antwort über mich lag in seinen Bildern.

Als Arthur, der Kater, den er haßte, verschwunden war, gab ich mein Atelier auf; nun gab es keinen Grund mehr für einen eigenen Raum. Ohne das Tier konnte ich auch bei ihm malen. Ja, ich malte weiter, aber von nun an malte ich nur noch nebenher.

Es ging schleichend. Ich bemerkte nicht, wie ich mich änderte. Bis er auf einmal der Maler war; und ich war des Malers Frau, die manchmal einen Pinsel hielt. Als Künstlerin trat ich unter seinem Namen auf, eine Silbe, ein Auftakt zu seiner Herrlichkeit: Jo Hopper. Und manche meiner Arbeiten, ein paar Zeichnungen, kleine Ölbilder, einige Aquarelle, die aufbewahrt wurden, verdanken ihre Noch-Existenz der Tatsache, daß man sie für seine Arbeiten hielt. Das Whitney-Museum, dem ich unsere Werke schenkte, warf meine Sachen größtenteils weg.

Sie legte jetzt den Kopf zurück, ganz gegen die Lehne, so daß der Nacken verschwand und die Haare über das Holz fielen.

Wie wir gekämpft haben! Wie wichtig es für ihn war, mich klein zu halten. Oh, seine Ironie! Und seine Unbeherrschtheit. Wie er sich anstellte, als ich mit dem neuen Auto fahren wollte. Er konnte toben wie ein Gorilla, dieser große Mann. Er wollte verhindern, daß ich hinter dem Steuer saß. Und ich habe es immer wieder versucht.

Er war eifersüchtig auf alles. Er wollte mich für sich, an seiner Seite. Modell, Managerin, Medium. Und ich machte mit. Wenn er in einer Malkrise war, stellte ich mich an die Staffelei. Er sah, wie ich arbeitete, und griff auch wieder zum Pinsel. Dann war ich stolz. Auf mich, auf ihn. Auf uns. Ich war sein Modell, aber er war auch mein Produkt. Er kämpfte mit der Malerei; ich kämpfte um ihn, den Maler. Wir ließen uns nicht.

Warum glaubte ich mehr an ihn als an mich? Als wir uns kennenlernten, habe ich neben Picasso ausgestellt. Warum verlegte ich meine Leidenschaft auf seinen Erfolg?

Eine Gruppe von Museumsbesuchern kam vorbei. Ein Hopper, wirklich! sagte eine Stimme. Eine ältere Dame photographierte das Bild. Eine Aufnahme, eine Aufmerksamkeit. Schon waren sie im nächsten Raum.

Das Bild schwieg.

Anna wartete.

Aber der Zauber war für heute gebrochen.

Jo Hopper, Anna fuhr sich über die nackten Unterarme, auf einmal spürte sie die Klimaanlage. Wußte Jo Hopper, warum sie die Leidenschaft für das Malen verloren hatte? Was hatte aufgehört?

Sie trat noch einmal dichter an das Gemälde heran. Im entspiegelten Glas glänzten die Deckenstrahler als schwache Lichtpunkte. Sich selbst sah Anna als einen blassen Schatten.

4

Anna fuhr nach Chinatown. Im Reiseführer hatte sie von einem veganen asiatischen Restaurant gelesen. Es lag im zweiten Stockwerk eines Eckhauses. Entlang der beiden Außenwände verlief ein Band von grüngestrichenen, grünumrankten Sprossenfenstern. Am Boden unterhalb der Fenster standen Töpfe und Kästen, aus denen dschungelhaft Blumen, Farne, Gummibäume, Kakteen wuchsen. Ihr üppiges Grün kehrte wieder aus Kübeln, die als Raumteiler dienten. Als sie sich an einen Tisch am Fenster setzte, sah sie einen kleinen Altar mit goldenen Figuren, Räucherstäbchen und Blüten, der neben der Tür errichtet worden war.

Sie wünscht sich ein Kind von mir.

Sie hatte ihr Handgepäck genommen. Nicht in Panik, nicht aus klarer Wut, eher in Trance. Sie hatte gespürt, daß Reden nicht weiterhelfen würde. Und sie wollte sich von dem Mann, der sie verließ (nach einem halben Leben), auch nicht helfen lassen. Doch erst jetzt fiel ihr ein, daß noch etwas anderes geschehen war.

In diesen Tagen – und vor dem Abend, als ihr Mann in Triest nicht allein gewesen war (und sie wußte natürlich, mit wem: Athina, Referendarin, Migrantin in der zweiten Generation, die Eltern aus Nauplia. Intelligent und schön und bereit, einen gebildeten Altphilologen zu bewundern) – hatte es eine Situation gegeben, die sie auf eigenartige Weise umwarf. Und die ganz und gar unabhängig gewesen war von ihrem Mann.

Anna starrte in die Speisekarte, ohne zu lesen. Mit diesem Raum, seinem Geruch, kam das chinesische Restaurant in Kamerun zurück. Die asiatische Kellnerin brachte den Tee, der jedem Gast zum Willkommen eingeschenkt wurde, hielt ihren Notizblock vor die Brust und den Stift fordernd in die Höhe, worauf Anna schnell einen großen Vorspeisenteller bestellte (da mußte man nichts aussuchen) und einen Mango-Papaya-Salat. Als sich die Kellnerin mit einem Zwitschern umdrehte und Richtung Küche davonging, hatte Anna das Gefühl, wieder eine Probe bestanden zu haben.

Und der Text über Kamerun war da, die Reportage, die ihr eine Redakteurin umgeschrieben hatte.

Sie hatte sich nicht erinnern wollen. Die Szene war ihr unangenehm. Sie hatte getobt. Würdelos. Sie hatte die Redakteurin des Magazins angebrüllt. Sie hatte in den Telephonhörer geschrien, nein, wenn ich kein »dann« schreibe, dann will ich an dieser Stelle auch kein »dann« haben. Das ist eine Sache des Rhythmus!

Eine Sache des Rhythmus? hatte die Redakteurin vorsichtig nachgefragt. – Ja, hatte Anna leise wiederholt, eine Sache des Rhythmus, wissend, daß dieses Argument in dieser Situation absurd war. Aber Anna war zunehmend nervös geworden. Jedes Wort der Redakteurin hatte sie in ihrem Innersten getroffen. In ihrem Innersten! Sie wußte, daß sie peinlich war, und doch empfand sie den redaktionellen Eingriff als Übergriff. Körperlich.

Wenn sie einen Schnitt mache, polterte Anna, dann wolle sie keine erklärende Modulation zwischen den Szenen. Dann wolle sie eine Momentaufnahme ungebunden neben die nächste setzen. Die Redakteurin zeigte Verständnis und blieb zäh. Je freundlicher sie sprach, um so kompromißloser wurde sie. Ihr Ton war sanft, bei jedem Aufbäumen von Anna schien sich ihre Argumentationskraft aus einem ungeheuren Quell zu erneuern. Was Anna schrieb, sei in diesem Abschnitt nicht verständlich, es überfordere den Leser, hauchte die Redakteurin. An welchen Leser sie denn denke, fragte Anna und spürte, wie die Redakteurin am Telephon still lächelte.

Anna hatte sie auf einem Journalistenfest kennengelernt; sie hatte sie sympathisch gefunden. Mit ihrer dunklen Brille, die sie wegen eines Augenleidens trug. Es sei möglich, hatte sie ihr anvertraut, daß sie ihr Sehvermögen verliere. Anna war sofort geneigt gewesen, sich auf die Geschichte dieser fremden Frau einzulassen, empathiebereit.

Ich habe nicht aufgepaßt, dachte Anna am Telephon, ich bin hineingerutscht. Jetzt sitze ich in einer Falle. Ich war davon ausgegangen, daß sie mich als Kollegin akzeptiert; ich hatte nicht erwartet, daß sie mich Satz für Satz umschreibt.

Die Redakteurin war lesbisch; sie hatte ihr auf dem Fest von ihrer Freundin erzählt. Von ihrer wilden, schönen Zweisamkeit. Anna hatte zugehört. Sie hatte selbst als Schülerin en passant einige lesbische Flirts gehabt. Sehnsuchtsvoll, meist körperfern. Eine kleine Liebe zu einer Französischnachhilfelehrerin, die in weit schwingenden indischen Röcken barfuß im überhitzten Klassenzimmer stand und das Passé Simple erklärte. Mag sein, es gab, fingerspitzensuchend unter einem türkisfarbenen Mohair-Pullover, in der Enge einer Levis eine abenteuerliche Fremde, einen komplizinnenhaften Triumph. Anflüge waren es gewesen einer möglichen, nicht zwingenden, anderen geschlechtlichen Heimat. (Doch die Jeansliebe mit Jungen schien ihr unkomplizierter.)

Um so schlimmer kam der redaktionelle Eingriff nun zurück. Was Anna am Telephon allerdings nicht sofort begriffen hatte, was sie erst hinterher und auch nur langsam verstehen wollte, war die Tatsache, daß der eigentliche Skandal dieser Geschichte einzig und allein bei ihr, Anna, lag. Ein Dann ist kein Grund zu schreien.

(Es war nicht nur das Dann.)

Es hatte etwas mit Berührbarkeit zu tun. Ihr Text war ihr Hoheitsgebiet. Ihre Scham. Es war lächerlich!

Ich habe kein Gedicht geschrieben, dachte Anna. Ich habe für ein politisch nicht ganz scheuklappiges Publikumsmagazin eine Reisereportage aus Kamerun geliefert.

Bevor Anna von ihrem Mann verlassen wurde, einem gebildeten, gutaussehenden Altphilologen, der gerade einen Aufsatz über die Formulierung »Kyrie eleison« verfaßt hatte, mußte Anna begreifen, daß sie in ihrem Beruf zunehmend auf prekärem, vielleicht schon gar nicht mehr zu haltendem Boden stand. Wer sich über ein hineinredigiertes Dann aufregte (es war nicht nur ein Dann), der litt an einer Wortüberempfindlichkeit, die sich mit Journalismus nicht mehr vereinbaren ließ.

Ausgesetzt. Anna liebte ihren Beruf, und Anna liebte ihren Mann. Falls man das so sagen konnte. Nach einem halben Leben. Nach so vielen Erfahrungen, die der Idee, sicher ein und dieselbe Person zu sein, spotteten. Wenn man nur ein klein wenig genau war.

Himalaya, Basislager.

Doch hatte heute für einen Moment ein Zimmer in den Wohnungen des Schnees geblüht.

Anna war glücklich gewesen, als sie das Bild sah, und verwirrt. Sie war sich nicht darüber im Klaren, was sie gesehen hatte. Und das Rätsel dieser Rückenfigur hatte sie nicht verstanden. Warum hörte eine begeisterte Malerin auf zu malen und widmete sich der Karriere ihres Mannes. Weil er besser war als sie? Und was meinte: besser! Aufhören hieß ja auch, eine Entwicklung beenden, die möglich gewesen wäre. Einen Versuch, es mit dem Engel aufzunehmen.

Der Vorspeisenteller kam, und Anna sah auf kleine Krabben, Hühnchenspieße, Frühlingsrollen. Sie zog mit den Zähnen das vegane Fleisch vom Holzstäbchen. Es schmeckte gut. Und es störte sie. Die Grundsubstanz war wohl Tofu. Warum aber imitierten sie tote Tiere? Kleine Würfelhappen wären ihr lieber gewesen. Aromatisiert mit veganen Essenzen. Wenn sie keine Krabbe essen wollte, dann wollte sie auch nichts essen, was wie Krabbe aussah. Sie dachte an grüne Algenspaghetti in der Bretagne; der Geschmack des Meeres war leicht vegetarisch, ja vegan zu haben.

Anna kaute und schluckte.

Viele Kindersommer lang war sie mit ihrem Sohn fischen gegangen in den bayrischen Seen. Sie hatten lebende, sich schlängelnde Würmer auf Haken gezogen, Bienenmaden vom Kopf her durchbohrt. Sie hatten Stunden gewartet. Auf Bisse, darauf, daß es gelang, das um sein Leben zappelnde, blitzende Tier aus dem Wasser zu ziehen. Beide hatten sie nasse, zuckende Fische in der Hand gehalten und mit einem Schlag getötet. Kleine Barsche, Felchen, Forellen. Anna hatte immer versucht, sehr schnell und genau hinter dem Kopf fest zuzuschlagen, den Nacken (sprach man bei einem Fisch vom Nacken?) sicher zu treffen, damit das Tier sofort tot war. Ihr kleiner Sohn hatte den Fisch, bevor er ihn erschlug, manchmal spontan geküßt. Vielleicht, weil er ihn schön fand. Vielleicht, weil im Fangen ein Glück lag, das der Fänger mit der Beute teilen wollte.

Er hatte die glitschigen Leiber aufgeschnitten, ausgenommen und, vom Ufer über das Wasser gebeugt, ausgewaschen (damit der Fisch nicht entglitt, einen kleinen Kinderfinger hakenartig durch das Maul hineingesteckt und bei einem Kiemendeckel wieder herausgeschoben). Dann sorgsam in ein kariertes Küchentuch gewickelt. Zu dem schon gefangenen ersten, zweiten oder dritten Fisch.

Zu Hause hatte Anna in der Pfanne Olivenöl und Butter erhitzt und die nun von ihrem Sohn sorgfältig mit Petersilie gefüllten Leiber in das brutzelnde Fett gelegt.

Den kleinen Angler lobend, hatte die Familie die Fische gegessen.

Anna suchte mit der Gabel nach den gerösteten Erdnüssen im Salat. Sie zerbiß sie. »In ihrem Innersten.«

Sie war Germanistikstudentin gewesen in München. Wer interessant war, war politisch links. So einfach war das damals. Und auch sie hatte sich, dem Strom folgend, in Linguistik eingeschrieben als Nebenfach und nicht in das als reaktionär verschrieene Fach Mediävistik.

Doch im Grundstudium mußte sie trotzdem ein mediävistisches Pflichtseminar für Anfänger besuchen. Der Dozent war groß und blond. Seine Körperhaltung eckig, seine Gesichtsfarbe bläßlich, mit ungesund wirkenden rosa Partien auf der Stirn und über den Wangen. Auch im Winter schützte er sich vor einem Sonnenbrand; auf der Straße trug er immer eine Schirmmütze. Die wechselnden Modelle übertrafen sich an Albernheit. Er schien nicht von dieser Welt zu sein. In der Mittagspause sah man ihn mit der Sekretärin des Seminars, einer blonden, etwas schrill attraktiven und sicher zehn, fünfzehn Jahre jüngeren Frau, zum Bäcker gehen. An einem der Stehtische aßen sie Kuchen aus dem Papier. Die Sekretärin trug knielange, bunte Röcke. Er ausgebeulte, beigefarbene Cordhosen. Niemand verstand das. Die Appel-Apfel-Linie also, irgendwelche Lautverschiebungen. Der Sommer stand hoch und versprach alles. Und sie saß in einem stickigen Seminarraum.

Es war die letzte Sitzung vor den Semesterferien. Sie trug ein weites, sandfarbenes Baumwollkleid, das sie auf einem Londoner Flohmarkt gekauft hatte. Er sah in dreißig gelangweilte Gesichter und sagte: Ich möchte Sie nicht überfordern, wir werden das nicht besprechen. Ich möchte aber, daß Sie einmal eine Idee davon bekommen, wie das Gotische geklungen haben mag.

Anna dachte noch, auch das geht vorüber, und legte ihre Stirn in die Hände. Er begann zu lesen. Es war eine Passage aus Paulus' Philemonbrief, die Sache mit dem entlaufenen Sklaven, und Anna verstand so gut wie kein Wort. Aber er las, und seine Stimme hatte auf einmal einen fremden, einen dunklen Ton und schwang sich ein in einen soghaften Rhythmus und trug. Ihr wurde schockartig heiß; sie hatte das Gefühl, tiefrot zu werden. Sie war »in ihrem Innersten« berührt. Und als er aufhörte, war sie hilflos verlegen. Er wünschte schöne Semesterferien. Die Stunde war zu Ende. Anna verließ den Seminarraum wie eine Ertappte und auf der Flucht.

Seither hatte sie ihn gemieden. Stand er am Aufzug, nahm sie die Treppe. Sah sie ihn auf der Straße, wechselte sie die Seite. Sie hatte ein Geheimnis mit ihm, von dem er nichts wußte. Er sah weiterhin furchtbar albern aus. Aber mit einer Geschichte in einer alten Sprache, die sie nicht verstand, hatte dieser Kerl sie berührt und verwirrt wie kein Mann zuvor.

Im Laufe ihres Studiums hatte sich Anna zunehmend mit der Linguistik gelangweilt; sie war zur Mediävistik gewechselt und hatte begonnen, sich mit mittelalterlicher Literatur zu beschäftigen. Doch sie hütete sich, ein Seminar bei ihm zu besuchen.

Viele Jahre später, ihre beiden Kinder waren schon geboren, sie arbeitete als Journalistin, hörte sie zufällig von einer Bekannten, die Assistentin an der Münchner Universität war, daß er nun gestorben sei. Mit dem Fahrrad fuhr sie zu seiner Beerdigung. Unterwegs hatte es zu regnen begonnen. Und als sie die Kirche erreichte, war sie komplett durchnäßt. Sie rutschte in die hinterste Bankreihe. Es waren genug Menschen da; sie fiel nicht auf. Vorne neben dem Sarg, wo auch sein Bild stand, sprach seine von ihm geschiedene Frau. Sie machte einen sportlichen, einen patenten Eindruck. Auch seine beiden Zwillingssöhne, erwachsene junge Männer, standen klar und offen vor der Trauergemeinde und lasen kurze Texte, die sie für diesen Anlaß ausgesucht hatten.

Nach der Trennung von seiner Frau hatte er allein gelebt. Er war schon seit langer Zeit Alkoholiker gewesen; es hatte Ausfälle an der Universität gegeben, Entziehungskuren zeigten keinen Erfolg. Man fand ihn in seiner Wohnung, als er schon einige Tage tot war. Er war keine sechzig Jahre alt geworden.

Anna strich sich die nassen Haare aus der Stirn. Es war Hochsommer. Alles roch nach süßen Blüten, selbst hier noch in der kargen evangelischen Kirche. Und die blonde Frau mit dem Kurzhaarschnitt und die etwas dunkleren, ebenso schmalen, ordentlich frisierten Söhne standen da vorne wirklich gut und tapfer.

Und hoffnungslos anständig wie Kernseife.

Wer konnte wem helfen? Wer berührte wen? Anna betrachtete den Tod des Mediävisten nicht als ein persönliches Versäumnis. Und doch wollte sie damals hilflos auf einem Moment von Schuld bestehen. Als hätte sie dadurch doch ein wenig zu ihm gehört.

DRITTES BILD, SIEBTER TAG

I

Ich möchte wollen, Herr, das nicht von mir Gewollte. Also mußte man warten.

Cézanne war vor dem Mont Ventoux gehockt. An den »Großen Badenden« malte er bis zu seinem Tod. Es gab an die zweihundert Skizzen, Versuche für dieses eine Bild.

Anna stand vor »Room in Brooklyn«. Es war noch früher Morgen, sie war bald nach der Öffnung des Museums gekommen. Sie wußte, sie sollte weiter. Wieder fort aus Boston. Aber sie hatte keine Ahnung, wohin.

Gestern Abend, als sie wieder auf der Terrasse saß und zur Stadt am Horizont sah wie auf ein illuminiertes Panoramabild, war ihr noch eine zweite Geschichte eingefallen, die Geschichte von einem anderen Versäumnis. (Und das war es doch gewesen: ein Versäumnis. Hätte sie damals nicht wenigstens ein wenig Gotisch lernen sollen? Um für sich das Geheimnis zu erkunden.)

Sie sah auf die Frau im blauen Kleid, die nicht Jo Hopper war und doch Jo Hopper, die vielleicht hinaussah auf das rote Dächerband oder die nur las oder schlief oder nachdachte. Und das Bild noch einmal aufhielt auf seinem Weg zur Abstraktion.

In ihrem ersten Semester hatte sie einen Jungen bewundert, der Russisch und Philosophie studierte. Er verkehrte in der Wohngemeinschaft, in der auch sie ab und an eine Kommilitonin besuchte. Sie mochte ihn sehr, er war lustig und klug. Aber sie hielt sich selbst für zu dumm, um eine Beziehung mit ihm beginnen zu können. Sie fühlte sich ihm nicht gewachsen. Während eines Abendessens hörte sie, daß er ein gebrauchtes Motorrad suchte. Zufälligerweise verkaufte jemand in ihrem Studentenwohnheim eine alte 250er Triumph. Sie erzählte davon. Der Kauf kam zustande, und er wollte ihr fünfzig Mark für die Vermittlung geben. Sie war überrascht. Sie hatte das nicht erwartet und lehnte das Geld zunächst ab. Es war eigentlich nicht viel Geld, doch war es viel für sie. Da er insistierte, das sei selbstverständlich, nahm sie es schließlich an.

War es Wochen, war es wenige Monate später? Jedenfalls hörte sie auf Umwegen, daß das Motorrad mittlerweile kaputt sei. Sie lernte das Wort Kolbenfresser. Die Geschichte tat ihr leid, und sie hatte sofort ein schlechtes Gewissen, wegen der fünfzig Mark. Eines Nachmittags, es war nach den langen Semestersommerferien, sie hatte den Jungen dazwischen nicht gesehen, sprach er sie auf der Straße an. Sie schämte sich sehr und sie dachte, er wolle das Geld zurückhaben. Aber er sprach nicht von Geld. Er sprach auch nicht vom Motorrad. Als sie nun sagte, sie habe gehört, die Maschine fahre nicht mehr, und anbot, ihm die Provision für die Vermittlung wieder zurückzugeben, winkte er irritiert ab. Aufgeregt und verwirrt war er doch sichtlich um Höflichkeit bemüht. Er hob an, etwas zu erzählen, aber er erzählte nicht. Sie verstand nicht, was er wollte. Er schien Zeit zu haben. Die Situation war ihr unangenehm. Sie sagte, sie müsse weiter, obwohl sie spürte, daß er gerne noch mit ihr gesprochen hätte. Aber sie glaubte, ihm nicht intelligent genug antworten zu können.

Eine kleine Weile danach erfuhr sie, daß er von einer Brücke gesprungen war. Anna kannte sie. Es war eine über hundert Meter hohe Brücke.

Eine Sozialpädagogin aus der Wohngemeinschaft hatte ihr von seinem Tod erzählt. Sie war auf seiner Beerdigung gewesen. Sie habe die Eltern gesehen. Die hätten einen etwas seltsamen Eindruck gemacht. Die Mutter streng und ganz still. Und der Vater habe noch am offenen Grab über seinen Sohn gesagt: Nietzsche sei er aber nicht gewesen.

Anna sah auf den Nacken der in diesem grünenden Raum wie verbannt sitzenden Frau in ihrem langen, dunkelblauen Kleid. Wie hätte das Leben dieser Frau ausgesehen, wenn sie sich für ihre Malerei entschieden hätte? Hatte ihr der Mut gefehlt, das Durchsetzungsvermögen? Aber sie hatte doch die Kraft, zu einem erfolglosen Maler zu stehen, die Sicherheit, ihn zu unterstützen, ja ihm zu helfen, sich durchzusetzen. Warum wurde sie Modell und nicht Malerin ihres Lebens?

Aber unser Leben, also mein Leben mit Ed, war nicht nur schlecht.

Die Frau war nun aufgestanden, klein und schmal, sie hatte ihr blaues Kleid glattgestrichen. Langsam ging sie zu dem Tisch mit den Blumen. Sie verdeckte die Blumen fast.

Er hat mich gebraucht; und ich fand es sinnvoll, gebraucht zu werden. In gewisser Weise war er mein Kind.

Anna sah, wie sie die weiß-rosa Blüten mit beiden Händen ein wenig ausrichtete. Oder vielleicht nur anhob, damit sie neu fielen.

Es war, wenn ich es jetzt bedenke, im Nachhinein, ein Sinn, der leicht zu haben war. Leichter als durch das Malen. Ich war für ihn da; beim Sich Kümmern gab es keinerlei Selbstzweifel. Man mußte nur fürsorglich sein, aufmerksam, fleißig, zäh vielleicht. Aber man war nicht ausgesetzt. Schließlich riskiert eine Frau nichts, wenn sie ihren Mann unterstützt. (Ihr Leben vielleicht, aber das weiß sie noch nicht.)

Es braucht Mut, Talent zu haben.

Ganz langsam drehte die Frau sich um. Für einen Moment schien sie Anna anzusehen. Anna sah zwei lebhafte, mädchenhafte Augen in einem alterslosen, freundlichen Gesicht. Doch schon war der Blick wieder abgerückt. Die Frau ging zwei Schritte zu ihrem Stuhl, beim Setzen hob sie ihr Kleid etwas an. Nun fiel das Licht wieder auf die Stuhllehne, den Nacken.

Und Anna sah die Strebe des Fenêtre à guillotine über ihrem Kopf.

Als er starb, war ich wie amputiert. Aber er hatte ein letztes Bild gemalt, ein Bild, das mich tröstete. Er malte uns nebeneinander. Gleichberechtigt, Seite an Seite standen wir auf einer Bühne. Wir beide in weißen Kostümen als Komödianten.

Wir verbeugen uns vor dem Publikum, und dabei weisen wir mit dankbaren Gesten aufeinander hin. Ich auf ihn, er auf mich. Wir verbeugen uns beide auch voreinander. Das war mir wichtig. Er wußte, daß er ohne mich das Leben als Maler nicht ertragen hätte. Und ich wußte, daß er der Bessere von uns beiden war. Immerhin, das wußte ich. Immerhin wußte ich das.

2

Anna spürte, daß das Bild jetzt nicht mehr sprechen würde. Sie stand auf und ging zu einem Durchgang, der in einen angrenzenden Museumsraum führte. Sie sah sich noch ein letztes Mal um. Und die grünende Frische tat nun fast weh.

Sie wußte nicht, wo der Ausgang war. Und ging weiter. Auf einmal stand sie in einem Saal, dessen Mitte von einem niedrigen Tisch ausgefüllt wurde. Die Tischplatte war sehr groß. Tiefe Ledersessel rahmten sie. Unter Glas waren Bilder aus der Museumsabteilung »Moderne amerikanische Kunst« zu sehen. Durch Berührung mit der Fingerspitze konnten sie in ihren Gegenständen oder Farben verändert werden. Anna hatte den Tisch fast hinter sich gelassen, als sie bemerkte, daß auch »Room in Brooklyn« als interaktives Spielfeld dabei war. Ein Kind saß davor.

Seine Rastalocken wippten über dem Glas; sein Finger berührte immer neue Teile der Fläche. Vor den Fenstern der Frau im blauen Kleid gab es nun keine Dächer mit Kaminen, sondern Fischerboote an einem langen Strand. Im grünenden Zimmer stand statt des kleinen Tischs mit dem Blumenstrauß ein Koffer. Rote High Heels lagen auf dem strahlenden, grünen Lichtfenster des Bodens.

Das Kind, wohl ein Mädchen, drehte sich um und lächelte Anna an. Verlegen lächelte Anna zurück.

Das Kind klickte Eisenbrücken, grüne Hügel, dann ein Segelschiff in die Fenster.

Wirkliche Varianten, dachte Anna, bestünden aber nicht im Wechsel von Meer oder Bergen. Man müßte die Farbfelder der Jalousien weiter herunterziehen oder hinaufschieben können. Das würde das Bild in seinem Aufblühen verändern, stärker als wechselnde Motive.

Das Mädchen tippte und probierte weiter. Anna setzte sich an seine Seite, sie roch die junge Milchhaut des Kindes und das Waschmittel seines Pullovers. Das Kind stupste eine Wüste vor die Fenster. Einen Mann in den Raum. Eine Katze auf den Boden.

Es tippte, von Annas Nähe angespornt, weiter auf das Glas.

Dann drehte es sich zu ihr um. Seine schwarzen Lockenstacheln wippten.

Schau, sagte es.

Anna sah auf eine Gebirgslandschaft hinter den Fenstern.

Das Mädchen mochte vielleicht sechs oder sieben Jahre alt sein. Seine Fingerspitzen versetzten die felsigen Hügel in ein blauendes Schneelicht.

– Sind das die White Mountains? Die Rocky Mountains? Der Himalaya?

Das Mädchen nahm seine kleinen Fäuste von der Tischplatte. Dann legte es den Kopf ein wenig zur Seite, und zuckte mit den Schultern.

– Das weiß ich nicht. Das kannst du dir aussuchen.

VIERTES BILD, ERSTER UND ZWEITER TAG

I

Flughafen Zürich, Freitag,
Mein liebes Kind,

gerade bin ich in der Schweiz. Du wirst das gleich verstanden haben: Himalaya, Recherchereise! Ich wollte für eine Zeit abtauchen. Das war alles. Laß uns später darüber sprechen.

Ich habe mich treiben lassen, war in Edinburgh, Kopenhagen, Boston, Städte, die ich nicht kannte. Es war schön, zum ersten Mal irgendwo zu sein. Ich bin viel in Galerien. Und nun werde ich in die Berge fahren, ich weiß noch nicht wohin. Ich nomadisiere ein bißchen. So viele Jahre habe ich mich vernünftig verhalten. Wann, wenn nicht jetzt wäre Zeit für etwas Ungeplantes? Ich reise wie im Spiel, den Zufällen nach. Ich werde Dir davon erzählen. Ich hoffe und denke, daß bei Euch alles in Ordnung ist; wenn Ihr etwas braucht, ist Georg da. Es tut mir leid, wenn es für Euch gerade schwierig ist. Bald bin ich wieder erreichbar.

Ich schicke hier ein paar Bücher, die mir zu schwer werden. Es sind Kunstkataloge, die ich unterwegs gekauft habe. Ich habe abends in den Hotels drin gelesen, und eigentlich wollte ich sie irgendwo liegenlassen. Doch nun sind sie ein Teil dieser Reise geworden; vielleicht möchte ich später noch einmal in ihnen blättern. Um zu verstehen, was war. Ich mag sie nicht nach Hause schicken, wo Georg sie in Empfang nehmen würde.

Ich denke an Dich, an Euch.

Kuß & Gruß,

Deine Mama

Anna faltete den Brief, steckte ihn in den Karton zu den Büchern. Sie klebte die ausgestanzten, durchsichtigen Streifen auf die vorgesehenen Felder. Adressierte und schob das Paket durch das Fenster des Schalters.

Vom Flughafenareal nahm sie den Lift hinunter zu den unterirdischen Bahngleisen. Ein Zug hielt mit einem trokkenen Schleifton. Sie stieg ein.

Boston–Zürich waren sechs Stunden gewesen. Und jetzt? Im Losfahren sah sie zu einem Reklameplakat der Schweizer Fluggesellschaft, auf dem vier Stewardessen mit vier verschiedenen Hauttypen und regional charakteristischen Gesichtszügen abgebildet waren. Der Text sagte: »Vier Sprachen, ein Lächeln«. Dabei lächelten sie durchaus verschieden.

Als Anna zehn Minuten später am Zürcher Hauptbahnhof ausstieg, erklärte ein Bergpanorama mit goldener Sonne St. Moritz zum »Top of the World«. Himalaya war überall. Warum nicht im Engadin? Annas Blick lief hilflos über die sich ständig erneuernde Abfahrtstafel der Züge.

Sie wandte sich an eine Zugbegleiterin in blauer Uniform. Bis Chur, antwortete sie, und dann umsteigen in die Rhätische Bahn. Sie fahren die historische Strecke, die Albulalinie.

Anna verstand nicht und nickte.

2

Der Zug fuhr jetzt nur noch einen Abgrund entlang. Das Licht war hart, obwohl es schon gegen Mittag ging. Felswände stürzten senkrecht hinunter in Schluchten, in denen stechend türkisblaues Wasser lag. Ab und an hielten sich an schmalen Felsvorsprüngen kaum faßbar noch Bäume fest. Anna hörte das unregelmäßige Anschlagen der Räder auf den Gleisen, manchmal in den Kurven ein leises Quietschen wie aus vergangenen Tagen. Die Bahn kommt langsam und unaufhaltsam voran wie der Tod, dachte sie. Warum wie der Tod? Sie sah die ersten Wagen des Zugs über ein grausteinernes Viadukt fahren, dann in einem Felsentunnel verschwinden. Sie dachte absurde Sätze wie: Der Tod ist eine kleine rote Eisenbahn. Es wurde dunkel, dann blendete schon wieder das gleißende Schneelicht von den Gipfeln. Auf einmal hatte das Tal die Seite gewechselt. Anna sah auf ein tiefliegendes Wiesenstück, das beschneit war mit weißen Krokussen. Ihr schwindelte. In Kehren und weiteren Kehren schraubten sich die Wagen unermüdlich höher hinauf. Wieder überquerte der Zug ein neues, unvorstellbar hohes Viadukt. Die Wagen ruckelten, als könnten sie jederzeit kippen, als sei das Gleichgewicht hier am Rand der Schlucht immer nur ein ebenso knapper wie beiläufiger Sekundensieg. Anna schloß die Augen. Und laut schlugen die Räder weiter. Dann sah sie am Ende hoher Brückenbögen die roten Wagen in einer Felswand verschwinden. Das Wort Märchenschrecken fiel ihr ein.

Als es wieder hell geworden war, hielt der Zug vor einem hölzernen Bahnhofsgebäude; in einem Garten an den Gleisen standen Tische mit weiß-rot karierten Decken. Eine Gruppe Kinder stieg ein; an ihren Schultern baumelten Taschen. Später weitete sich das Tal. Anna sah in der Tiefe ein Schwimmbad und wurde wieder von einem Tunnel geschluckt. Sie spürte, wie der Zug einen langen Bogen fuhr. Als sie ans Licht kam, lag das blaue Wasserrechteck auf der anderen Seite des Abteils. Und schon meinte sie, wieder in den Tunnel einzutauchen, durch den sie gerade gefahren war. Diese Bahn war ein Karussell. Anna drückte ihren Rücken gegen den Stoffbezug der harten Lehnen. Ich fahre Zug, sagte sie sich. Ich sitze in einer Schweizer Eisenbahn, harmloser geht es nicht. Albulalinie, sie hörte noch die Stimme der Schaffnerin. Wie sanft das klang: Albulalinie. Gab es einen schwindelsanften Tod?

Dann erst fiel ihr auf, daß die Kinder sich in einer Sprache verständigten, die sie nicht verstand. Manche der Wörter klangen entfernt Italienisch, manche wie Latein und noch anders. Sie setzte sich gerade. Dies war wohl Rätoromanisch. Sie hörte dem Klang nach. Schon wieder hatte das Tal seine Seite gewechselt. Anna schloß die Augen. In das Sprechen der Kinder schlugen die Räder im stotternden Rhythmus hinein. Auf einmal wollte sie ewig weiterfahren, immer weiter in einem altmodischen Schweizer Eisenbahnabteil durch die Höhen einer Urlandschaft, in der sie die Orientierung verloren hatte. Also doch Himalaya. In der Zugscheibe sah sie den Schatten ihres Gesichts, das auf einmal in einem Wehen lag. Anna erschrak. Im Mai, dachte sie, es schneit im Mai.

Es schneite und schneite.

Anna lehnte ihre Stirn an die Scheibe. Und im Wirbeln der Flocken verschmolzen die unverständlichen alten Wörter der Kinder zu einem Singen. Und ganz ruhig und selbstverständlich wie das Atmen, wie das Schneien kamen Tränen. Gerade so, als wollten sie Anna tränken.

»Spinas«, hörte sie. Und wieder Unverständliches. Und dann »Spinas. Stop on request«. »Halt auf Verlangen«. Sie wischte sich über die Augen und Wangen. Weil mir mein Leben so fragwürdig vorkommt, dachte sie, nein, nicht fragwürdig, eher ungeschützt, roh. Und so war es ihr, als wachse mit dem Weinen ein wenig eine neue Haut. Bald bremste der Zug. Noch halb blind sah sie zwei Frauen nach, die mit Plastiktaschen zielsicher über eine Wiese einem kleinen Hotel entgegengingen. Sie werden dort im Service arbeiten, dachte Anna.

Nach Bever öffnete sich das Hochtal des Engadins. In Samedan stiegen die Kinder aus. Der nächste Ort hieß Celerina. In St. Moritz, Endstation der Rhätischen Bahn, nahm Anna ihr Handgepäck.

3

Manchmal habe ich mich gefragt, ob er mich später noch gesehen hat. Ich war ja noch auf dem Bild. Ob er, wenn er den Rücken dieses Priesters betrachtet hat, wie der so schwer die Treppe hochging, gebeugten Hauptes mit dem schwarzen Hut und diesem seltsamen Ohr, ob er mich noch gesehen hat. Sein erstes Geschöpf. Und den lieben Hund, der neben mir die Treppe der Kirche von Veduggio heruntersprang.

Ich erinnere mich gut, wie er mich hochgeschickt hat, damit ich herunterlaufe. Wie er mir dann ein Buch in die Hand gegeben hat. Ich sollte beim Runtergehen hineinschauen. (Aber das macht man ja eigentlich nicht: solche Stufen hinuntersteigen und lesen! Auf so einer Treppe. Und schon gar nicht, wenn man schwanger ist.) Es war ein Buch mit Gedichten, das weiß ich noch, aber ich weiß nicht, von wem. Und ich mußte immer wieder einmal stehenbleiben. Er hat sich Skizzen gemacht. Und mein Hund sprang mir um die Füße herum, und dann wieder lief er ein wenig voraus, als müsse er mich führen. Aber so ein großes, sich aufbauschendes Tuch um den Kopf hatte ich nicht, ich war nicht feierlich gekleidet. Und die Treppe war nicht groß und breit. Wenn man das Bild anschaut, denkt man ja, man sei in Rom und nicht in einem kleinen Ort in der Lombardei. Die Treppe der Kirche von Veduggio beginnt direkt beim Kirchenportal. Nicht wie bei ihm auf einem Vorplatz, so daß man von unten denkt, sie führe ins Leere. Er hat das alles einfach erfunden.

Aber das größte an diesem Bild ist doch: Ich war überhaupt nicht schwanger! Ich war viel zu jung. Als ich sah, wie er mich gemalt hat, bin ich erschrocken. Und dann mußte ich lachen. Das hat er sich ausgedacht. Weil er das für seine Geschichte brauchte, auf dem Bild. Er malte mich als Schwangere, wie ich fromm in einem Gebetbuch lesend die Stufen von der Kirche herunterkomme. Und von oben herunter grinsen drei Mönche mir nach (oder sind es alte Frauen? Man kann sie nicht recht erkennen) und machen sich lustig über mich. Eben weil ich schwanger bin. Und nicht verheiratet. Denn er nannte dieses Bild »Keine Absolution« oder auch »Die Sünderin«. Ich kam also, so seine Geschichte auf dem Bild, gerade von der Beichte, und es war mir keine Vergebung erteilt worden.

Er mochte die Kirche nicht. Er war ein Freidenker. Und auf diesem Bild zeigte er warum. Seine Moral war klar: Die Kirchenfrommen haben keine Ahnung von der Schönheit des Daseins. Und von der Liebe auch nicht. Sie sind dick nur aus Bosheit.

Und wir, mein kleiner Hund und ich, so malte er uns, brauchen keinen katholischen Segen. Wir sind gesegnet. So, wie wir da die große Treppe herunterkommen, sind wir einig mit uns, unserm Leben, unserem Glauben. Und dem kommenden Kind.

Er liebte schwangere Frauen. Aber das war auch eine harte Liebe: Eine Frau, die keine Kinder wollte, war für ihn keine gute Frau, sondern eine böse Mutter. Er hat ja auch gruselige Bilder gemalt. Frauen, die wie ewig verbannt über Schneelandschaften schweben. Oder wie gekreuzigt verhangen in einem Baum.

Ich fragte mich natürlich, warum er nicht seine eigene Frau auf den Kirchenstufen gemalt hat. Statt meiner. Die war nämlich schwanger. Und die beiden waren nicht verheiratet! Und alle wußten das.

Warum hat er mich genommen? Weil ich jung war. Unbefleckt von der Wirklichkeit? (Später hat er Baba, sein treues Kindermädchen, in allen Rollen gemalt, auch als alte Frau, wenn er das brauchte.)

Er gab mir diesen Marienschleier. Jede Frau war ihm eine Maria, die mit jedem Kind das heilige Leben neu auf die Welt brachte. Daran glaubte er, unabhängig von der katholischen Kirche. Keines seiner vier Kinder war getauft.

Mich hat es gefreut, daß er meinen Hund dazugemalt hat. Auf dieser großen Treppe. Ein Hund macht alles selbstverständlich. Mit vielen Tieren ist das so. Eine Kuh macht eine Wiese selbstverständlich. Ein Schaf eine Tränke. Ein leerer Stall ist so traurig wie eine leere Wiege. Aber mit einer Kuh ist ein Stall schon fast eine Kirche. Und ein wenig bin ich als Schwangere auch so etwas wie eine gute Kuh. Nur, was sollte ich hier selbstverständlich machen? Die Treppe? Das ging eben nicht auf. Der Hund rettete es noch ein wenig. Wir waren sicher und zufrieden auf dem Weg hinunter ins

Dorf. Diese abgetretenen Stufen erzählen von etwas anderem.

Wo führen sie denn hin? Man sieht das Kirchenportal kaum. Die Steine könnten auch zu einem Schloß gehören. Sie versprechen kein Verzeihen, keinen Frieden, keine Heimat. Im Dorf ist das anders, und dort gibt es zu essen; der gute Hund kennt den Weg.

Und dann hat er uns übermalt. Er hat die ganze Geschichte ausgelöscht. Weil sie auch für ihn nicht mehr stimmte?

Er hatte das Bild in Turin ausgestellt. Es wurde photographiert, deshalb weiß man von uns. Heute können auch Röntgenbilder uns noch zeigen. Aber er hätte uns ja auch stehenlassen können. Er hätte ein zweites Bild malen können. Wie er schon zuvor ein Bild von der Treppe gemalt hatte, das er stehenließ. Ein Bild nur mit der Treppe, ohne Mädchen, ohne Mönche. (Oder sind es alte Frauen, die auch nie schwanger waren?) Aber er hat uns verschwinden lassen unter den neuen Farben. Aus mir wurde also ein katholischer Priester (ausgerechnet!). Und wie er sich mühsam hinaufbewegt! Aus dem Hund sein Schatten (der Arme!). Aus den bösen Gestalten ein Schnörkel in der barocken Brüstung. Und wo ihre Köpfe immer noch überstanden, genügte ein bißchen Himmelsblau. Nein, Himmelsgrün, es ist ja ein seltsam unsicheres Blau, das da oberhalb der Stufen beginnt.

Und was war mit der Selbstverständlichkeit? Es gibt keine mehr! Der Priester geht gebückt. Seine schwieligen Hände liegen ihm hinten auf dem Rücken. Sie halten ein Buch, wohl sein Brevier, aber so wie die Hände da liegen, könnten sie leicht auch gebunden sein, mit einem Strick. Da geht ein Gefangener. Wie verdreht der Hut aufsitzt! Und wie man den haarlosen Schädel sieht, den hohen, sehnigen Nacken und sein wie verstümmeltes Ohr. Da läuft kein Mensch, der mit sich einig ist. Er hat noch viele Treppenstufen vor sich. Ihn empfängt kein offenes Kirchenportal.

Hält er nicht inne, gebeugt, auf den ausgetretenen Stufen dieser mühsamen Treppe?

Er ist einsam; er hat etwas vor sich, das schwer ist.

Die Treppe ist dunkel, von vielen Füßen abgetreten; sie führt in ein helles kaltes Morgenlicht, mit einem Mond. Ich glaube, ich habe noch nie so ein Licht gesehen. Gibt es so ein Licht?

Er ist dann dem Licht entgegengezogen. Mit seiner ledigen Frau, mit seinen ungetauften Kindern. Von der Brianza hat er sich aufgemacht, er, der Staatenlose, der Heimatlose, Richtung Schweiz, langsam immer höher. Erst nach Savognin, dann ins Engadin. Er hat ein Haus gemietet in Maloja, einem Dorf auf über 1800 Metern, am südlichen Ende des Silser Sees. Die Kälte hat ihm wenig gemacht; seine Frau, eine Mailänderin aus bester Familie, soll geklagt haben über das einfache Leben, die langen Winter. Er aber hat die Höhe gebraucht. Und immer höher und höher hinauf hat er seine riesigen Leinwände geschleppt, bis an den Rand der Gletscher.

Er ist dann mitten in der Arbeit gestorben, auf dem Schafberg, oberhalb von Pontresina. Seine letzten Gemälde waren Szenen aus dem Hochgebirge. Drei riesige Bilder. Auf dem dritten wird ein toter Körper aus dem Haus getragen; das Pferd mit dem Schlitten wartet schon. Aber am Ende hatte er das mittlere Bild auf der Staffelei; es besteht zu mehr als der Hälfte aus einem Himmel von flimmerndem Weiß.

Der Arzt hat etwas von Blinddarm geschrieben. Aber man munkelte, er sei an den Farben gestorben. Die Ärmel seines Kittels waren ganz voll vom Weiß. Sein Schneeweiß, Gletscherweiß, Lichtweiß.

Bleiweiß: sein Totenweiß. Kurz vor Mitternacht, in der Gebirgshütte, hat er sterbend gegen das Fenster hin noch gesagt: »Ich möchte meine Berge sehen.«

4

Mit einem Taxi hatte sich Anna vom Bahnhof St. Moritz zu einem Hotel am See fahren lassen. Es war eine mehrflügelige Anlage mit einer Konzerthalle und einigen Restaurants. Sie schien ihr großzügig, unkompliziert und um diese Jahreszeit nicht teuer. Man hatte ihr ein helles Zimmer gegeben mit einem kleinen Balkon, von dem aus man hinunter auf eine Bocciabahn schauen konnte. Anna hatte eine Weile den Männern zugesehen, die sich nach Kugeln bückten, um sie dann über den Sand rollen zu lassen. Laufende Muster um ein Klicken. Immer auf eine kleine rote Kugel zu.

Noch in Kleidern hatte sie sich auf das weiße Bett gelegt und war sofort eingeschlafen.

Als sie aufwachte, war es früher Abend gewesen, und sie überschlug, daß es in Boston nun Mittagszeit war. Sie hatte etwas essen wollen und war in das italienische Restaurant des Hotels gegangen. Sie hatte eine Pizza Margherita bestellt und roten Hauswein dazu getrunken. Sie war der einzige Gast gewesen. Schon auf der Taxifahrt hatte der Ort einen entvölkerten Eindruck gemacht. Anna sah mehrspurige Straßen. Einen Kreisverkehr. Geschäfte. Aber das alles blieb kulissenhaft.

Später war sie am See entlanggegangen, der zwischen den zersiedelten Hängen gegen Norden und einem Wald Richtung Süden lag. Sie hatte in das tintenblaue Wasser gesehen. Auf dem See waren noch zwei Fischerboote gewesen. Anna hatte daran gedacht, wie ihr Sohn den Fisch küßte, bevor er ihn erschlug.

Im Hotelzimmer wollte sie die ausliegenden Prospekte beiseite räumen. Und hielt die Ankündigung einer Ausstellung im Kunstmuseum des Orts in der Hand: »Voglio vedere le mie montagne«, Giovanni Segantini (1858–1899).

5

Das bin ja ich, dachte sie.

Anna stand vor der Treppe mit dem Priester. Sie kannte Bilder von Segantini, die ihr oft süßlich, ja kitschig vorgekommen waren. Manche auch unheimlich. Sie erinnerte sich vage an eine mit langen Haaren in einem Baum hängende Frau, an deren Brust gierig ein körperloser Kinderkopf saugte. Aber eine Treppe wie diese hatte sie nicht erwartet. Das Gemälde nahm die ganze Wand des kleinen Ausstellungsraumes ein.

Sie stand davor und sah: Dieser Priester war wie sie. Haltlos. Allein. Auf einer gewaltigen alten Treppe. Sie wußte so wenig wie er, wohin sie gehen sollte. Da war keine Sicherheit. Kein Glaube an einen Mann, an eine Ehe, an den Halt einer Familie. Kein Vertrauen in den Beruf. Man bemühte sich, ging weiter; es war anstrengend. Und wo sollte es hin? Diese leere Treppe führte allein in ein diffuses Blau.

Der Priester schien verstümmelt. Was war das für ein Ohr! Ein zusammengedrücktes Organ, das nichts mehr hörte? Und auch das nur angedeutete Gesicht war ganz verzogen. Es hätte auch ein Tierprofil sein können. Der Ansatz der Schnauze eines strengen Hundes. Der Pfarrer war eine ausgesetzte, häßliche Kreatur. Von Gott und der Welt verlassen.

Sagte man nicht so? Von Gott und der Welt verlassen. Anna hätte gerne gewußt, woher diese Redewendung kam.

Anna blieb stehen. Eine italienische Reisegruppe kam herein, dann umfingen sie die Koloraturen junger Chinesinnen. Der Raum war eng. An den anderen Wänden hingen noch einige dunkle Bilder aus der Brianza. Auch die Wasserträgerin, die Rückenfigur einer Frau, die wie eine Kuh das Holzjoch trug, an dem rechts und links ein Eimer hing. Anna roch Schweiß und Parfüm. Sie sah zu dem Priester auf der Treppe, die sich wie ein in Plissee gelegter Stoff um ihn zu bewegen schien. Gegen links heller werdend in größeren Falten, nach rechts eindunkelnd, im Schatten der zweiten sie fassenden Mauer. Hier zeigten Stufen Aufwerfungen. War das Thema des Bildes die Treppe?

Immer wieder wurde ihr Blick verdeckt von hochgehaltenen Händen, die mit Tablets oder Handys photographierten. Die meisten Besucher trugen Audioguides. Anna hätte es als Strafe empfunden, sich vor diesen Stufen etwas von einer elektronischen Stimme erklären lassen zu müssen. Das Gemälde war zu mächtig.

Sie wußte nicht, wie lange sie so dastand. Das Bild hatte sie in sich hineingesaugt, die Treppe hinaufgezogen. In dieses fast phosphoreszierende Licht.

Dann hatte sie sich umgedreht.

Sie wand sich durch die Menge aus dem kleinen Raum hinaus, sie ging durch den angrenzenden größeren Saal und weiter an die Kasse, um einen Katalog zu kaufen. Sie wollte mit dem Bild allein sein; und sie wollte mit dem Lesen allein sein. Sie würde wiederkommen.

In der Warteschlange kam sie an den Auslagen der Postkarten vorbei. Böse und gute Mütter in Bäumen, mit langen Haaren, Kindern; Details aus dem »Alpentriptychon«, diese lebensumfassenden Bündner Berglandschaften »Armonie della vita«; »La natura«; »Armonie della morte«; ein mit der Hand aus dem Brunnen trinkendes Mädchen in Tracht; eine kopfüber gehängte tote Gans, dieser weißbunte, flaumige Farbrausch; Selbstportraits, messianisch mit Goldstaub. Dann sah sie eine schwarz-weiße Karte, offensichtlich die Photographie eines Bildes. Anna erkannte die große Treppe wieder. Aber die Szene war eine andere. Ein Mädchen kam die Stufen heruntergelaufen, in sich versunken, anmutig mit einem freundlich wirkenden Hund.

Die Treppe mit dem Priester mußte eine Übermalung sein.

Die Luft war schlecht. Es waren zu viele Menschen im Museum. Offensichtlich waren weitere Busse mit Reisegruppen eingetroffen. Und die Klimaanlage, wenn es sie gab, funktionierte nicht. Anna war hinausgegangen. Das Museum lag auf einer Anhöhe. Sie trat auf einen Vorplatz, lehnte sich an die Brüstung und sah hinunter auf den See, hinüber zu den Bergen mit den weißen Höhenzügen. Die Grundtemperatur war kühl, aber die Sonne wärmte schon. Das Licht blendete.

Auf einmal hatte sie Lust zu rauchen. Sie hatte keine Zigaretten, sie besaß nie Zigaretten. Sie vertrug das Rauchen nicht und kaufte sich deshalb keine. Aber manchmal rauchte sie zusammen mit einer Freundin, oder sie bat auf einem Fest einen Raucher, ihr eine Zigarette zu geben. Anna sah sich um.

Etwas tiefer, in einer Biegung der Treppe, die hinunter an die Straße führte, lehnte eine gut angezogene Frau ihres Alters. Anna ging langsam auf sie zu. Die Frau schien überrascht. Anna roch einen Hauch Vol de Nuit. Die Frau war braungebrannt und dezent geschminkt. Sie hielt ihr die Pakkung American Spirit und ein schwarzes Feuerzeug entgegen. Sie trug mehrere Ringe; ihre Fingernägel waren französisch lackiert. Anna nahm sich eine Zigarette, zündete sie an. Dankend gab sie das Feuerzeug zurück. Für einen Moment überlegte sie, ob sie ein Gespräch beginnen sollte. Aber nach einem Zögern dankte sie noch einmal und stieg die Treppe wieder hinauf. Sie setzte sich auf eine der Stufen, legte sich den Katalog auf die Knie, die Postkarte auf den Katalog. Sie sog den Rauch ein. Sie hielt ihr Gesicht in die Sonne.

Rauchend sah sie hinüber auf die Schneegipfel der Berge.

Später stand sie wieder vor Segantinis Frühmesse, schwindelig von der Zigarette. Und diesmal hatte das übermalte Mädchen sich nicht stören lassen von all den Besuchern, sondern es hatte gesprochen.

VIERTES BILD, DRITTER TAG

I

Sonntagmorgen, Anna nahm die letzten Stufen zum Museum hinauf. An einem Sonntag vor zwei Wochen hatte es angefangen. Sie war vor einem bretonischen Mädchen gestanden. Nein, hinter ihm. Vor dem Bild, aber hinter dem Mädchen. Wie der Maler des Bildes. Heute würde sie vor, nein hinter einem Priester stehen, unter dem ein Mädchen lag. Gestern hatte es seine Geschichte erzählt. Malte sie, Anna, wenn sie genau zuhörte, die Bilder nicht noch einmal? In ihrem Innersten. Sie kaufte eine Eintrittskarte.

Anna sah auf die Treppe von »A messa prima«. Sie zählte zwanzig breite Stufen, jede von ihnen hatte ihre besondere, eigene Farbabstimmung. So fand das mühsame Hinaufgehen des Geistlichen eine Entsprechung im sorgfältigen Malen dieser völlig unerheblichen Steine. Schritt für Schritt für Schritt, Pinselstrich um Pinselstrich, hinauf zu diesem verlockend giftigen Blau. Zu dem narkotisierenden Vollmondlicht, das, verblassend, den Morgen erhellte. Anna trat etwas zurück. War dies ein Vorschein des Gipfellichts der Berge, das er suchen sollte? Malte er die Stufen wie später das Gestein? Witterte er hier bereits etwas, das er erst noch finden würde? Anna dachte an die kopfüber aufgehängte Gans im angrenzenden Raum. Sie war zur selben Zeit entstanden. Dort zeigte er das Gefieder des Geflügels, gemalt wie aufgeworfenen Schnee. Ein toter Tierkörper kopfüber, wie eine auf den Kopf gestellte Malerei: Flaum und Federn als Vorwand für Variationen von Weiß.

Anna strich sich das Haar aus der Stirn; sie hatte unruhig geschlafen. Das Oberengadin lag auf einer Höhe, die sie nicht gewohnt war.

Sie wollte noch einmal das verschwundene Mädchen suchen. Sie starrte auf den Verlauf, auf die Struktur des Farbauftrags. Unter dem Schatten, den der Priester warf, meinte sie jetzt ein farbliches Nachzittern des Hundes zu sehen, einen Rest seiner Schnauze, die Fellpartie über den Augen. Ein wenig Tier war noch da. Das Mädchen hatte er sorgfältiger übermalt. Und doch. Da waren graue, nicht motivierte Farbflecken an den Kuttenseiten. Und es gab links eine Aufwerfung des Gewands, die nicht von der Schrittbewegung des Priesters herrühren konnte. Auch wenn der erste Blick das so verstand. Diese schwarze Stoffpassage schien noch die ursprüngliche Breite des Rocks des Mädchens und seiner Schürze auszufüllen. Gegen den Saum hin verjüngte sich sein schwarzes Gewand. Anna glaubte hier deutlich zu sehen, wie der Maler mit neuer Farbe die Weite des Mädchenkleides weggenommen und in die Partie der Stufen überführt hatte.

Der Mädchenkörper mußte direkt unter der Kutte des Priesters liegen. Im Bereich seiner Ellenbogen und seiner Hände auf dem Rücken (den Mittelfinger der Rechten in das Buch gelegt) vermutete sie ihren Bauch.

Im Grunde war er also schwanger mit diesem frommen

Kind. Auf seine Weise schwanger mit dem fruchtbaren Leben. War es ein Glaube, den er in sich trug, den er aber noch nicht geboren hatte? Seltsamer Gedanke. Ein Priester, der mit einem schwangeren Mädchen schwanger ist. Wollte der Maler das? Hatte er deswegen kein neues, eigenes Bild begonnen? Im indifferenten Grünblau oberhalb der Stufen glaubte Anna ein sprödes Durchscheinen von Rotbraun-Resten des Gebetbuchs zu sehen, das in Wirklichkeit (in welcher?) Gedichte enthielt.

Das Bild mit dem Mädchen war in seiner Aussage sicher und anekdotisch gewesen: eine kleine kirchenkritische Genremalerei. Die Übermalung mit dem Priester wurde existentiell. Heidnisch und glaubensradikaler zugleich.

Sag noch was, sagte Anna. Aber das Bild schwieg.

Anna blieb stehen. Was sagte diese Treppe? Wie hingen Priester und Treppe zusammen unter diesem wie unerlösten Blau.

War nicht die Treppe schon ein Altar für das Licht. Ort der Andacht für diesen frühen, doppelten und deshalb Tag und Nacht umfassenden Morgen- und Mondschein. Dann wäre der Maler-Priester auf dem Weg zu einer ungeheuren Messa prima. Zu einem Gottesdienst, den er alleine auf sich nimmt. In Größenwahn und Demut. Ohne Gott, nur mit der Leinwand, den Farben, den Pinseln. Ein Solitär mit dem Glauben an eine gotthafte Natur, die er, wie zur Bestätigung seines Glaubens, immer noch einmal schaffen mußte. Wer, wenn nicht er.

Ich beginne auf meiner Leinwand loszuarbeiten mit feinen dünnen und pastosen Pinselstrichen, indem ich stets zwischen jedem Pinselstrich einen Zwischenraum lasse, den ich mit den Komplementärfarben ausfülle, und zwar möglichst, wenn die Grundfarbe noch frisch ist, damit das Gemälde zerflossener wirkt. Das Mischen der Farbe auf der Palette führt dem Dunkeln entgegen; je reiner die Farben sind, die wir auf die Leinwand bringen, umso besser führen wir unser Gemälde dem Licht, der Luft und der Wirklichkeit entgegen.

»Dem Licht, der Luft und der Wirklichkeit entgegen« – war das seine Religion der Morgendämmerung? Dann hatte diese irritierende Rückenfigur eines verlorenen religiösen Lebens doch eine heilige Botschaft. Und der Priester stieg die Stufen hinauf, als folge er langsam einem kaum vernehmlichen Ruf. Wie vor einer Entscheidung.

Sie sah noch einmal auf das Gemälde. Und nun erst fiel ihr auf, daß der Schatten ungewöhnlich war. Der Mond lag vor dem Priester. Das Mondlicht würde seinen Schatten hinter ihn geworfen haben. Der Priester aber lief seinem Schatten entgegen. Also mußte noch eine andere Lichtquelle hinter ihm liegen. Die steigende Morgensonne? Oder ein Licht, das, unabhängig von den Tageszeiten, der Maler ihm gab, zum Geleit.

Langsam ging Anna noch einmal durch die Räume, sie sah Tier- und Menschenmütter, ausgesetztes Leben an der hauchdünnen Grenze zum Verlust. Sie stieg die Treppen hinauf in einen Kuppelsaal. Und sie stand im Halbrund des lichtflimmernden Alpentriptychons der Bündner Berglandschaft wie in der Kathedrale eines provozierten Zuhause-Seins.

2

Sich Heimat erfinden. Auf der Treppe vor dem Museum sah Anna gegen die Berge. Farben unverbunden nebeneinandersetzen. Das Leuchten herausfordern für den Moment. Und gab es nicht immer das unvermutete Dazugehören? Zufällige Begegnungen mit Menschen, Bildern, einer Landschaft? Augenblicke, die zu Stilleben wurden. Bedenke, daß du sterblich bist und deshalb lebst. Das war Versprechen und Imperativ zugleich.

Anna dachte an die rauchende Frau. Sie hätte gerne mehr über sie gewußt.

Da fiel ihr die Mutter ein, die Beerdigung auf diesem Waldfriedhof. Die Antwort der toten Mutter.

Ihre Mutter hatte Katzen geliebt. In Küche und Wohnzimmer gab es gemalte Katzen, photographierte in kleinen Holzrahmen oder hinter Glas, gestickte Katzen auf Kissen und Läufern. Katzen als Holz- oder Steinfiguren zwischen den Alpenveilchen auf der Fensterbank oder in der Vitrine beim böhmischen Glas. Jeder Winkel eine Katzenkapelle.

Als Anna noch Schülerin war, hatte sie einmal von einer Klassenkameradin, die auf dem Land wohnte, ein Kätzchen geschenkt bekommen. Es war schnell gegangen, das Mädchen mußte einen Wurf Neugeborener vor der Entschiedenheit seines Vaters retten und hatte ihm versprochen, die Kleinen, kaum tranken sie allein Milch aus dem Schälchen, bei Freundinnen unterzubringen. Anna hatte die wenigen Gramm warmes Felltier glücklich und bang an sich genommen. Sie hatte geahnt, nein, sie hatte gewußt, daß das nicht gutgehen würde zu Hause. Ängstlich, mit Herzklopfen, sich gegen den nahen Verlust schon wappnend, hatte sie das Kätzchen in einen kleinen Korb gesetzt. Und auf ein Wunder gehofft. Die Mutter hatte auch nicht geschimpft. Nein, die Mutter hatte geweint. Und da hatte Anna wortlos das Kätzchen wieder in den Korb gelegt und sofort bei einer anderen Freundin in der Siedlung abgegeben, die, auch wenn sie mit ihrer Familie in einer noch kleineren Wohnung lebte, das Kätzchen doch behalten durfte.

Ihre Mutter hatte Katzen geliebt, aber eine lebendige Katze hätte sie bedroht. Das Tier hätte Schmutz gemacht und wäre, frei in der Wohnung herumlaufend, nicht sicher zu kontrollieren gewesen. Ein Tier, das lebt, hat Eigensinn. Anna war nicht einmal richtig traurig gewesen. Denn immerhin hatte die Mutter aufgehört zu weinen.

Bei der Beerdigung der Mutter auf dem schönen alten Waldfriedhof standen Anna, ihr Mann, ihre beiden Kinder um das offene, noch leere Urnengrab. Sie sahen in den kleinen Schacht in der Erde an einer Ecke des Gräberfelds. Auch einige Freunde waren gekommen. Es war ein sonniger Septembernachmittag. Man wartete noch auf den Pfarrer.

Und auf einmal hatte Anna die Katze gesehen. Es war eine grau-weiß gefleckte Katze. Sie mußte ganz jung gewesen sein. Die Katze hüpfte verspielt, in weiten Kreisen sich nähernd. Niemand außer Anna schien sie zu beachten. Die Trauergäste unterhielten sich. Doch bald war die Katze nah am Grab. Und Annas Atem stockte. Die Katze begann, um den ausgehobenen Urnenraum herumzubalancieren. Spielerisch setzte sie die Pfoten auf die schmalen Kanten der an den Wänden senkrecht aufgestellten Steinplatten. Mittlerweile hatten auch die anderen Trauergäste das Tier bemerkt, es schien sie aber nicht weiter zu irritieren. Und nun sprang die Katze in das Grab hinein. Das Tier beschnupperte die Steinplatten im Innern, als wolle es den Raum inspizieren. Und dann war es mit einem Satz schon wieder herausgesprungen und schnell über die Wiese davongelaufen. Anna hatte dem Vorgang starr und völlig ungläubig zugesehen. Und dann hatte sie sich immer wieder gesagt: Die anderen haben es auch gesehen, die anderen haben es doch auch gesehen!

Als sie später am Abend – sie saß mit ihrem Mann noch bei Käse und Wein, die Kinder hörten im anliegenden Kinderzimmer Kassetten – die kleine Katze erwähnte, da sagte ihr Mann nur: Ja, warum soll denn keine Katze über den Friedhof laufen. Aber sie ist in das Urnengrab hineingesprungen, sagte Anna. Sie war eben neugierig, sagte Georg und kaute weiter.

Anna, die in den Wochen, den Jahren nach der Beerdigung oft auf den Friedhof gekommen war, hatte nie mehr die weiß-grau gefleckte oder sonst eine andere Katze gesehen.

Anna sah sich nach der rauchenden Frau in ihrem anthrazitfarbenen Mantel um. Aber sie war ja gestern dagewesen; warum hätte sie heute noch einmal kommen sollen! Sie blätterte weiter im Katalog.

Anna glaubte an keine Seelenwanderung. Aber sie hatte oft in aller Nüchternheit Dinge erlebt, an deren Realität sie nicht zweifeln konnte, die aber dennoch kaum zu erklären waren.

Vielleicht war es diese Gleichzeitigkeit von Tod und Leben, die sie in Segantinis Bildern spürte. Seine Lichtnatur hatte immer etwas vom Vorschein eines schönen Totenreichs. Das es nur auf seiner Leinwand gab. Immer leuchtete – Mond und Morgen – das Erlöschen mit.

Ich täusche mich, dachte Anna, als sie auf einmal das alte französische Parfüm roch.

3

Griechenland. Eine frühe Reportagereise, ein Photograph und eine Übersetzerin waren mit dabei. Es ging um ein Themenheft über die Peloponnes. Und sie drei waren in ein kleines Bergdorf in der Provinz Arkadien geschickt worden. Et in Arcadia ego, witzelte der Photograph, und die griechische Übersetzerin machte ihn kühl darauf aufmerksam, daß mit diesem Ich, das von sich sagte, auch in Arkadien zu sein, niemand anderes als der Tod sprach. Kein Arkadien, kein Ort der Glückseligkeit, hatte sie gelächelt, ohne Sensenmann.

Sie hatten Zeit. Sie trödelten herum in dem Dorf, sie kauften kleine Dinge, die sie nicht brauchten, einen geschnitzten Hirtenstab, Buntstifte, fehlfarbene Postkarten mit Mausezähnchen beim verträumten Inhaber des Gemischtwarenladens, dessen Mutter seit Jahren im Zimmer über der Verkaufstheke blind im Bett lag. Sie wurden zur Hochzeit einer sechzehnjährigen schwangeren Ziegenhirtin eingeladen, die einen neunzehnjährigen Nachbarjungen heiratete. Nach dem Gesetz war sie zu jung für die Ehe, aber der Junge hatte sie »geraubt« (sie hatte sich rauben lassen), und beide hatten eine offizielle Nacht zusammen verbracht. Danach stand die Ehre des Mädchens über den standesamtlichen Regeln.

In der kleinen orthodoxen Kapelle wurde Reis geworfen; dann tanzte die Festgemeinschaft auf einem Platz zwischen Olivenbäumen zur Musik, die aus dem Kassettendeck des Autoradios kam. Sie waren in die Dorfschule gegangen und hatten den Kindern zugesehen, wie sie an der großen Landkarte die Buchten der Peloponnes aufzählten. Sie lernten das Lied: »Kleiner Mond, leuchte mir, zur Schule laufe ich mit dir«, aus der Zeit der türkischen Besatzung des Landes, als Kinder nachts heimlich in versteckten Schulen unterrichtet wurden.

Manchmal standen auf dem Weg zwischen den eng aneinandergebauten Steinhäusern zwei große schwarze Truthähne mit roten Halslappen, wie Abgesandte eines zu entdeckenden Kontinents. Oder wie Zeugen. Die Tage dehnten sich.

Dann hockten sie eines Nachts auf einem Feld bei einer improvisierten Destillation, wo aus Traubenschalen und Kernen Tsipouro gebrannt wurde. Anna mußte auf die Toilette, es war dunkel. Die Übersetzerin schickte sie zu einem kleinen Restaurant ganz in der Nähe. Sie fand es gleich; es war mehr ein Kiosk. Sie betrat den einfachen Innenraum mit den zwei, drei Tischen. Er war leer. Nur hinter einem Tresen stand abgewandt ein Mann. Sie fragte nach der Toilette, und der Mann sah hoch und wies auf eine Tür in ihrem Rücken. Sie dankte und wollte sich umdrehen, aber da blickte er sie an. Und sie fiel in einen Blick von solcher Unbedingtheit, die sie zuvor nicht gekannt hatte. Der Mann schien alterslos, sein Gesicht hatte Sonnenfalten, sein leicht lockiges Haar glänzte.

Er sah sie unverwandt an. Und auf einmal spürte sie, daß

sich in diesem Moment, hier in einer schäbigen Kneipe unweit eines Bergdorfs in der Provinz Arkadien, ihr Leben entschied. Blitzartig dachte sie an ihren Mann, ihre Kinder, die noch klein waren, und sie spürte den Zwang dieses Blicks. Zeit war keine Kategorie mehr. Das Licht, der Raum – im Nachhinein kam er ihr schwefelfarben vor – waren zurückgetreten vor der kalten (kalten?) Stärke (Stärke?) dieses fremden Schauens.

Es wäre möglich, hatte sie gespürt, es wäre möglich, von nun an ganz anders zu leben. Es wäre möglich, hier zu bleiben und mit diesem Mann ein Restaurant zu führen, Tisch und Bett zu teilen. Körper zu teilen wie Grundnahrungsmittel. Alles wäre selbstverständlich. Sie brauchte jetzt nur zu nicken.

Und langsam, Schritt für Schritt, ihn immer noch ansehend, wie die Liebe, wie den Tod, war sie seitlich zurückgegangen zur Tür. Blind griff sie nach der Klinke, drückte sie hinunter. Dann stolperte sie hinaus, rannte stolpernd weiter durch die Nacht davon.

Der Photograph und die Übersetzerin saßen am Feuer. Die Bauern legten Holz nach und schürten im gemauerten Ofen. Farblose Flüssigkeit rann kondensierend am gläsernen Kolben herab.

Dir ist ja kalt, sagte die Übersetzerin. Nein, sagte Anna und rutschte nah an die beiden heran.

4

Vor dem Hotel traf sie die Frau wieder. Sie trug einen sandfarbenen, kurzen Mantel offen über einem sandfarbenen Kostüm; sie stand bei den Aschenbechern am Eingang und rauchte. Sie hatte schmale Knie, die perlmuttfarbenen Seidenstrümpfe saßen wie Haut, die Schuhe waren schwarz und halbhoch. Anna grüßte mit einem Nicken. Die Fremde bot ihr sofort mit der Geste ihrer rauchenden Hand eine Zigarette an. Anna trat auf sie zu und sah, wie sie nach der Schachtel in der Manteltasche griff.

Vol de Nuit? sagte Anna und nahm eine Zigarette.

Die Frau lächelte und gab ihr Feuer.

Ich war einmal, sagte Anna, mit einer Übersetzerin unterwegs, die dieses Parfüm benutzte. Sie war Griechin. Sie studierte Germanistik, aber eigentlich entwarf sie Schuhe. Futuristische Schuhe. Sie träumte von Schuhen, mit denen man telephonieren konnte. Sie sprach von Absätzen mit integrierten Aquarien.

– Arme Fische.

– Ja, mit Fischen kannte sie sich nicht so aus. Sie hat das Projekt auch nicht von den Fischen her gedacht. Es ging ihr mehr um die Farben. Sie wollte bewegte Farben im Schuhabsatz. Vielleicht gefiel ihr auch die Idee, auf Wasser zu laufen. Wir waren unterwegs in einem kleinen griechischen

Bergdorf, die Gegend hieß Arkadien. Das hatte sich das Magazin, das uns engagierte, als Pointe gedacht, Alltag in Arkadien. Jedenfalls, wenn sie so dastand und übersetzte, roch sie nach Vol de Nuit.

Anna nahm einen tiefen Zug. Sofort spürte sie den entlastenden kleinen Schwindel.

– Ein verrückter Name eigentlich, für ein Parfüm.

Sie sah zur Fremden, die über den Parkplatz sah.

– Ein Freundschaftsname.

– Ein Freundschaftsname?

– Ja, Jacques Guerlain, Parfümeur in der dritten Generation, war mit Antoine de Saint-Exupéry befreundet. Er schätzte dessen Roman »Nachtflug«. Der Name für das Parfüm war eine Hommage an den Schriftstellerfreund.

– Das wußte ich nicht.

Die Frau zuckte mit den Schultern. Wer wisse das schon! Sie beschäftige sich beruflich mit Parfümen, nur deshalb wisse sie das. Vol de Nuit sei ein besonderes Parfüm. Erstmals sei Galbanum, das Harz einer persischen, fenchelartigen Pflanze, in großen Mengen für ein Parfüm eingesetzt worden. Vol de Nuit sei dann die Ausgangssubstanz für weitere Parfüme gewesen, Vent Vert etwa oder Chanel Nr. 19.

Sie standen nebeneinander und rauchten.

– Ich war heute noch einmal im Museum.

– Wieder vor der Frühmesse?

Anna stutzte.

– Sie haben mich beobachtet?

– So kann man das nicht sagen, die Fremde nahm einen Zug und blies den Rauch langsam aus. Seltsames Bild.

– Einen Moment war ich allein. Da habe ich meine Hand auf den Rücken des Priesters gelegt.

– Wegen des schwangeren Mädchens?

Anna lachte.

– Ja, ich habe ihren Bauch gesucht oder ihren Herzschlag.

– Und? Taugten Sie als kleines imaginatives Ultraschallgerät?

Anna wußte nicht, was sie jetzt so schnell darauf sagen sollte. Die Frau drückte ihre Zigarette aus. Und da Anna auf einmal fürchtete, sie könne einfach fortgehen, sagte sie: Ich bin haltlos. Also, ich bin ein bißchen ohne Halt, wiederholte sie, weil sie nicht wußte, wie sie nun weitersprechen und was sie eigentlich sagen wollte. Die Frau sah sie an, als sei sie ein ganz besonderes Insekt. (Warum sieht sie mich an, als sei ich ein Insekt, dachte Anna. Und warum fällt mir überhaupt das Wort Insekt ein. Liegt das an ihrem Blick oder liegt es daran, daß ich mich gerade so fühle. Aber wie fühlt sich ein Insekt? Und als sie noch so wirr dachte, da hatte sie schon drauflosgesprochen.)

Als junge Studentin, es waren die ersten Wochen des ersten Semesters in der fremden Stadt, also in München, da war ich allein. Ich kannte noch niemanden, ich kannte nur eine Wohngemeinschaft, und auch die nur durch Vermittlung eines Freundes, der wiederum in einer anderen Stadt lebte. Als ich es in meinem Zimmer nicht mehr ausgehalten habe, ein möbliertes Zimmer im Keller neben der Waschküche, bei einer Witwe, da bin ich in diese Wohngemeinschaft gefahren. Es war schon Abend. Eine Logopädiestudentin saß in der Gemeinschaftsküche. Ich kannte sie nicht, oder kaum. Wir hatten vielleicht zwei- oder dreimal miteinander gegessen, also mit den anderen zusammen. Und sie war noch wach, vielleicht war sie auch allein im Haus, vielleicht war sonst niemand da, jedenfalls habe ich sie gefragt, ob ich die Nacht bei ihr bleiben könne. Einfach so. Ich sagte, ich hätte zwar ein Zimmer, aber ich wolle jetzt nicht allein sein. Sie hat gleich ja gesagt, sie hat das sofort verstanden. Mir war es auch peinlich, aber ich war froh. Es war beides: froh und peinlich. Ich habe mich neben sie in ihr Bett gelegt. Ihr schien das nicht ungewöhnlich. Ich meine, als Logopädin war ihr wohl manches vertraut. Ich bin bald eingeschlafen. Und am Morgen habe ich mich bedankt und bin ohne Frühstück gegangen. Wir haben uns nicht mehr gesehen. Ich habe schnell Freunde gefunden, hatte bald eine Arbeit am Seminar, also ich bin nicht mehr oft in diese Wohngemeinschaft gegangen.

Anna drückte ihre Zigarette aus; sie hatte vergessen, sie zu rauchen. Mit dem Filter verwischte sie den langen Aschestab im Sand. Finden Sie das nicht komisch? Das tut man doch nicht, einfach jemanden so etwas zu fragen. Also, ich finde das komisch.

Ich kann Ihnen meine Schulter anbieten, sagte die Frau, und dann strich sie Anna wie selbstverständlich eine Haarsträhne aus der Stirn.

Anna nickte. Gehen wir an die Bar, sagte sie.

FÜNFTES BILD

I

Es war ein sonniger Frühnachmittag. Anna ging durch die Tuilerien. An den runden Teichen auf der Höhe des Louvre ließen Kinder Boote schwimmen. Die kleinen Boote waren schön und ein wenig verwegen, selbstgesägt und geschnitzt aus Holz mit leicht verblichenen Stoffsegeln, als seien sie weit über Meere gefahren, in Blau, Rot oder Grün. Ein alter Mann in verschlissener Tuchjacke bot sie auf einem Handkarren zum Mieten an. Jedes Boot sah anders aus. Vermutlich hatte er sie gebastelt. Die Kinder schickten die Boote mit langen Stangen übers Wasser, liefen ihnen nach. Fingen sie mit den Stangen wieder ein. Das Wasser in den gefaßten Teichen kräuselte sich, auf den Wellen blitzte das Licht. Die Kleider der Mädchen flatterten; Buben in kurzen Hosen knieten mit nackten Beinen auf dem Marmorrund und lehnten sich über den zitternden Spiegel, vertieft in ihr Spiel. Erwachsene mit Sonnenbrillen lagen in Stühlen, die sie nach hinten gekippt hatten. Der Frühling war ausgebrochen. Wie zum ersten Mal. Es roch nach Blüten und Eis aus der Tüte.

Anna ging weiter Richtung Rue de Lille; um 15 Uhr hatte sie den Termin. Der Louvre lag jetzt hinter ihr.

2

Ich bin die Große Badende.

Er malte mich in Rom; da war er 28 Jahre alt. Er malte mich allein, nackt auf einer Bettkante sitzend. Nein, eine Kante war das nicht, ich saß weich auf dem weißen Weichen einer üppigen, in Linnen eingeschlagenen Decke. Ein Bad war auf dem Bild nicht zu sehen. Nur ein wirklich sehr kleiner Löwenkopf, ein Wasserspender auf der Höhe meiner gekreuzten Beine. Wem fiel er auf? Und wer sah das nur mit einer marmornen Ecke angedeutete Bassin?

Ich bin die Große Badende.

Ich bin der nackte Rücken auf einem Bett in einem leeren Raum, durch Stoffe begrenzt. Ein grünes Tuch, links im Vordergrund, ein Bühnenvorhang, gibt die Szene frei, indem er sie verschattet. (Nicht sicher, für wen.)

Der Schatten des Vorhangs fällt leicht in den Raum und verdunkelt zur Hälfte das Weiß des aufgespannten Tuchs, das seine Tiefe begrenzt. Ich sitze in der Mitte zweier Lichtzonen. Fast. Unter meinem Kopf mit dem Turban (ist es wirklich ein Turban? Oder nur das geschlungene Tuch aus der Malerei der Venezianer?) nimmt die Linie meines Nakkens die Grenze von Licht und Schatten wieder auf. Und fast, nur fast, läuft sie weiter in der Schattenfurche, die sich zwischen meinem linken Arm und meiner linken Seite bildet. (Schön ist die vom Dunkel profilierte Haut.)

Und beinahe nur, eben beinahe, setzt diese leise Trennung sich fort am Rand des Linnens, das vom Bett fällt, bis es unten in einem leichten Muster – flüchtiges Grünen – ausschwingt. Er hat das oft gezeichnet, bis er es fand.

Ich bin das Suchen, das Versuchen.

Es sind diese feinen Verschiebungen, von denen er nicht wußte – was heißt denn: wissen! –, die er aber spürte und deren Stimmigkeit er fassen wollte. Schönheit war ein Spiel um die Freiheit der Symmetrie.

Proportionen?

Wen interessiert schon die Konstruktion eines Bettes. War er ein Schreiner! Mein Gott, oder ob die Haltung meiner weichen Beine auch richtig war! Die Kunstprofessoren, diese Realitätsbanausen, haben ihn ausgelacht, er könne anatomisch nicht stimmig malen. Und die größten unter ihnen mokierten sich über eine »beinahe karikaturhafte Disproportion«. Dabei hätten sie es besser wissen müssen. Ging es doch um die notwendige Abweichung im Weichen, auf der Suche nach der idealen Form, der vom Körper sich befreienden Linie. Aber das wollten sie nicht sehen. So viel Mut hatten sie nicht. Das hätte sie verrückt gemacht. So viel Verführung zur Form, zur Vollendung.

Um den linken Arm geschlungen, meinen Ellenbogen in Falten umhüllend, als entsteige mein lebendes Fleisch immer wieder neu dem kühlen Gewebe, halte ich ein weißes Tuch. Es fließt mir über den Schoß, über die Scham, die man nicht sieht. Mein Nacken ist breit. Ich sitze weich und schwer, taillenlos. Was für eine Stofflichkeit hat meine Haut unter so vielen Stoffen. Auf meiner Schulter wohnt das Licht.

Ich bin die Große Badende. (Nein, nein, ich bin kein Mädchen und keine Mutter, hört mir auf damit!)

Er malte mich wieder, als er 46 Jahre alt war. Diesmal wählte er ein kleineres Format. Er malte mich zusammen mit anderen Frauen. Statt des grünen Tuchs umgab mich eine Landschaft. Auch mein Bett ist grün, es grünt wie die Bäume, wie das Gras. Neben mir auf dem Bett – oder ist es doch Moos? – legt eine Frau träumend oder schon schlafend ihren Kopf in die aufgestützte Hand. Makellos wie eine Madonna von Raffael. Ihr rotes Kleid, auch ihr weißes Hemd mit den faltenreichen Ärmeln hat sie abgestreift und nachlässig neben sich gelegt. Man spürt, daß sie nackt ist, gerade weil man es nicht sieht.

Vor uns, im Hintergrund des Bildes, ist Wasser. Ein Bekken? Ein Teich? Eine Frau in einem weißen Kleid hilft einer anderen, die nackt vor ihr steht, beim Waschen. Eine Hand legt sie ihr auf die Schulter, während die andere Wasser schöpft. Und noch weiter dahinter, im dunklen Grün kaum auszumachen, lagern zwei Frauen auf weißen Tüchern. Es gibt eine Helle im Horizont, die nicht deutlich wird. Ein See? Eine Spiegelung. Selige Weite. Das war ungewöhnlich für ihn. Man sagte, dieses Bild habe ein Epigone gemalt. Kommt es darauf an?

Ich bin die Große Badende.

Er malte mich mit 48 Jahren. Noch einmal wählte er ein kleines Format. Ich sitze wieder auf einem weißen Bett. Das Tuch, das mir über den Arm fließt, ist nun rot, mit ein wenig Weiß. Es ist ein Stück den Arm heruntergerutscht, so daß man den nackten Ellenbogen sieht. Nur angedeutet, an den oberen Bildecken rechts und links, öffnet ein grüner Vorhang den Raum zu einem türkischen Bad.

Wie kam er darauf, eine orientalische Szene zu malen, er, der Europa nie verlassen hat?

Er klaute; das heißt, er ließ sich inspirieren.

Napoleons Ägyptenfeldzug schenkte ihm ein frisches Bilderreservoir erotischer Möglichkeiten; der junge General reiste ja nicht nur mit Kriegern und Köchen, sondern auch mit Malern. Dann brachte der Befreiungskampf der Griechen gegen die Osmanen (bei dem die Romantiker mitzogen) unerwartetes Material. Er exzerpierte die Briefe von Lady Mary Wortley Montagu, die, an der Seite ihres Gatten, des britischen Botschafters in Konstantinopel, neugierig genug war, die türkischen Bäder zu besuchen. »Für einen jeden Mann, den man in einem Frauenbad anträfe, wäre die Folge nichts weniger als der sichere Tod.« Sie aber konnte sich dort bewegen, europäisch gekleidet, eine Exotin in Sofia, unnahbar fremd. Doch die schönen Haremsdamen baten sie, ihr Kleid zu öffnen und ihr Mieder zu zeigen: So etwas kannten sie nicht. Und die Lady, »von ihrer Schönheit bezaubert«, kam ihnen entgegen. Welch ein Stoff! Er schrieb das ab.

Die Sofas der ersten Reihen waren mit Kissen und kostbaren Teppichen bedeckt. Die Damen ließen sich dort nieder, die Sklavinnen kämmten sie, alle waren im Stande der Natur, ganz nackt. Dennoch gab es unter ihnen weder unschickliche Gesten oder aufreizende Stellungen. Sie wandelten und bewegten sich mit majestätischer Anmut. Unter ihnen gab es einige ebenmäßig gebaute, deren Haut von blendender Weiße war, und die mit nichts anderm als mit ihren schönen Haaren geschmückt waren, die in Zöpfen und mit Perlen und Bändern reich geziert auf ihre Schultern fielen. Schöne nackte Frauen, in unterschiedlichen Stellungen, die einen schwatzend, die anderen arbeitend, diese nehmen Kaffee oder Sorbet, andere ruhen nachlässig in ihren Kissen. Hübsche Mädchen von sechzehn bis achtzehn Jahren sind damit beschäftigt, ihnen die Haare auf tausenderlei Art zu flechten.

Und er zeichnete es. Er zeichnete alles, was er las.

Die Frau, die mir am vornehmsten von allen schien, forderte mich auf, mich neben sie zu setzen, und wünschte sehr, daß ich mich entkleide, um ein Bad zu nehmen. Ich hatte große Mühe, mich dessen zu erwehren.

Er war ein Besessener. Immer wieder nahm er ein neues Blatt.

Nach der Mahlzeit wurden Kaffee und Räucherungen angeboten, was ein Zeichen großer Wertschätzung darstellt. Zwei kniende Sklavinnen beräucherten meine Haare, mein Taschentuch und meine Kleidung.

Er imaginierte. Er stellte orientalische Szenarien nach mit nackten Modellen, bis er endlich, über allen Brüsten, Gesäßen, Lenden, Schenkeln, über der Scham und den Waden kreisend, immer wieder und dann endlich die einzige Linie fand, die möglich war.

Und diese Linie war keusch.

Was sieht ein Bildbetrachter? Er sieht kein Handwerk, er sieht nicht die Leidenschaft der Linie. Er goutiert den Plot. Die Orgasmen der gutmütigen Passion. Der Maler verbeugt sich vor seiner applaudierenden Huld. Und tritt zurück, als sei er demütig und scheu.

Malerei aber, das weiß er: das sind die Bilder, die im Rücken des verständigen Sehens gemalt werden.

Ich bin die Große Badende.

Die kein Gesicht hat, weil sie all dies sieht.

Vor mir liegt jetzt eine nackte Frau seitlich in einem flachen Bassin, wie eine Meerjungfrau. Ihr dunkles, langes Haar klebt naß zwischen ihren Brüsten. Im Hintergrund auf einer Marmorbank sitzt aufrecht eine junge Frau; sie bedeckt sich mit einem Gazestoff, der ihre geschmeidige Nacktheit durchscheinen läßt, also betont. Eine zweite Frau, die tiefer im Raum hinter ihr steht, hält ihr dickes, blondes Haar in beiden Händen, als wolle sie es bewundern, bevor sie es balsamiert oder in Weihrauch taucht.

Wird ihr die Mohrin, deren Körper wie ein Schatten hinter ihr liegt, dabei helfen? Beim grünen Vorhang am rechten

Bildrand verschwindet eine zweite Mohrin. Im Davongehen wendet sie sich noch einmal zurück. Oder kommt sie gerade herein? Sie blickt zu den Gesten um das blonde Haar und weiter zu jener Frau, die unter dem gerafften Vorhang am Ende des Raums am Boden sitzt. Die legt ihren Kopf mit dem blauen Turban zurück, wie ausatmend. Und singt für den, der sie hört.

Kaum sieht man die Wasserpfeife.

Auf dem Boden vor dem Becken mit der Meerjungfrau liegen seidene Dessous.

Ich bin die Große Badende.

Ich schaue in das Hamam wie in ein Bild, das ich hüte.

Mein Gesicht ist auch, was ich sehen soll.

Ich bin die Große Badende.

Er malte mich wieder, da war er schon ein Greis von über achtzig Jahren. Seine erste Frau, die schöne Modistin Madeleine, war gestorben. Und er lebte in zweiter Ehe mit einer dreißig Jahre jüngeren Gattin, von der er gesagt haben soll, sie sei weder alt noch jung, eher prächtig. Und diesmal zeigte er mich als Lautenspielerin in einem großen türkischen Bad. Er füllte den Raum mit nackten Frauenkörpern. Man zählte 26 Leiber. Man sieht nie alles auf einem Bild.

Er rief sie auf: Modelle aus seinen früheren Werken, Frauen von Gemälden seiner Kollegen, die ihm gefielen. Er wollte die schönen Leiber seines Lebens noch einmal beieinander haben. Es war seine Summe von weiblichen Körpern, von Lust. Welche Lust?

Dieses späte Bild hatte er im Auftrag von Prinz Napoleon gemalt. Der gab das Gemälde gleich wieder zurück. Man munkelte, seine Frau wollte das so. Das Ganze war ihr zu wollüstig. Hat sie genau hingesehen?

Er überlegte. Er spielte. Nun machte er aus dem rechteckigen Bild ein Tondo. Er gab dem Skandalon die alte Würdeform religiöser Andachtsbilder. Wollte er an Raffaels »Madonna della Sedia« erinnern? An diese mädchenhaft wissende Maria, die mein Tuch trägt.

(Aber bitte, ich trage nicht ihr Kind und habe keinen Engel im Nacken!)

Manche der Haremsdamen erscheinen jetzt wie abgeschnitten. Mit dem Tondo-Rund gab er seinem Bild auch einen Schlüssellocheffekt. Und erhöhte damit die Erotik. Für den, der es so sehen wollte.

Er zeigte Frauen, lasziv hingestreckt, wollüstig, scheu verhalten, nachdenklich, androgyn, breitbeinig liegend, Körper, die den Koitus zitierten, in denen er nachzitterte. Dicke Frauen, zarte Frauen, geschmeidige Frauen, in lesbischer Umarmung, alleine tanzend, musizierend. Fleischfarben. Schamhaarlos.

Er signierte das Werk im Stil der antiken Meister:

MDCCCLXIII Aetatis LXXXII: 1863 im Alter von 82 Jahren.

Und ich bin die Große Badende; ich bade nicht.

Ich sitze vor dem Geschehen, die Beine angezogen. Ich spiele die Laute. Die Kontur meines Körpers nimmt das

Rund des Tondos auf. Ich bin der Ton, die präzise Tonalität. Ich musiziere Momente eines sicheren Weichseins. Doch ich gehöre nicht dazu.

Alle hatten Ehrfurcht, ja Angst vor diesem Bild. 1863 entstanden, wurde es erstmals 1905 öffentlich gezeigt.

Hat Halil Şerif Paşa, genannt Khalil Bey, ehemaliger osmanischer Botschafter in St. Petersburg, dann Privatier in Paris, Kunstsammler, genau hingesehen, als er das Gemälde 1865 kaufte (nachdem Napoleon es, um des häuslichen Friedens willen, zurückgab)?

Und die Kuratoren des Louvre? Zweimal hatte man ihnen das Werk später angeboten. Sie quälten sich! So viel weibliche nackte Lust durfte ihnen nicht geheuer sein. Erst als andere Interessenten es unbedingt wollten, haben sie es genommen. Wohl oder übel, und etwas verschämt. Im Jahr 1911!

Er war ein umstrittener Künstler. Hochbegabt, schon als Zehnjähriger, kopierte und zeichnete er im Atelier seines Vaters. Lehrjahre in Toulouse, dann kam er nach Paris an den Louvre zum Meister David. Und er erlernte die Kunst der makellosen Oberfläche. Er fiel auf. Jugenderfolge, aber letztlich paßte er seinen Zeitgenossen nicht. Manche fanden ihn akademisch. Ein ewiger Epigone, langweilig und kalt. Andere nannten ihn bizarr und dekadent. Sie spielten mit seinem Namen: Ingres, und sagten, er male »en gris«, grau. Sie konnten nicht sehen!

Eine Anekdote erzählt, ein Kunde habe an seiner Tür geklopft und gefragt, ob hier der Portraitmaler wohne. Und er habe gesagt: Nein, hier wohnt der Maler.

Portraits machte er gegen Geld. Für den Lebensunterhalt. Er malte all die reichen Leute in ihren Roben. Steife, blaue Seide, goldener Brokat, den Schauer weißer Hermeline. Und auch wenn Meisterwerke dabei herauskamen, hatte ihn die Historienmalerei immer mehr interessiert. Käufliche Kompromisse also. Er war schon Mitte Vierzig, als die Pariser Kunstmächtigen nicht mehr anders konnten, als ihm zu huldigen.

Ein hoher Handwerker, gediegen, ganz anders als sein junger Rivale, der sein Sohn hätte sein können und der stürmisch in die Farben griff. Vom Mosaikboden eines seiner Historiengemälde sagte dieser Wilde, seine Rauten seien so exakt ausgeführt, daß der Boden glänze wie ein Spiegel, man könne »sich darin ansehen, um sich den Bart zurechtzumachen, aber man würde es nie wagen, darauf zu gehen, es sei denn, man wäre eine Fliege«.

Seine Kunst war nicht betretbar. Und was war mit der Haut, die er malte? Er war sehr genau. Er kopierte mit Seidenpapier, variierte. Er machte hunderte und aberhunderte Varianten. »Was diesen Arm angeht, so bin ich sicher, daß er jetzt besser ausgefallen ist denn je. Ich habe den mathematischen Beweis dafür, denn ich habe alle Möglichkeiten ausgeschöpft.« Und dann war der Arm doch zu lang oder zu dünn oder falsch angesetzt. Jedenfalls sahen es die ewigen Besserwisser der Akademie so.

Ich bin die Große Badende.

Ich hüte ein offenbares Geheimnis.

Mein Rücken ist männlich und weiblich, makellos. Gemalter Marmor, der ewig lebt. Ich bin der Prototyp. Er hat mich in Rom gemalt mit 28 Jahren. Er hat mich immer wieder gemalt. Sein Leben lang. Auch nach dem Türkischen Bad noch als Aquarell, und die schönen Leiber defilieren dann klein vor mir wie Marionetten, Proben von körperlicher Köstlichkeit. Vor mir, als lägen ihre Fäden in meiner Macht.

Wer sagt denn, daß es um Berührung ging? Nicht daß der Beischlaf banal wäre. Aber ich bin ein anderes Wesen hier auf der Bettkante, die keine Kante ist, sondern die weiße, weiche Unterlage für mein weiches, wie knochenloses Fleisch in diesem ganz leicht grünlichen Licht. In diesem wandlosen Raum aus Seide, Linnen, Brokat. Er malte ein Bild über Materie, Stofflichkeit. Haut. Licht. Alles ist weich, das Fallen, die Falten. Das Geschlungensein von Tuch über Kopf und Arm. Die Modulationen meines Rückens, meiner Beine. Und doch ist das Weiche so exakt gesetzt. Wie rhythmisch Statik sein kann! Ich bewege mich nicht. Doch die Linien machen sich selbständig vom menschlichen Gliedsein. Und ganz langsam gehören sie nicht mehr zum Leib, sie lösen sich, sie gehen suchend fremd und schmiegen sich an den Körper der Kunst.

Aber er hat sie noch einmal zusammengehalten, die Linien und die Leiber. Er hat sie gedehnt, farblich moduliert, floral, linear geschmeidig in Räume eingebunden, die keiner Perspektive mehr gehorchten. Heimlich schon, zweidimensional, folgten sie dem Ornament. Er malte ihren letzten Schutzraum, ihren Harem.

Picasso hat das gleich gesehen und ihn bewundert, diesen alten Kollegen zwischen Rokoko und Impressionismus, Fragonard und Monet. Als den großen Konservativen im kommenden Kubismus.

Auch hier im Louvre, unter all den unerhörten Künstlern, bleibt er ein heimlicher Skandal. Immer noch. Bleibt mein Rücken ein schwindelndes Risiko zwischen Wirklichkeit und Abbild.

Reines Fleisch vom Fleisch der Malerei.

SECHSTES BILD, ERSTER TAG

I

Fast hatte sie schon den Pont Royal erreicht, da bückte sich, bei den letzten Sonnenliegen und Bänken der Tuilerien, eine junge Frau aus ihrem Stuhl; sie suchte etwas in ihrer Tasche auf dem Boden. Ihr knapp schulterlanges Haar fiel nach vorne. Auf dem Nacken trug sie ein Tattoo: »Hope«.

Anna lächelte der Frau zu, die ihren Kopf nun wieder zurückwarf und, einen kleinen Spiegel in der Hand, begann, ihre Lippen nachzuziehen.

Anna ging weiter, sie überquerte den Quai des Tuileries und betrat die Brücke. Sie sah über das Wasser der Seine. Der Wind brachte einen Hauch von Algen.

Sie hatten Sekt getrunken an der Bar dieses Hotels in St. Moritz, dann Chablis. Anna hatte erfahren, daß die Farbe Grün auch eine Kategorie von Gerüchen war (fruchtig, krautig, grasig), daß es »florientalische« Düfte gab, Essenzen, die blumige und orientalische Fragrancen vereinigten, daß man unter den »Hesperidien« (nein, nicht Hesperiden, obschon die Nähe zu den Nymphen schön war) Citrusnoten verstand (Zitrone, Orange, Mandarine, Bergamotte, Limette) und unter den »animalischen« Noten Düfte, die aus tierischen Sekreten gewonnen wurden (Zibet, Moschus, Castoreum, Ambra). Sie lernte, daß Rosen- oder Nachthyazinthenöle teurer waren als Gold und daß die tragende Mitte eines Parfüms auch »Herznote« hieß oder »Körper«.

Am Morgen war sie aufgewacht, als Marie unter der Dusche »La mer« sang.

Anna verließ den Pont Royal. Sie ging ein Stück die Rue du Bac entlang und bog dann rechts in die Rue de Lille ein. Sie folgte der hohen Häuserzeile, vorbei an Straßencafés. Sie ging schnell. Die Schritte änderten sich, dachte sie, die ganze Haltung eines Menschen änderte sich, je nachdem, wo er ging. Man war dieselbe Person, aber die breiten Straßen von Paris gaben einem eine andere Haltung, einen anderen Rhythmus als das Kopfsteinpflaster von Edinburgh oder ein Weg um einen See im Engadin. Heimlich können wir uns mit den Orten verändern. Das hatte sie auch an Reportagereisen geschätzt, für einige Schritte sich selbst eine nahe Fremde zu sein.

Anna verfolgte die Hausnummern, deren Ziffern zunahmen. Nach einer Weile begann der Boulevard St. Germain. Sie stand an einer kleinen Verkehrsinsel; sie sah auf die Uhr. Sie hatte Zeit. An der Ecke zur Rue de Courty lag ein Café-Restaurant. Es konnte nun nicht mehr weit sein. Hätte sie Marie nicht getroffen, sie wäre niemals hierhergekommen. Das Museum war nicht bekannt, sie jedenfalls hatte nicht von seiner Existenz gewußt.

Als sie Marie vorsichtig und wie nebenbei von ihren Besuchen bei den Bildern erzählte, hatte Marie ihr eine Adresse aufgeschrieben. Die Sammlung, hatte sie hinzugefügt, sei öffentlich, aber man müsse sich anmelden.

Anna setzte sich an einen der kleinen Tische auf dem Gehsteig. Sie bestellte Rührei. Die Mittagessenszeit war vorbei, aber die meisten Plätze waren noch belegt. Ein Kellner in weißem Hemd, schwarzer Weste, schwarzer Hose, trug ein Tuch über dem Arm und reichte auf einem silbernen Tablett den Teller mit der Eierspeise und ein wenig Salat, Butter, Toast. Sie griff nach dem schweren Besteck. Auch der grüne Tee wurde in einem massiven Kännchen aus Restaurantsilber serviert. Die großzügigen Gesten weiteten den schmalen Platz am kleinen Tisch an der Bordsteinkante und nahmen Anna auf in einer alten Idee von Paris. Der Ort würde sofort sein Gesicht ändern, äße man hier die in Selbstbedienung vom Tresen geholten Pommes Frites mit den Fingern aus dem Styropor.

Das in Butter gestockte Ei schmeckte versöhnlich.

Mit der Stoffserviette wischte sie sich den Mund ab. Sie trank den Tee zu Ende, bezahlte und stand auf.

Das Hôtel Turgot lag nur wenige Schritte weiter. Hier befanden sich die Gebäude des Niederländischen Kulturinstituts und die Fondation Custodia, Collection Frits Lugt.

2

Sie meldete sich beim Pförtner. Dann folgte sie einem schmalen Kurator durch einen Innenhof und eine Marmortreppe hinauf.

Es öffnete sich ein großzügiges Raumrund. In Vitrinen standen ägyptische Statuen, griechische Vasen, römische Gläser. Sie gingen weiter. An mit Stoffen tapezierten Wänden hingen Gemälde wie in einem Museum, Portraits, holländische Landschaften. Doch die Räume hatten den Charakter von Salons; sie dienten als Büros, Forschungsstätten, Besprechungszimmer. Es gab Arbeitsplätze, an denen vielleicht Ausstellungen, Kataloge vorbereitet wurden. Frauen saßen an Computern oder legten Zeichnungen auf den Tischen aus.

Nun gelangten sie in einen Raum, durch dessen bodenhohe Flügelfenster das Licht aus einem Garten hereinfiel. Die Bilder bekamen etwas Privates, als sei man hier mit ihnen zu Hause. Und als beträte sie ein Spiegelspiel, stand Anna nun in einem Raum, der sorgfältig nach Interieurs niederländischer Meister gestaltet worden war. Neben einem großen Kachelofen hing ein Bild, das einen ähnlichen Ofen zeigte. Die Gemälde zitierten die Stühle, Tische, Tapeten, die Keramiken, die Accessoires, die Anna greifbar und real vor sich sah. Anna ging über weiß-schwarze Bodenkacheln, als betrete sie einen Vermeer. Der Kurator fragte, ob sie ihn noch brauche. Dann verabschiedete er sich.

Anna ging vorsichtig weiter, sie war so überrascht von dem, was sie sah, daß sie sich kaum konzentrieren konnte. Vor ihr lag jetzt ein offenes Kabinett. An den Wänden hingen kleine Portraits. Es gab einen zierlichen, hölzernen Schrein und drei alte Stühle, deren zerbrechliche Eleganz stärker war als der Gedanke, sich auf ihnen niederzusetzen. Sie sah eine weiße, verschlossene Gittertür. Rechts davon führte ein schmales, gläsernes Portal in den Garten. Manche seiner pastellfarbenen Scheiben, die aus vielen kleinen, mit Bleibändern aneinandergefügten Glastäfelchen bestanden, waren mit Malereien verziert. Anna trat nah an die Scheibe und sah hinaus in den irritierenden Luxus einer Blumenstille mitten in Paris. Dann drehte sie sich um.

Nun erst bemerkte sie den niedrigen Tisch, auf dem eine große, in Holz gefaßte Sanduhr stand. Und darüber hing es.

Marie hatte gesagt, sie würde das Bild sofort erkennen, ohne daß sie ihr weiter etwas darüber sagen müsse.

Es war ein Moment von unerwartetem Glück. Anna wagte kaum hinzusehen. Sie blinzelte zurück ins Licht, das vom Garten kam. Sie sah auf den Boden, wo, in weißen Marmor eingelassen, ein achteckiger schwarzer Stern lag.

3

Das Bild war dunkel und hing in einem dunklen Holzrahmen, ein nächtliches, zumindest abendliches Interieur. Es zeigte eine füllige Frau in einem schwarzen Kleid von hinten, die dicht vor einem großen, dunklen Fenster saß. Vielleicht hatte Anna auch zuerst das Kindergesicht gesehen, das direkt hinter der Scheibe lag, nah bei der Frau, die ihre offene rechte Hand gegen sein Gesicht legte. Die Frau sah auf das Kind; das Kind sah zurück. Es war klein und kaum zu erkennen. Seine Gesichtszüge blieben nur angedeutet; seine Haare waren unter einer Kappe verborgen. Vielleicht waren sie kurz. Die Frau legte ihre Hand auf das Glas zum Gesicht des Kindes, als wolle sie es berühren oder grüßen. Das Kind schien nur stiller Blick zu sein.

Die Frau trug einen weißen Schal, der ihren Oberkörper umhüllte und bis zur Taille reichte. Ihre Haare, ihr Kopf, ja wohl auch ihr Gesicht, das man nicht sah, waren in einer weißen, nach vorne stehenden Kapuzenhaube geborgen, die in den weißen Schal überging. Oder war diese Haube ein Teil des Tuchs, das sie um den Kopf geschlungen hatte?

Das Zimmer, in dem sie am Fenster saß, war karg und leer. Rechts und links des Glases, das die ganze Breite des schmalen Raums einnahm, hing ein dünner, grüner Vorhang. Das Fenster war dreigeteilt, und jede Scheibe wiederum in kleine Rechtecke gegliedert, als sei sie mit einem Gitter überzogen. Durch zwei dieser kleinen Gitterfenster lief ein Sprung. Auf einer Art Sims standen oben über dem Fensterrahmen silbergraue Schmuckteller. Ihre Mitte bildete ein großer, goldener Teller, wie ein Gong, der nicht stand, sondern etwas höher aufgehängt war. Der gründunkle Fensterbereich korrespondierte mit einem rötlichen Boden. Über einem dunkelbraunen Sockel, vermutlich aus Holz, begann die weiße Wand.

Es schien kühl zu sein. Die Frau war dick angezogen. Unter dem weißen Kapuzenhaubenschal trug sie eine lange, schwarzgrüne Schürze, darunter das schwarze Kleid. Vielleicht steckten ihre Unterarme in schwarzgrünen Ärmelschonern. Das war nicht genau auszumachen. Der erste Eindruck der Frau war ein planes Schwarz gewesen; schon die dunkle Schürze über dem schwarzen Kleid hatte Anna erst nach und nach erkannt. Am Armbund und am Oberarm wirkte der Stoff dunkelrot. War, was wie ein schwarzes Kleid aussah, vielleicht nur ein schwarzer Rock? Oder ein Miederkleid, unter dem sie eine Bluse trug?

Der weiße, weite Schal, der ihr über die Schultern und fast bis zur Taille fiel, umhüllte den ganzen Oberkörper. Anna spürte, daß sie etwas auf dem Bild nicht sah, das sie sehen sollte. Sie sah eine Weile auf den schwarzen Stern im Boden, um wieder eine Schaudistanz und damit Schaufrische zu bekommen. Und als sie nun wieder auf das Bild blickte, fiel ihr auf, daß die Frau auf einem fragilen Stuhl saß, der fast kippte. Im Grunde saß sie nicht richtig darauf. So wie der Stuhl, so wie das Gesäß der Frau gemalt waren, hatte der

Stuhl kaum eine linke Lehne. Überhaupt stand sein leichter Bau mit den zierlich gedrechselten Verstrebungen in einem merkwürdigen Gegensatz zur schwarzen Fülle der weiblichen Figur. Schwebte der Stuhl nicht gar? Er machte die Frau zu einer Kippfigur. Und die Farben unterstrichen das: Ihr weißer Oberkörper lag vor dem fast schwarzen Glas; ihr fast schwarzer Unterkörper lehnte gegen die weiße Wand. Aber wohin kippte sie? Zum Glas, zum Kind?

Und was war das für ein Kind? Ein wenig gespenstisch stand es hinter der Scheibe. Es machte keine Anstalten hereinzukommen. Und die Frau stand nicht auf, um nach ihm zu sehen.

Ein eingefrorener Moment: Während das Kind hinter dem Fenstergitter ausgesperrt und doch auch fordernd verharrte, hatte die weibliche Figur ihren Halt verloren.

Anna trat zurück. Vielleicht war auch dies ein Erkerbild. Die perspektivischen Verhältnisse der Wände waren nicht sicher. Und sah die Frau hinaus in ein Draußen? Was machte ein kleines Kind nachts in der Dunkelheit? Oder trennte die Scheibe den Raum nur von einem zweiten Innenraum? Anna sah Lichtreflexe oben im rechten und auch im mittleren Fenster. War dieses Helle der Mond, der von draußen hereinschien, oder war es ein Widerschein aus dem kargen Zimmer der Frau? Eine Lampe könnte sich im Glas spiegeln.

Und nun sah Anna den Nagel.

Rechts in der leeren Wand steckte ein Nagel. Ein nackter Nagel, mit kleinem Nagelköpfchen und einem winzigen

Schatten. Warum hatte der Maler dieses Detail festgehalten? Hoch oben am rechten Bildrand. Ein Nagel, an dem nichts hing. War er ein Hinweis auf ein zweites Bild, das nur versteckt zu sehen war?

Auf einmal stand der junge Kurator hinter ihr. Ob er helfen könne? Anna erschrak. Sie fragte schnell nach dem Bild. Und während dieser Mann nun sprach, in seinem taubengrauen Pullover, aus dessen Halsrund ein weißer, offener Hemdkragen hervorkam, schien ihr, als sei auch er eine Art Rahmen, etwas, das diese schönen Räume faßte. Er war Holländer, sprach aber viel besser Deutsch als sie Französisch. Und wieder schämte sie sich. Sie war es, die etwas wissen wollte, er aber mußte ihr in ihrer Sprache entgegenkommen.

Über Jacobus Vrel sei so gut wie nichts bekannt. Es gebe ein einziges datiertes Bild von ihm, 1645. Diese Tafel hier, so werde vermutet, sei etwas früher entstanden. Vrel habe wohl in Holland gemalt, doch nicht in den großen Kunstzentren; vielleicht sei er an der Grenze zu Deutschland tätig gewesen. Lange habe man seine Gemälde Vermeer zugeschlagen. Doch mittlerweile sei er als eine eigenständige Malerpersönlichkeit zu fassen. Der Kurator zeigte gegen den roten Boden. Ob ihr das kleine Papier dort aufgefallen sei? Anna schüttelte den Kopf. Jetzt sah sie es auch, etwas Weißes, vielleicht auch ein Stücklein Stoff, wie ein Fähnchen. Das sei seine Signatur. Der Maler habe meist nur dieses nicht begründbare, leicht gedrehte oder gefaltete schmale Weiß auf den Boden seiner Interieurs gemalt statt seines Namens.

Wie eine Geste, dachte Anna, wie ein scheues, weißes Winken. Oder wie ein Pfand, das man fallen läßt, bevor das Fangen beginnt.

Ob sie wiederkommen dürfe? Der Kurator lächelte. Sie könne auch gerne Zeichnungen sehen. Anna verstand nicht. Er ging auf die weiße Gittertür zu, schloß sie auf und schob die Metallverstrebungen zurück. Kommen Sie, sagte er.

Anna betrat einen Raum von Regalfluchten mit Folianten. Das Archiv beherberge 10 000 Originalzeichnungen, Rembrandt, Rubens, van Dyck, Dürer, um nur einige zu nennen, vor allem aber Rembrandt. Frits Lugt, Sammler und Kunsthändler, der die Stiftung nach dem Krieg begründete und später beim Aufbau des Holländischen Instituts mitwirkte, habe Rembrandt geliebt. Bereits als junger Mann habe er, nach dem Besuch einer Rembrandt-Ausstellung, gewußt, daß er sein Leben der Kunst weihen wollte.

Langsam zog der Kurator einen der ledergebundenen und goldverzierten Bände aus dem Regal und stemmte ihn auf einen Tisch. Zwischen Seiten von handgeschöpftem Papier waren Originalzeichnungen Rembrandts aufbewahrt. Er blätterte vorsichtig um.

Alltagsszenen aus einer verlorenen Zeit. Zwei, drei Federstriche, ein Hauch von leicht verwischter brauner Tinte, ein Beinahe-Nichts an Konkretion, und doch wiegte die junge Mutter ihr pausbäckiges Kind auf dem Arm; der struppige Hund knurrte und bellte; ein Mädchen lächelte, als werde es sich gleich die Hände an der Schürze abstreifen und mitkommen; in einer Baumkrone zitterten Blätter; eine Windmühle stand still. Ein wenig Sepiaschatten, Stirn, Braue, Blick und die Lebensmühsal eines alten Mannes wurden offenbar.

Der Kurator schloß den Folianten. Wenn sie wolle, dürfe sie gerne Zeit mit den Zeichnungen verbringen. Man würde ihr die gewünschten Bände hinübertragen an den großen Tisch bei den Fenstern neben dem Garten. Sie könne sie bei Tageslicht studieren. Frits Lugt habe einen Raum schaffen wollen, in dem sich Besucher den Werken in Ruhe widmen konnten.

Ich darf die Zeichnungen anfassen? fragte sie.

Sicher, antwortete er, aber ich sitze dann daneben. Beide lachten.

So eine Möglichkeit werden Sie nirgendwo sonst auf der Welt finden, der Kurator legte den Folianten wieder an seinen Ort. Sie gingen hinaus. Frits Lugt habe sich auch für Handschriften interessiert. Die Stiftung verwahre 40 000 Künstlerbriefe, darunter auch zwei Briefe von Rembrandt. In einem erkläre er genau, wie man Bilder aufhängen solle, damit sie leuchteten. Es seien aber auch Briefe von modernen Malern darunter, manchmal mit kleinen Illustrationen, von Manet etwa, Matisse, von Gauguin. Der Kurator verschloß die weiße Gittertür.

Anna sah noch einmal kurz zur dunklen Frau mit dem Kind hinter dem Glas. Dann begleitete der Kurator sie durch die Räume wieder hinaus an die Tür.

Frits Lugt sei am 15. Juli 1970 in Paris auf dem Weg zu einem Kunsthändler tot zusammengebrochen, mitten auf der Straße. Der Kurator verbeugte sich zum Abschied und lächelte. Anna sah ihn fragend an.

Der 15. Juli sei doch Rembrandts Geburtstag.

4

Ihr Hotel lag bei der Metrostation »Chateau Rouge«. Im Pulk der Mitreisenden stieg Anna aus dem U-Bahnschacht die Treppe hinauf. Von oben beugten sich Afrikaner den Heraufsteigenden entgegen. Sie wedelten mit bunten Papieren. Es waren Werbekarten von Nagelstudios und Friseursalons, die Haarverlängerungen anboten oder Massagen. Anna waren die vielen kleinen Unternehmen, die peripheren Verschönerungen des weiblichen Körpers nachgingen, schon bei ihrer Ankunft aufgefallen. Es waren enge, schmale Räume, die vor allem von dunkelhäutigen Kundinnen besucht wurden. An den Kassen saßen meist Chinesen.

Anna duckte sich am Kartenwirbel vorbei, und schon hatte die Masse der Metrofahrenden sie auf die Höhe des Boulevard Barbès geschoben. Es roch nach Benzin und frischem Mais; an Holzkohlegrills standen Frauen, die wendend gelbe Kolben brieten, bis sie schwarze Male bekamen.

Anna folgte der Rue Custine. Sie kam an einer Telephonzelle vorbei und ging dann an einer Bank unter einer Platane entlang, auf der sich ein weißbärtiger Schwarzafrikaner mit seinen gebündelten Habseligkeiten eingerichtet hatte. Der Ort hatte eine gewisse Logik. Zum einen gab der Baum Geborgenheit, zum andern war da der Glaskasten, in dem man sich zwar nicht ausstrecken, aber doch vor Regen schützen konnte. Das alte Wort *Obdach* fiel ihr ein: das Obdach, des Obdachs, dem Obdach, das Obdach. Sie ging weiter. Aus Althochdeutsch, wenn sie sich recht erinnerte, *obedach,* Überdach. Im Wörterbuch vermutlich kurz nach Obacht. Schnell bog sie in die Rue de Clignancourt ein, als müsse sie den Wörtern davonlaufen.

Das Hotel war einfach und sauber. Sie hatte ein kleines Zimmer bekommen. Zu spät hatte sie bemerkt, daß Dusche und Toilette auf dem Gang lagen. Sie hätte nach einem anderen fragen können.

Anna nahm den Aschenbecher vom Tisch und stellte ihn auf einen mit schmiedeeisernen Gittern gesicherten, schmalen Balkonvorsprung. Von der Straße kam der unregelmäßig drängende Rhythmus des Feierabendverkehrs. Sie schloß die Flügeltür wieder und setzte sich. Mit der Hand fuhr sie über die Spitzen der Plastiktischdecke.

Lag es an dieser Bewegung, mit der die Geste der Frau auf dem Bild wiederkam? Das seltsame Grüßen des Kindes hinter Glas. Oder war es die Berührung der harten Spitzen? Jedenfalls war Anna zurück in der vergessenen Dorfschule in der bayrischen Provinz.

Sie hatten nicht lange dort gewohnt, zwei Jahre vielleicht. Der Vater hatte eine Stelle in einem Maschinenwerk angenommen, sich aber nicht zurechtgefunden mit der neuen Arbeit, den Kollegen. So war die kleine Familie wieder in die Stadt zurückgezogen. Sie waren als Fremde gekommen und als Fremde gegangen. Doch Anna hatte es in dem Dorf gefallen, an dessen Wegen wilder Dill wuchs und bunte Hühner über Straßen liefen, die noch nicht geteert waren.

Zwei Klassen wurden in einem Zimmer unterrichtet. Am Anfang war sie ausgelacht worden, weil sie hochdeutsch sprach und zwei Pelikan-Schulfüller besaß, einen mit blauer Tinte wie die anderen, aber eben auch noch einen mit roter. Den hatte sie dann einfach zu Hause gelassen. (Auch wenn sie gerne mit ihm schrieb. Korrigierend Fehler anstrich. Besondere Wörter, Sätze hervorhob. Die rote Tinte machte das Königsblau feierlich.)

In ihrer Klasse gab es ein Mädchen mit weizenblondem, glattem Haar, das exakt bis zu den Schultern reichte und helmartig wippte. Sie bewunderte das Mädchen. Zu ihrer Überraschung hatte dieses Mädchen sie an einem Nachmittag eingeladen mitzukommen. Wohin? hatte Anna gefragt. Auf den Fahrrädern waren sie zu einem Teich am Rand eines Waldes geradelt. Und Anna, die ein Stadtkind war, hatte gestaunt vor dem sich spiegelnden Schilf und den rosa und weißen Seerosen. Unvermittelt hatte sich das Mädchen ausgezogen, ganz nackt, und hatte ihr zugerufen, sie solle es ihr gleichtun. Schon war das Mädchen beim Wasser gewesen. Während Anna noch zögerte, war es gleich leicht eingetaucht, mit den Beinen, dem Bauch, den Schultern. Und es schwamm davon.

Anna wollte gerne auch schwimmen, aber sie schämte sich. Sie war nicht so schön wie dieses Mädchen mit den schlanken Gliedern. Sie war dick mit krummen Beinen.

So schlimm, dachte Anna jetzt an diesem Tisch in Paris,

so schlimm wird es schon nicht gewesen sein mit dem Kind Anna. Aber darum ging es ja nicht. Das Kind Anna war jedenfalls genau so unbeholfen gewesen, so linkisch, so körperlich mutlos, wie es sich fühlte. Es hatte Angst gehabt.

In seiner kleinen Mädchenscham fürchtete es, es könne nicht recht sein, sich einfach so auszuziehen und nackt zu schwimmen. Zugleich aber dachte diese kleine Anna, daß es auch etwas Wunderbares sein müsse. Daß diese ganze Szene ein unglaubliches Geschenk war, ein Geschenk, das das bewundernswert anmutige Mädchen mit ihr teilen wollte.

Es war Juli, es war warm; der See war still, das schöne Mädchen schwamm voraus.

Anna zog sich aus. Und dann bückte sie sich, griff ins Wasser, ging einige Schritte in den noch flachen See hinaus. Und schwamm los. Sie schwammen zusammen. Das Mädchen lachte. Und Anna versuchte auch zu lachen.

Ich habe mich getraut, dachte sie und sah dem Mädchen zu, wie es untertauchte und nach einigen Zügen wieder an die spiegelnde Oberfläche kam. An Schilf und Wasserblumen vorbei schwammen sie um eine schmale Insel in der Mitte des Sees herum. Aber das kleine Glück über ihr Mutigsein holte das größere Glück, sich im Glück zu vergessen, doch nicht ein.

Dieses Nacktbaden hatte keinerlei Nachspiel, niemand hatte sie beobachtet. Und auch wenn jemand sie gesehen hätte, wäre es wohl für keinen ein Problem gewesen. Außer für Annas Mutter.

Anna sah auf die Spitzen der Tischdecke. Sie waren hart. Feines gepreßtes Plastik.

In der Dorfschule hatte sie viele Stunden Handarbeiten gehabt. Anna mochte Handarbeiten nicht, sie fand das Sticken und Stricken langweilig. Wobei sie jedoch die Farben der weichen Wollen und glänzenden Fäden gern hatte. Sie wäre lieber mit den Buben gegangen, die statt in Handarbeiten in Zeichnen und Werken unterrichtet wurden.

Die Handarbeitslehrerin war eine scheue Frau von nicht bestimmbarem Alter. Anna empfand sie als durchsichtig. Sie hatte keine Kinder, war wohl auch nicht verheiratet. Sanftmütig und ein wenig ängstlich zeigte sie den Mädchen die Kreuzstiche, die Hohlsäume oder das Stricken einer doppelten Strumpfferse. Die Mädchen nahmen es hin.

Einmal, die Schulglocke hatte schon geläutet, wandte sich die Handarbeitslehrerin an Anna. Sie drückte ihr einen Knäuel Wolle in die Hand und fragte, nein, sie bat Anna, ob sie ihr nicht einen kleinen Bären daraus stricken könne. Auch Anna hatte in ihr Handarbeitsheft neben die Probemaschen für den Waschhandschuh und den Keil zum Abnehmen bei Socken das Muster eines Bären gemalt. Und alle hatten sie schon so einen Bären gestrickt. Anna, die froh war, diese Aufgabe hinter sich gebracht zu haben, verstand das Ansinnen der Lehrerin nicht. Sie nickte aber sofort. Der sanfte Wille der Durchsichtigen duldete kein Zögern. Doch Anna wußte, ihr Bär war keiner von den gleichmäßig schönen Bären der Klasse. Warum wollte die Lehrerin gerade von ihr ein Exemplar?

Zu Hause war die Mutter irritiert. Sofort machte sie sich selbst an die Aufgabe, einen Bären nach der Schulvorlage zu stricken, um so selbstverständlicher, als Anna keine große Begeisterung zeigte, die Arbeit in Angriff zu nehmen. Die Mutter also strickte die Beine, dann den überlangen Bauch, aus dem durch Abschnüren ein Hals und damit auch ein Kopf entstand. Die Ohren machte sie ebenso. Sie strickte die Arme, stopfte sie mit Watte, nähte sie an. Sie nähte den Rumpf mit den Beinen zusammen, ließ ein letztes Löchlein frei, durch das sie nun das ganze Tier sorgfältig stopfte.

Anna sah der abendlichen Beschäftigung der Mutter, der langsamen Genese des Bären, mit Unbehagen zu. Sie ahnte, daß hier etwas prinzipiell nicht stimmte. Nur was?

Als die Mutter aber das Gesicht des Bären aufzusticken begann, wußte sie es. Und sie schob dieses Wissen weit weg von sich. Sie schämte sich abgründig. Und sie wollte sich nicht schämen. Was konnte sie denn dafür, daß die Handarbeitslehrerin von ihr einen selbstgestrickten Bären wollte. Ausgerechnet von ihr!

Anna lehnte sich zurück. Sie hätte jetzt gerne geraucht. Warum fiel ihr diese alte Geschichte aus dem Dorf ein, hier in Paris, in einem kleinen, sauberen Hotel? Weil die Frau auf dem dunklen Bild sich dem fremden Kind zuwandte, in einer rätselhaften Weise?

Die Handarbeitslehrerin hatte das Kind Anna gern gehabt. Der Gedanke durchfuhr Anna jetzt wie ein uralter Schmerz. Gern gehabt! Wer hatte Anna in ihrem fünfzigjährigen Leben gern gehabt? Ihr Mann. Ihre Kinder. Freundinnen und Freunde. Ja sicher. Fraglos. Aber sie hatten ja auch miteinander gelebt. Es war ein gegenseitiges Gernhaben gewesen, ein Lieben auch, das ins Leben eingebunden war.

Anna streifte über die steifen Spitzen. Sie überlegte, ob sie hinuntergehen sollte, um Zigaretten zu kaufen. Sie hatte Angst vor den komplizierten, mehrfach gesicherten Türen, vor der fremden Nacht. Und ließ es sein.

Diese Handarbeitslehrerin hatte etwas in Händen haben wollen, was in ihren, in Annas kindlichen Händen entstanden war. Etwas, das Annas Gesicht trug, in Form eines Bärenblicks, aus einigen Stichen dunkler Wolle. Ein kleines Original von Anna.

Die Mutter hatte das sofort begriffen und deshalb vereitelt. Das Liebesrecht an Anna, Annas Herzens- und Handarbeiten gehörten nur ihr. Sie war in jedem Sinn ihr ein und alles. Denn vor allem hatte die Mutter Anna gern gehabt. Auf ihre traurig-gierige Weise geliebt. Als einen körperlichen Trost für die Zumutung, leben zu müssen.

Als Anna dann den Bären, der schön gestrickt, aber sicher kein Bär von Anna war (und er hatte ein altes Gesicht, die Mutter konnte das nicht), der Handarbeitslehrerin in die Hand drückte, glaubte sie für einen Moment, sich übergeben zu müssen. Sie erbrach sich aber nicht, sondern verschluckte auch noch dieses Würgen und ging leise auf ihren Platz zurück. Sie sah nicht auf. Ihre Zöpfe fielen ihr herunter bis zum Schoß. Die Stunde ging vorüber.

Anna stützte die Ellenbogen auf die französischen Plastikspitzen. Die Lehrerin hatte ihr damals, ungeachtet der Enttäuschung – die sie geschmerzt und wohl auch beschämt haben mußte –, in der nächsten Stunde ein Geschenk überreicht. Anna öffnete es nicht. Zu Hause gab sie es der Mutter, die es unverzüglich aufmachte.

Es waren sechs Spitzentaschentücher. Weiß mit Spitzenrändern in Hellblau, Flieder, Rosa, in einem Flachsgelb, einem hellen Orange und in Weiß. Die breiten Spitzen, so breit, daß der weiße Taschentuchstoff fast als Vorwand schien, waren in allerfeinstem, in millimeterdünnem, merzerisiertem Garn ebenmäßig ausgeführt. Sie waren in ihrer Art vollkommen.

SECHSTES BILD, ZWEITER TAG

I

Auch das wäre möglich, dachte sie. Mit Rembrandt-Zeichnungen leben. Eine Dame in gelbem Kostüm grüßte und schloß die Eingangstür der Fondation Custodia hinter ihr. Hierher kommen und Zeit mit diesen Skizzen verbringen, auf denen alles, der Zeit zum Spott, lebendig war. Man begreift ja oft nicht, daß etwas lebt. Und dann nimmt einer ein wenig Tusche (Sepia, Bister, Galläpfel-Tinte) und erzählt mit einem Hauch Materie vom Rätsel, da zu sein.

Sie ging durch den hellen Salon, am Fenster zum Garten vorbei. Oder einmal in Gauguins Handschrift lesen. Es könnte einem schwindelig werden, wenn man daran dachte, welche Briefe hier verborgen waren.

Anna war beruhigt, als sie das Bild im Kabinett an seinem Platz sah. Für einen unverständlichen Moment hatte sie befürchtet, es könnte verschwunden sein. Sie wollte, daß es sprach. Sie erwartete es und wußte, daß dies die schlechteste Voraussetzung dafür war. Sie trat an die Glastür mit den bemalten Scheiben und sah in den Garten hinaus. Eine kleine Gesellschaft von Spatzen hatte sich um eine Regenpfütze versammelt. Die Gräser waren noch naß, die Bänke. Sie trat zurück.

In einem der ovalen Gläser im Scheibenmuster der Flügeltür war der Lebensbogen einer Frau in ihren verschiedenen Altersstufen dargestellt. Er begann links unten mit der Zahl *eins* und einem Kind im Lauflernwägelchen; es folgte *zehn*, ein Mädchen mit einer Puppe; bei *zwanzig* war eine junge Frau mit langen, blonden Locken und einem Blumenstrauß zu sehen; mit *dreißig* hielt sie, nun weiß behaubt, eine weiße Stofftasche in der Hand; die Vierzigjährige trug einen stattlichen Mühlsteinkragen und einen dunklen Henkelkorb. Der Lebenszenit war mit fünfzig Jahren gegeben. Hier wandte die Frau sich um, zurück zu ihren vergangenen Altersstufen, dabei neigte sie sich über ein Buch. Und nun schritten – ihr wiederum den Rücken zukehrend – die folgenden Lebensalter ihre Stufen hinab. In üppig fallender Robe, auch sie in einem Buch lesend, die Sechzigjährige; barhäuptig heiter die weißhaarige Frau von siebzig; noch in schmaler Anmut auf einen Stock gestützt die achtzigjährige Frau; schließlich mit zwei Stöcken, nun doch fahl und alt und tiefer gebückt, die dünne Greisin von neunzig. Der Reigen endete bei der blassen Toten, die gerade von einem Engel mit mächtigen, ausgebreiteten Flügeln und offenen Händen hingebettet worden war. Die Mitte dieses bunten Lebensbogens füllte ein gestrecktes, halbes Oval in Weiß, Beige und Grautönen. Unter der Himmelshöhe mit einem winzigen Schöpfer, einer hingetupften Auferstehung und einer darunterliegenden kleinen Fegefeuersszene, lief ein Spruchband: »gedenckt te sterven«. Und zwischen einem lockenköpfigen, rotbackig-dicken Putto links und einem nur noch vom letzten Fleisch behangenen Gerippe rechts stand der in Marmor gemeißelte Text: »Siet hoe hem alle dingen wend, hier ist't begin, hier is oock't end«. Seht, wie sich alle Dinge wenden, hier ist der Anfang, hier ist auch das Ende.

2

Ich war alt und ich war krank. Und du hast mich gemalt, deine Mutter. Du hast mich immer wieder gemalt, aber niemals so seltsam wie auf diesem Bild. Warum hast du das gemacht? Ich sitze nicht richtig auf dem Stuhl. Du hast mich schon viel überzeugender dargestellt. Auf diesem anderen Gemälde etwa, das ganz ähnlich war. Nur sitze ich dort bequem und habe ein großes Buch auf den Knien. Und lese. Und als ich dich fragte, was das soll mit diesem kippenden Stuhl, hast du nur deine Hand auf die meine gelegt. Du wolltest nicht sprechen. Es ist kalt, habe ich da gesagt, gib noch Holzscheite ins Feuer. Horch, habe ich gesagt, so ungemütlich ist es doch nicht bei uns. Warum malst du das Zimmer so karg? Wir haben einen schönen Kamin und die Truhen und die Tische, Teppiche, das Kupfer, die Kacheln. Du hast nur genickt.

Damals lag ich ja schon meist im Bett. In dem alten Schrankbett mit den Vorhängen. Ja, es war ein Bett wie ein tiefes Fenster. Und auch das hast du einmal gemalt, und wie deine Schwester, die kleine Saskia, ruhig vor diesem Bett saß und wartete und hinaussah und nichts sah, weil sie Angst um mich hatte.

Anna blieb ganz still, drehte sich nicht um, sondern blickte weiter in den Garten, auf die Gräser, die sich bogen unter dem Gewicht der Tropfen.

Und dann bist du vor mir gestorben. Jung und, ja, zart, du, mein Sohn. Aber niemand hätte ans Sterben gedacht. Es ging ganz schnell. Hingerafft, sagte man. Und schüttete weißen Kalk.

Später hat man deine Bilder, es waren ja nicht viele, mit denen des großen Vermeer verwechselt. Aber du hast doch vor ihm diese Stuben gemalt.

Was soll denn dieses Kind? fragte ich dich. Als ich es das erste Mal sah, auf dem anderen Bild, wo du mich im Stuhl sitzend und lesend maltest, da stand das Kind ja auch schon hinter der Scheibe – da war mir ganz unheimlich zu Mute. Hast du den Tod gemalt, fragte ich, der da hereinschaut durchs Fenster, mit den Augen eines Mädchens? Und du hast mich angelächelt und leise den Kopf geschüttelt. Mein Sohn, du, der Maler. Und wie zur Antwort hast du dann dieses zweite Bild gemalt. Wieder mit der Scheibe, wieder mit dem Kind. Damit es deutlicher werde. Ich glaube, Maler wissen nicht immer, was sie tun, und doch tun sie das, was sie tun müssen. Darauf muß man vertrauen, auch wenn man es nicht versteht. Mußtest du auch vertrauen? Oder warst du dir immer sicher in deiner Unsicherheit?

Es entstand eine Pause. Wie auf ein geheimes Zeichen hin waren die Spatzen aufgeflogen. Nun drehte Anna sich sehr vorsichtig um. Zum ersten Mal bemerkte sie das runde, in die Decke eingelassene Oberlicht, das eine milde Helle in den kleinen Raum warf. Da heute keine Sonne schien, war das Bild besser zu erkennen.

Ich wußte, daß ich nicht mehr viel Zeit hatte. Ich war alt. Und du wolltest mich trösten. Mit diesem Kind. Und vielleicht wolltest du auch dich trösten. Oder warnen. Hast du gespürt, daß du nicht alt werden würdest?

Ich habe es erst verstanden, als du tot warst. Wenn einer tot ist und man kann ihn nicht mehr fragen, muß man von alleine verstehen. Man hat dann einfach keine Wahl mehr. Du hast mich vor dem Fenster gemalt. Ich sah nicht hinaus, und das Kind sah nicht herein. Wir waren doch eins. Nur durch die Jahre getrennt. Eine Greisin und ein Kind. Du hast, dachte ich mir, dieses Fenster als einen Spiegel gemalt. Einen Spiegel, den es nicht gibt, den du erfunden hast, aufgestellt in der Zeit. Ich sah das Ich, das ich gewesen bin. Kurz vor meinem Ende sah ich mich als vergangenes Kind. Und das Mädchen sah, scheu und neugierig auch, in sein zukünftiges altes Gesicht. In mein Gesicht. Aber das sieht man nicht, das hast du nicht gezeigt.

Hüten, dachte ich da. Man muß sein Leben hüten wie ein Kind. Das hast du gemalt, kurz vor deinem Ende.

Anna sah auf den Nagel, auf den schmalen Schatten des Nagels in der geweißelten Wand.

Unter dem Bild stand die große, alte Sanduhr auf dem Tisch. Anna wagte nicht, sie umzudrehen. Wie lange würde der Sand brauchen, um durch seine Enge zu rieseln. Anna schaute auf das Kind. Reagierte es? Das Gesicht hinter den kleinen Glasgittern schien in ein Flimmern zu geraten. Aber sie konnte sich täuschen. Es blieb still.

Sie wußte nicht, ob sie noch einmal herkommen würde. Sie wußte nicht, wie es weiterging. Bislang war es weitergegangen. Edinburgh, Kopenhagen, dann Boston auf dem anderen Kontinent, St. Moritz im Engadin, nun Paris: ihr seltsames Spiel, Himalaya. Anna betrachtete die weiße Haube, den weißen Schal. Das Bild schwieg. Sie sah sich um. Der junge Kurator war heute nicht da. Sie verbeugte sich vor dem dunklen Gemälde, blickte noch einmal zur Tür und in den Garten, wo die Spatzen schilpten. Dann ging sie durch die schönen Räume zurück. Die Dame im gelben Kostüm stand auf von ihrem Computer und brachte sie an die Tür. Anna dankte und stieg die Marmorstufen hinunter, überquerte den kleinen Innenhof und war schon wieder im Nachmittagsverkehr der Rue de Lille.

3

Es war Abend geworden. Sie streifte durch das Viertel ihres Hotels. Junge Paare in Joggingkleidung waren unterwegs, sie zogen Kinder hinter sich her oder schoben Buggies durch den Strom der Passanten. Hunde an Leinen pinkelten nervös gegen Betonpfeiler. Alte Frauen mit dicken Fußgelenken trippelten an ihren Einkaufswagen auf Rollen, ein langes Brot zeigte gegen den Himmel wie ein Fahnenmast; Männer schlurften, die Hände in den geweiteten Hosentaschen. Manche rauchten. Manche tranken Bier an Bistrotischen an der Straße. Die Häuser waren erhellt. Jedes Licht in einem Fenster war ein Leben.

Anna stand vor einem Restaurant; ein Zeitungsausschnitt an der Scheibe zeigte, daß es erst kürzlich eröffnet worden war. Auf einer Schiefertafel neben dem Eingang waren mit Kreide zwei Tagesgerichte angeschrieben. Anna ging hinein, weil ihr die Handschrift gefiel.

Die Wirtin, die auch Serviererin und Köchin war, hielt am ausgestreckten Arm das Baguette wie ein erlegtes Tier und schnitt mit der Schere knusprige Scheiben ab; nacheinander fielen sie in einen Korb. So verlor das Brot Kopf um Kopf. In einer Glaskaraffe setzte sie den Rotwein auf den Tisch.

Der Raum war dunkel, vollgestellt mit Vitrinen und Kommoden, zwischen denen Holztische standen wie in einem Wohnzimmer. Wo die rankenden Zimmerpflanzen Platz ließen, hingen Spiegel oder alte Kinoplakate an den Wänden. »La vita è bella« neben »La dolce vita«. Und die Piaf. Nischen und Absätze boten Platz für Zeitschriften, Bücher, Schachteln und Dosen, hier und da vom Faltenwurf bunter Tücher verdeckt. In der Ecke stand ein schwarzes Klavier.

Die Pommes frites waren selbstgemacht, dicke, von Hand geschnittene, goldene Kartoffelstücke. Anna salzte nach. Mit der Gabel teilte sie den gedünsteten Fisch.

What am I doing here? Wohin denn ich? Es leben die Sterblichen von Lohn und Arbeit; wechselnd in Müh' und Ruh, ist alles freudig; warum schläft denn nimmer nur mir in der Brust der Stachel?

Sie nahm einen Schluck Wein. Friedlich und heiter ist dann das Alter.

Georg konnte die ganze Ode auswendig, Hölderlins »Abendphantasie«. Immer nahmen die Zeilen sie verführerisch mit. Auch wenn sie sich nicht so sicher war, daß bei den Sterblichen alles ausgewogen freudig wechselte, Müh' und Ruh. Und dagegen dieses heftige Ich in seinem exklusiven Unglück. Das war narzißtisch: Warum schläft nimmer nur mir der Stachel in der Brust.

Aber der Dichter konnte es sagen. Er hat der Unruhe eine Form gegeben, dem Ausgesetztsein. Und es damit für alle gesagt.

Hatte sie mit Georg alt werden wollen? Friedlich und heiter. Daran hatten sie beide kaum gedacht. Sie waren jung gewesen. Bislang.

Und jetzt verliebte sich ihr Mann in ein Mädchen. Der Altphilologe und die Referendarin. Das war auch komisch. Das war herzzerreißend und auch komisch. Niemals würde diese junge Frau die Lebenszeit, die sie beide, Anna und Georg, miteinander geteilt haben, einholen können. Anna spießte eine Kaper in der Soße auf. Aber wer sagte denn, daß sie das interessierte. Diese junge Frau wollte keine Vergangenheit, sie wollte eine Zukunft mit Georg teilen. Und Georg würde ein anderer sein dürfen in anderen Armen.

Sie kaute. Käse und Dessert lehnte sie ab. Die Wirtin warf ihr einen maßregelnden Blick zu. Anna bat um noch etwas Wein.

4

Anna war durch die nächtlichen Straßen gegangen. Manche der Nagelstudios, die sie vom Nachmittag kannte, öffneten nun Türen für intimere Dienstleistungen.

Der weißbärtige Schwarzafrikaner schlief, in seine Decke eingewickelt, auf seiner Bank unter seinem Baum. Vor ihm auf dem Boden stand eine leere Flasche Gin. Die Telephonzelle strahlte hell. Wir hätten auch zusammen trinken können, dachte Anna. Er hätte erzählt, ich hätte notiert. Wir hätten einen Sinn erfunden für eine flüchtige Nacht.

Das Hotel wirkte jetzt schäbig. Doch es roch nach der scharfen Reinlichkeit eines französischen Putzmittels. Auf dem engen Gang zeigte ein Schild kostenloses WLAN an. In Mittelklassehotels war dieser Service nicht selbstverständlich. In den armen Unterkünften schon. WLAN versprach die notwendige Utopie dazuzugehören.

Anna zog den Trenchcoat aus und schaltete ihr Notebook ein. Sie setzte sich an den Tisch mit der harten Spitzendecke aus Plastik. Sie klickte die Nachrichten an. Und auf einmal war sie nüchtern und hellwach.

Es waren dreizehn Jugendliche. Sie lagen am Strand.

Anna hatte nie ein Objekt des Ehepaars Christo gesehen. Sie kannte die Arbeiten nur von Photographien. Jetzt sah sie dreizehn Körper nebeneinander aufgereiht gleich hinter der Wasserlinie. Wie eingepackt, oder verpackt. Die Legende sagte, es handle sich um einen Strand von Sizilien. Das Wort Gestade durchfuhr sie; Italiensehnsucht. Und wenn Anna nun blitzartig (entgegen ihrem Verständnis) an Kunst dachte, war das hier doch einfach nur Leben. Oder eben nicht mehr Leben. Ein radikales Ready-Made. (Wenn ich das jetzt so sehe, dachte Anna, dann ist es ein Ready-Made.)

Man hatte angeschwemmte Leichen, die Körper von dreizehn Jugendlichen – »ragazzi«, sagte die Bildunterschrift (und Anna, die kaum Italienisch konnte, dachte bei dem Wort an Pasolinis »Ragazzi di vita«) – mit großen, weißen Tüchern bedeckt. Die Sonne schien. An den Körperseiten waren die Tücher etwas eingeschlagen. Ihr Faltenwurf erhielt im glänzenden Licht konturierte Schatten.

Sie sah die eingehüllten Körper, wie sie so aufgebahrt – aber sie waren ja nicht aufgebahrt! – nebeneinander lagen. Einer längs neben dem andern, jeder ein wenig verschieden unter seinem sehr weißen Tuch, auf einem weißen, freilich weniger weißen, nassen Sandstrand, vor dem graublauen Saum des Meeres. Man (wer?) hatte darauf geachtet, daß der Abstand zwischen den Körpern etwa gleich war. Man (wer!) hatte die Körper der jungen Männer, der Kinder (mit siebzehn Jahren war ein Mensch doch auch noch ein Kind) so hingelegt, daß sie, wie sie dalagen, schön aussahen. In einer gewissen Ordnung, zusammengehörig als Gestrandete. Vielleicht sollte diese Geste denjenigen, der hier hatte Sorgfalt walten lassen, trösten.

Es mußte windig gewesen sein. Auf dem Bild sah man, daß sich das reinweiße Tuch über den jungen toten Körpern ein wenig aufbauschte, so, als sei da doch noch etwas lebendig.

Es war nicht das erste Mal, daß Anna Photographien von angeschwemmten Menschen sah, die versucht hatten, vom afrikanischen Kontinent nach Italien zu kommen. Strandgut. Ragazzi di vita. Auch Ragazze. Und Kinder. Das wären dann vielleicht »Ragazzini«, falls es das Wort gab. Ragazzini di vita. So könnte ein Comic heißen. Allein vor Lampedusa sollen bislang 20 000 Menschen ertrunken sein. Wiederholt hatte Anna diese Zahl gelesen. Immer war da gestanden »etwa 20 000«. Nie hatte eine Zeitung geschrieben »etwa 20 007«. Dabei wäre das genauso richtig oder falsch gewesen. Bei einem Sonderangebot hätte man vielleicht 19 990 geschrieben. Die Zahlen in ihrer ungefähren Ungeheuerlichkeit waren bekannt. Wie die Gründe für die Fluchten, die Umstände der Überfahrten. Normale Skandale im Abendfernsehen, gemütliche Schanden. Warum also sah sie jetzt so genau hin? Warum konnte sie sich nicht von diesen Bildern lösen?

Es waren die Füße.

Denn nur in der Breite waren die Tücher großzügig. (Was waren das überhaupt für Tücher? Hatte da jemand Leintücher gebracht, vielleicht aus einem Krankenhaus? Wer hatte denn so schnell dreizehn große, weiße, gemangelte Tücher zur Hand an einem sizilianischen Strand? Tücher, die so schön fielen. Es waren jedenfalls nicht die üblichen praktischen grünen oder blauen Katastrophenleichensäcke, wie sie standardmäßig vor Lampedusa zum Einsatz kamen.) In der Länge aber reichten die Tücher nicht. Man hatte darauf geachtet, daß jeweils das Gesicht, der Kopf des ertrunkenen Jungen bedeckt war. Und da man zudem auch am Kopfende das Tuch umgeschlagen hatte, wohl damit der Wind den Toten nicht wieder aufdeckte und gar seinen leeren Blick freigab, fehlte der Stoff am unteren Ende des Körpers. Die Füße lagen frei.

Füße unter einem zu kurzen Leichentuch. Anna versuchte, die Zeitungsphotographie auf dem Bildschirm größer zu bekommen, aber es ging nicht. Sie konzentrierte sich. Die Füße auf der rechten Bildseite waren noch gut zu erkennen.

Sie sah aufgekrempelte Jeansbeine mit zwei nackten Füßen. Der tote Junge daneben trug nur am rechten Fuß einen weißen Turnschuh. Der neben ihm Liegende war mit guten braunen Lederschuhen ertrunken. Der nächste hatte wieder bloße Füße, man sah nur die Zehen. Da er klein war, reichte das Tuch beinahe, um ihn zu bedecken. Der Mitangeschwemmte ihm zur Seite war länger; er hatte Lappen um die Fußballen gewickelt. Der folgende trug schwarze Turnschuhe. Anna war nicht sicher, ob die Jugendlichen alle Jeans anhatten, denn sie waren ja naß; das Salzwasser dunkelte jeden Stoff ein. Der Junge mit den Lappen um die Fußballen schien auch Lappen um die Beine gewickelt zu haben. Bei den nun weiteren sah man die Beinbekleidung noch schlechter. Anna meinte auszumachen, daß von ihnen keiner mehr Schuhe trug. Aber sicher war sie nicht. War, was sie wahrnahm, ein dunkelhäutiger Fuß, war es ein Schuh? An einem der Toten glaubte sie zu erkennen, daß die beiden Fußrücken und die Schienbeingegend der Hose heller waren, so als habe man ihn länger über den Sand gezogen.

Bei fast allen jungen Toten kippten, da sie auf dem Rükken lagen, die Füße nach außen, wie Hände, die einen Ball fangen wollten. Da die Öffnungswinkel und die Größe der Füße verschieden waren, hatte ein jeder doch sein eigenes Profil, sein Muster, das in dieser Situation ein Ersatzgesicht war. Der Drittletzte der Reihe hatte die Füße übereinandergelegt, als falte er sie.

Anna berührte den Bildschirm. Die Paare der Füße waren so klein, daß sie auf ihrer Fingerspitze Platz hatten. Noch vor ein paar Stunden waren diese Füße groß gewesen, zu lebendig für ein Photo.

Man hätte sie noch leicht wärmen können. Hier, zieh doch Socken an, hätte man sagen können. Und dann mit warmem Atem pusten und mit den Händen rubbeln. Aber davor freilich hätte man ihnen entgegenschwimmen müssen.

Jetzt aber konnte Anna nicht und auch sonst niemand mehr etwas gut machen.

Ohne das Bild zu schließen, schaltete sie das Notebook aus.

Sie setzte sich auf die Bettkante.

Sie sah zurück auf ihr weißes Kissen.

Ihr Spiel, das spürte sie, näherte sich seinem Ende. Aber etwas in ihr wuchs. Sie wußte nicht, was es war.

Eine Reise fehlte noch, eine Reise für ein paar Tage. Sie ahnte, welche.

Anna ließ sich zurück aufs Bett fallen. Sie starrte gegen die weiß gekalkte Zimmerdecke.

Morgen früh würde sie Georg anrufen.

SIEBTES BILD, ERSTER TAG

I

Kleine Industrieanlagen zogen vorbei. Auf den Grünflächen saßen Möwen. Im Nieselregen glänzte alles kulissenhaft. Sie war müde. Die Klimaanlage im Schlafwagen war laut gewesen und zu kalt. Als sie die Schaffnerin bat, den eisigen Luftstrom abzustellen, hatte die bedauernd geantwortet, die Klimaanlage sei nicht regulierbar. Anna hatte T-Shirts, Pullover und Strickjacke übereinander angezogen und sich unter der dünnen Decke zusammengerollt. Sie war eingeschlafen. Kein Zoll hatte sie geweckt.

Umsteigen in Kolding. Sie war auf den Bahnsteig eines Ortes gestolpert, von dessen Existenz sie bislang nichts gewußt hatte. Sie trank heißen Tee aus einem Pappbecher; es roch nach süßem, frischgebackenem Hefeteig mit Zimt. Im Regionalzug weiter.

Anna sah über das flache Land vor der Scheibe. Die Regentropfen bildeten ein Laufmuster über dem Glas. Immer wenn zwei sich trafen, beschleunigte sich ihr Tempo und sie stürzten davon.

Sie hatte nicht mehr fliegen wollen.

Sie fuhr mit dem Finger die bewegten Rinnsale hinter der Scheibe nach. Das Fensterglas vor ihrem Gesicht war nun beschlagen, blind von ihrem Atem.

Einmal waren sie jung gewesen. Und wer weiß wie oft nah an einem zufälligen Tod. Schon als Mädchen hatte Anna manchmal im Spielen innegehalten und sich erschreckt gewundert, am Leben zu sein. Und noch als erwachsene Frau, im Hiersein doch geerdet, geschah es in einer jähen Sekunde, daß sie ihre Existenz ganz unwahrscheinlich fand. Ein sich drehendes Scherenschnittspiel vor einer Lampe, leicht abnehmbar. Aber Georg und sie waren immer durchgekommen. Kinder mit einer Glückshaut, letztlich.

Paris damals. Sie kannten sich noch kaum. Er, im dritten Semester, hatte einen Schulfreund in Paris und kein Geld. Aber sie hatte eine 125er Vespa. Vom ersten Honorar, das sie, Studentin im zweiten Semester, als freie Reporterin für eine Magazinreportage bekommen hatte, kaufte sie einen gebrauchten Roller, Piaggio. Und diese Vespa bekam keinen Kolbenfresser; sie war verläßlich, ein kleiner blauer Traktor.

München – Paris also. Sie fuhren los in der ersten Morgendämmerung. Deutsche Autobahn; in Frankreich wechselten sie auf die Route Nationale, um die Mautgebühr zu sparen.

Ein Schwarm Möwen mit marmoriertem Gefieder flog neben den Gleisen auf, Anna erschrak, so groß waren sie.

Sie trugen Helme, aber keine Motorradbekleidung. Sie hatte sich zwei oder drei Pullover angezogen und darüber einen dieser damals verbreiteten gelben, kurzen Ölmäntel; er saß hinter ihr, in einer leichten Lederjacke mit Schal. Er hatte keinen Motorradführerschein. Ab Nancy nieselte es. Es regnete nicht, es nieselte. Da sie keine Geduld und kein Geld für eine Übernachtung hatten, waren sie sicher, daß das Wetter besser werden würde. Und manchmal klarte der Himmel auch auf, aber nur, um sich für neuen Regen zu sammeln. Frierend stoppten sie an Autobahnraststätten. Sie rannten im Kreis, damit ihnen warm würde. Sie waren verliebt und rannten im Kreis, um die Pfützen herum. Nach Paris!

Natürlich spürte sie, daß sie müde wurde, aber sie wollten weiter. Es war kurz hinter Reims, da schrie er: Brems doch! Brems! Und ohne zu überlegen, hatte sie schon gebremst, mit dem Fuß auf dem Bremspedal und gleichzeitig mit der rechten Hand. Sie roch das Gemisch aus Öl und Benzin. Sie sah die Ladeklappe direkt vor sich, eine glänzende Steilwand aus Metall. Sie hatte keine Kraft mehr, aber die Sicherheit, jung zu sein. Und sie geriet in eine Überhitzung aus Mutwillen und Müdigkeit. Sie hängte sich hinter die Laster, ließ sich mitziehen. Paris, Périphérique. Als sie eingefädelt hatte, wußte sie, daß sie jetzt in der Vorhölle war. Sie übersah die Spuren nicht mehr. Sie kamen durch Tunnels. Die nassen Reifen der Lastwagen spritzten gegen das Visier des Helms, und sie hatte zu weinen begonnen. Von nun an fuhr sie blind; und er wußte, daß sie blind fuhr. Sie änderte die Spur nur, wenn sie seine Stimme hörte: Blinker links, überholen, Blinker rechts. Blinker rechts, abbiegen. Sie hing in einem bewegten System, der Motor lief. Sie war entscheidungslos. Als sie endlich den Périphérique verlassen hatten und das hallende Dröhnen hinter ihnen blieb, hielt sie am nächstbesten Straßenrand.

Sie nahmen die Helme ab. Sie waren in Paris.

Sie waren mitten in Paris. Es war ein heller, westlicher Sommerabend gegen 21 Uhr; die Sonne schien noch. Sie waren angekommen und sie kannten sich nicht aus. Nach einer Weile sagte er, daß sie falsch abgebogen seien. Sie wischte sich über die Augen. Dann fuhren sie eine weitere knappe Stunde durch sie Stadt. Sie erinnerte sich, daß sie am Arc de Triomphe vorbeikamen wie an einer Fata Morgana. Als sie in die schmale Rue Poncelet einbog, stand der Freund schon mitten auf der Straße und winkte, beide Arme immer wieder in der Luft kreuzend, als weise er ein Flugzeug ein.

Der Freund wohnte unter dem Dach in einer Chambre de Bonne und teilte sich die Toilette, ein schüsselloses Abortloch auf dem Gang, mit einem Schauspieler. Um den großzügig bemessenen Raum nicht putzen zu müssen, war man übereingekommen, ihn mit holländischen Holzschuhen zu betreten.

Das alles hatte damals etwas mit Freiheit zu tun.

Anna schloß die Augen.

Das hohle Fahrgeräusch des Zugs nahm sie mit.

Wo bist du? Wo bist du, Anna?

Anna öffnete die Augen. Sie sah in die Gedärme der Regenrinnsale. Als Georg begriffen hatte, daß sie am Telephon war, hatte er sofort gefragt, wo sie jetzt sei.

Auf Reisen hatte sie gesagt. Und dann: Paris. Und dann hatte sie gelacht und gesagt: Nein, nein. Denn Paris war ja nicht Paris. Und fast hätte sie überhört, wie er nun wiederum sagte: Wann kommst du zurück?

Und auch er hatte sich sofort korrigiert und gesagt: Wann wirst du wieder in München sein?

Der Zug bremste ab. Sie sah einen grau-gelben Bahnhof und las: Taulov. An der nächsten Station mußte sie umsteigen.

Seine Stimme hatte sie irritiert. Es war ein Wärmeschock gewesen, der weh tat. Wie sehr waren sie doch Instinktwesen. Sie reagierte auf seine Stimme, als gehöre sie noch zu ihr.

Anna sah auf ihre Hände. Was wußte sie von ihren Händen, die mit ihr gelebt hatten. Verläßliche Hände mit zehn Fingerspitzen, die tasten konnten und tippen. Blind tippen. Und schnell. Kurze Fingernägel, Ringgröße 49. Hände, von Falten überzogen wie von Wellen. Die Haut ihrer Hände war ein Meer.

Haltestelle Fredericia. Anna nahm ihr Handgepäck.

Umsteigen. Dann unglaubliche Orte weiter: Vejle, Horsens, Skanderborg, Aarhus. Wenn diese Regionen wirklich waren, war sie es auch. Saß in einer Regionalbahn mit Menschen, die hier zur Schule gingen, zur Arbeit. Alles war in Ordnung. Randers. Eine füllige ältere Frau mit einem geflochtenen Zopf schob ihr Fahrrad hinaus. Das Fahrrad hatte vorne und hinten einen Korb. Die Ränder der Körbe waren mit roten und rosa Plastikrosen geschmückt. Hobro, Aalborg, Lindholm, Brønderslev. Grüne Felder, Teiche, kleine Moore. Windmühlen am Horizont. Der Himmel war wasserfarbengrau und weit. Vraa.

Vraa? Ja, Vraa im Hinterland der Jammerbucht. Anna richtete sich in ihrem Sitz auf und klappte die Karte zusammen. Hjørring, Sindal, Tolne, Kvissel, Frederikshavn. Sie sah hohe Kräne; der Bahnhof mußte am Hafen liegen. Auf dem Nachbargleis wartete schon eine noch kleinere Bahn.

Ein Streifen Meer und Windmühlen. Dann Mischwälder, Weiden, Erlen, Pappeln, schiefe Zwergkiefern. Rote Backsteinbahnhöfe mit Birken. Auf Wiesen und Ackerwegen standen zwischen Grün und Erdschwarz Regenlachen, silberne Spiegel, auf denen Wolken lagen. Eine Campinganlage, dann wieder geduckt zwischen Waldstreifen und Äckern das eine oder andere Gehöft.

Dünen, weitläufig, mit Heide und Strandhafer bewachsen, ein Land des wandernden Sands.

Sie hatte zuerst ihre Tochter angerufen. Mit Herzklopfen. Aus Feigheit? Ein Schutzreflex? Sie wollte den Filter. Eltern lieben ihre Kinder und sie mißbrauchen sie. Übertrieb sie? War es mißbräuchlich, sich von der erwachsenen Tochter helfen zu lassen? Zögernd hatte Anna die Telephonnummer ihrer Tochter in die Tastatur des öffentlichen Fernsprechgeräts getippt. Mit zunehmendem Alter wurde das Eltern-Kinder-Land wieder unabsehbarer. Wanderdünen der Liebe, der Abhängigkeit. Und die Abschiede begannen.

Ich war noch im Louvre, hatte sie gesagt, weißt du. Watteau; Chardin; Ingres, »Die Große Badende«.

Ihre Tochter hatte kurz gezögert. Dann aber hatte sie gerufen: Ach Mama, gut, daß du wieder da bist.

2

Am Bahnhof von Skagen war der Himmel von einem ganz leichten Blau wie aus geblasenem Glas. Anna ließ den Gedanken nicht zu, daß es keinen Sinn hatte, hier zu sein. Unsicherheit war der einzige Weg; sonst kam man nirgends hin. Und ganz unsicher war sie ja nicht. Sie wollte auf dieser schmalen Landzunge stehen, wo Skagerrak und Kattegat zusammenflossen. Und der alte Aufsagerhythmus, die vergessene Schiefertafelpoesie fiel ihr wieder ein: Skagerrak, Kattegat, Großer Belt, Kleiner Belt, Sund. Der Wind kam von der Seite. Anna band den Schal fester um ihren aufgestellten Trenchcoatkragen und ging über den Bahnhofsplatz weiter Richtung Innenstadt.

Ich möchte noch nach Skagen fahren, hatte sie ihrem Mann am Telephon gesagt, an die Nordspitze von Dänemark, wo Nordsee und Ostsee zusammenkommen. Sie hatte sich geärgert, als sie spürte, daß ihre Stimme ihre Selbstverständlichkeit verlor. (Sie war eine Trivialmystikerin. Die Ehe als interkontinentaler Raum; zwei Meere, die ineinanderfließen und so weiter. Alles Symbole, alles erfundene Ziele.) Er aber war sofort in seine eintrainierte Lehrermunterkeit gesprungen. Und die Skagenmaler! hatte er erfreut geantwortet, als ob sie gerade einen Bildungsurlaub unternehmen würde.

Sie hatte ihm nicht gesagt, daß sie keine Ahnung hatte von Malern in Skagen. Aber da hatte er schon weitergesprochen und fremde Namen aufgezählt. Als ob sie sich nichts zu sagen gehabt hätten in diesen Minuten, nach vier Wochen der Trennung. Die dänische Avantgarde, wunderbar! Sie hatte nicht reagiert. Ich bin die Avantgarde, hätte sie sagen mögen, die lausige Avantgarde meiner selbst. Der Vortrupp zu Aufklärungszwecken, die kleinste Kampfeinheit, bereit zur Feindberührung mit allen meinen Ichs.

Wie geht es dir? hatte sie gefragt, um etwas zu sagen. Und sich schon wieder geärgert. Er hatte geschwiegen. Sie hatte geschwiegen. Warum hatte sie ihn angerufen! Was gab es zu sagen in einer lauten Telephonzelle in Paris, Gare du Nord, nach München in die stille Idylle einer alten Gartensiedlung. Was hatte er mit den toten Jugendlichen zu tun? Was hatte sie mit ihnen zu tun? Auch nichts. Nur daß das Bild sie berührt hatte. Und warum? Weil sie es unbegreiflich fand, dieses erbarmungslose Sterben der Jungen für ein bißchen Hoffnung auf Leben. Weil sie selbst alt war? Weil ihr eigener kommender Tod neu vor ihr stand.

Entschuldige, sagte sie. Und hatte sagen wollen: Ich bin noch da. Aber auch dieser Satz wäre absurd gewesen. Was sollte das heißen? Ich lebe noch? Natürlich lebte sie noch. Darum ging es ja nicht. Und doch ging es darum.

Und so hatte sie sich noch einmal entschuldigt und gesagt, sie werde bald zurück sein in München.

Würde sie das? Und was dann?

Anna folgte einer Fußgängerzone. Menschen in Regenmänteln saßen aufrecht auf Fahrrädern und grüßten, wenn sie aneinander vorbeifuhren. Anna empfand das Dänische als eine freundliche Sprache.

Sie bog in eine schmale Straße mit niedrigen Häusern ein. Der Wind brachte einen schnellen Streifen Sonne. Und sofort blendete alles. Sie war auf dem Weg zum ältesten Gasthof von Skagen (er war ihr im Netz aufgefallen); es sollte sich um das nördlichste Hotel Dänemarks handeln, nicht weit vom Bahnhof entfernt. Hinter weißen Gartenzäunen tropften Rosen. Die niedrigen, in einem hellen, fast gelben Ocker getünchten Häuser hatten tiefe, rote Ziegeldächer, die an den Seiten mit weiß gemalten Schlußsteinen abgesetzt waren. Auch viele Giebellinien waren weiß. Jedes Haus hatte seine Grundstücksbegrenzung durch Reihen weißer Holzlatten. Ab und an flatterten an hohen Stangen Wimpel, winzige dänische Fahnen wie Korrekturzeichen.

Sie kam an einem Museumsgarten vorbei. Ein Plakat mit zwei Frauen, die in weißen Kleidern einen Strand entlanggingen, kündigte eine Sonderausstellung an. Anna überquerte die Straße zum Brøndums-Hotel. Auf dem Rasen standen Tische und Bänke, bereit für den Nachmittagskaffee. Durch eine gläserne Front weißer Sprossenfenster sah sie in einen großen, weiß eingedeckten Speisesaal, in dem Menschen bei den Resten ihrer Mahlzeit saßen. Sie sah silberne Kerzenleuchter mit weißen Kerzen und Wein- und Wassergläser verschiedener Höhe und Kelchgröße. Auf den ersten Blick war dort niemand allein. Das Grün von kletternder

Klematis zitterte im Wind und lief mit dem klaren Sonnenlicht weiter als Schatten über die rote Backsteinmauer.

An der Rezeption sprach sie Englisch; sie bekam einen Schlüssel und ging eine hölzerne Stiege hinauf. Ihr Zimmer war klein. Ein schmales Bett mit weißer Bettwäsche, ein Tisch aus Holz, ein Thonetstuhl, ein Waschbecken. (Toilette und Dusche lagen über dem Flur.) Die Tür und die kleinen Fenster neben der Dachschräge waren weiß gestrichen, der Boden bestand aus hellen Holzplanken. Die von der weißen Bodenleiste bis zur weißen Decke reichende Tapete (auch die Schräge war tapeziert) hatte ein sehr feines Streifenmuster auf altlinnenfarbenem Grund. Feine Linien in rosa, dunkelrot, grau, wie auf den Herrenhemden einer verlorenen, gut gebügelten Festlichkeit.

Anna stellte ihre Tasche auf den Boden und setzte sich auf die Bettkante. Vom Garten unten kam jetzt das unverständliche Sprachwehen einer Gästeschar, gemischt mit den klickenden Rhythmen von Besteck und stabilem Restaurantporzellan.

3

Sie war gleich losgegangen. Bis nach Grenen, der Landzunge, an deren Spitze sich zwei Meere trafen, waren es etwa drei Kilometer. Grenen, las sie, hieß: der Zweig. Anna bog vom Hotel in den Oddervej ein, der bald Fyrvej hieß. Sie sah ein nachgebautes Leuchtfeuer, eine Art riesige, hölzerne Pumpe. Offensichtlich konnte ein gelöcherter Eimer mit Glut und Feuer damit auf- und abbewegt werden, um so die kommenden Schiffe vor der flachen Landzunge zu warnen. Ein zweischneidiges Unterfangen, denn die Ladungen aus Schiffbrüchen gehörten neben der Fischerei einst zu den Haupteinnahmen der Bewohner dieses seltsamen Landes.

Hinter einem kleinen Wäldchen begann das Areal eines Campingplatzes. Es roch nach Fisch und frühen Ferien. Der Sommer war noch nicht da, aber die ersten Touristen säuberten schon in emsiger Vorfreude ihre Campingwagen. Anna sah über Sanddornsträucher und Heide. Auf den Dünenhügeln bog sich borstiges Gras im Wind. Fahrräder überholten sie, Menschen joggten mit Hunden, deren Fell beim Laufen in Wellen fiel. Nach dem Parkplatz begann ein Sandweg durch niedrige Dünen. Anna kam an einem deutschen Bunker aus dem Zweiten Weltkrieg vorbei. Er barg jetzt ein Museum. Dann begann der Strand.

Im Anschlagen der Wellen malte sich das Meer dunkel in den Sand und lief in leichter, weißer Gischt wieder zurück. Da, wo der Sand feucht war, war er fest. Anna ging nah an der Wasserlinie. Vor ihr mußte jemand gelaufen sein, der Erdbeeren gegessen hatte, denn in regelmäßigen Abständen sah sie das kleine Sternengrün der Kelchblätter und manchmal noch den Rest eines nicht ganz abgebissenen Fruchtkörpers. Und schon war sie neugierig auf diesen Strandgänger, diese Strandgängerin, als könne mit den Erdbeeren eine Geschichte beginnen. Anna trat auf Steine, auf lappige und gekräuselte Algenfetzen. Sie wunderte sich, daß es wenig Muscheln gab. Immer wieder sah sie hingespülte Felder von grau-weißen Schneckenhäusern, spitze Türmchen, die von einem leicht gezackten Muschelschalenfuß in einer Spirale aufstiegen. Jede nach oben schmaler werdende Windung war mit Zeilen kleiner Erhebungen ausgezeichnet. Wenn man mit dem Finger darüber strich, verloren sie ein wenig von ihrer weißen Kalkschicht und wurden dunkel wie Noten oder Buchstaben.

Manchmal bückte sie sich in der Illusion, ein Stück Bernstein gefunden zu haben. Und wenn sie das honiggelbe Ding prüfend in die Hand nahm und sich fragte, ob es wirklich ein Bernstein sei, dann wußte sie doch: Ein Stück Bernstein ist von einer fraglosen Leichtigkeit. Mußte man erst überlegen, war es keiner.

Von weitem erkannte sie jetzt die Spitze der Landzunge. Sie wußte, sie lief den Strand des Kattegat entlang. Der Streifen jenseits des Wassers war Schweden. Kattegat hieß: Katzenloch. Was für eine Wasserkatze schlüpfte da durch die Meerengen? Gleich würde sie die Wellen des Skagerrak sehen. Skagerrak hieß: die Wasserstraße von Skagen. Ein Schwarm kleiner Vögel flog auf. Paare kamen ihr entgegen. Niemand aß Erdbeeren. Sie sah hochgekrempelte Hosen und den bleichen Gleichschritt nackter Schienbeine.

An der Landspitze photographierte sich eine asiatische Familie. Das zahnlückige Mädchen lachte unter einer lila Brille; so wie es auf seine neonorangenen Turnschuhe achtete, mußten sie neu sein. Der Bruder hüpfte mit einem Batman-T-Shirt unter der offenen, wattierten Jacke und versuchte, kurz abhebend, eine Mimikry an die aufgeplusterten Strandvögel. Die Mutter und der Vater steckten in legerer Unisex-Sportkleidung. Vergnügt sprangen die vier um sich herum und photographierten einander in verschiedenen Kombinationen mit ihren Handys. Als sie den Platz freigaben, übernahm ihn sofort eine deutsche Familie mit zwei langbeinigen Mädchen, die wie Reiher nun in verzögerten Schritten weiter über die beidseitig überflutete Landzunge bis ins Wasser traten. Kreischend begannen sie, sich anzuspritzen. Wo im harten Wind die Wellen der zwei Meere aufeinandertrafen, trieben sich die kleinen Wasserkämme gegenseitig hoch wie spielende Hunde. Anna sah in die wirren Brodelmuster.

Der Wind kam von Osten. Die Wellen des Kattegat waren stärker. Über Zonen von Grau und Grün verlief die gemischte See am Horizont endlich in ein tiefes Indigo. Zwei junge norwegische Paare waren hinzugekommen. Sie baten Anna, sie zu photographieren. Lachend, die Haare vom

Wind im Gesicht, standen sie dicht nebeneinander, sich alle vier im Rücken umfassend, als könnte der Schulterschluß vor dem Auslöser ihr Glück besiegeln. Anna machte einige Aufnahmen. Sie sah noch einmal über die Sandzunge in die aufsteilenden Wellen der Brandung. Dann drehte sie sich um. Jetzt erst bemerkte sie ein Schild, das vor Strudeln warnte. »Lebensgefahr« stand in verschiedenen Sprachen unter einem Piktogramm, das Schwimmen an dieser Stelle verbot.

An Sielen standen Möwen.

Anna bückte sich nach einer der Schneckenhausspiralen, die in geschwungenen Zacken ausliefen wie der Beginn einer Blüte oder einer Schwimmflosse. Und steckte sie in die Trenchcoattasche.

Am Abend ging sie an den Hafen. Sie setzte sich an einen der vielen Holztische, die vor jedem der wie Schachteln aneinandergebauten, zweistöckigen Fischrestaurants standen. Auf den Bänken lagen dicke Felle. Von hohen Gasheizlampen kam Wärme. Dicke Möwen schritten einher. Die Masten kleiner Schiffe schaukelten. Dahinter lagen große Schiffe wie Wände.

SIEBTES BILD, ZWEITER TAG

I

Anna stand in einem alten, holzverkleideten Speisesaal, in dessen Paneele Ölbilder eingefügt waren. In der Mitte ein Tisch, Stühle. Es war der erste Raum des Skagens-Museums. Sie sah sich um; sie las in den ausliegenden Broschüren.

In den siebziger Jahren des 19. Jahrhunderts war Brøndums-Hotel (mit kleinem Laden und Ausschank) ein Treffpunkt der Dorfbewohner, der Fischer gewesen. Während der Sommermonate aber wurde der Gasthof zum Zentrum einer kleinen Künstlerkolonie. Maler, Musiker, Schriftsteller, Kunstkritiker kehrten ein beim Ehepaar Erik und Anna Hedevig Brøndum mit seinen sieben Kindern. Oft bezahlten die Maler mit Bildern, schenkten Gemälde, so daß im Gasthof eine Kunstsammlung wuchs.

Während der Erweiterung und Renovierung des Hotels 1891 wurden die Gemälde in die Gestaltung des Speisesaals einbezogen. Als 1908 das Skagens-Museum geplant wurde, die Blütezeit der Skagenmaler war vorüber, beschloß man, den Speisesaal als einen historischen Raum ins Museum zu übernehmen. Doch Degn Brøndum, der Sohn, der den Gasthof nun leitete, wollte den alten Speisesaal noch so lange im Haus belassen, wie er und seine Geschwister lebten. Während der deutschen Besatzung Dänemarks wurden die Bilder versteckt, denn die Nationalsozialisten benutzten Brøndums Speisesaal als Turnhalle. Erst 1946 konnte der Raum in das Museum überführt werden.

Anna strich über die Lehne eines der Stühle. Wer mochte auf ihm gesessen haben? Ein alter Speisesaal, Lebensraum einer Künstlergeselligkeit und zugleich ihr Museum. Sie sah Friese von Portraits, darunter Meeres- und Dünen-Landschaften, Genrebilder mit Fischern.

Sie aßen und tranken im Schutz ihrer Bilder. Anna sah einen hellen Schafskopf, der in seinem Blut auf einem weißblauen Teller lag.

Sie ging weiter. Sie malten sich gegenseitig, sie malten sich beim Malen. Sie inszenierten sich. So schufen sie eine kleine, freidenkende Sommergesellschaft im strengen Fischerort Skagen am Ende der dänischen Welt. Dunkle Winter, stellte sich Anna vor, eine Härte der Lebensführung (am Anfang gab es in Brøndums Gasthof kein Wasser auf den Zimmern, weil der Wirt sich morgens im Meer wusch; das sollte seinen Gästen auch recht sein). Eine rigide Religion (nach der Heirat trugen die Frauen schwarz).

Und dann dieses helle Sommerleben der Maler. Peder Severin Krøyer, der berühmteste unter ihnen – als er nach Skagen kam, war er in ganz Dänemark bekannt – malte den blauesten Himmel, das blaueste Meer. Und immer wieder seine schöne, sechzehn Jahre jüngere Frau Marie. Er hatte Marie, Tochter deutscher Eltern, in Paris kennengelernt, wo sie im Atelier von Puvis de Chavannes Stunden nahm. Er malte sie im weißen Kleid, das bis auf den Strand fiel. Marie mit Hund, Marie mit ihm und Hund, Marie mit Anna.

Ein Raum war Bildern von Marie Krøyer und Anna Ancher vorbehalten. Zwei Freundinnen, die in Paris zusammen gemalt hatten. Sie waren die einzigen Frauen der Künstlerkolonie. Anna blieb vor einem Bild von Marie Krøyer stehen. Es zeigte die Rückenansicht einer Frau mit hellblauer Bluse und flachshellem Rock an einem Webstuhl. Ihr Rükken war breit; die Beckenpartie im Bildvordergrund ausladend, das Licht fiel in spiegelnden Flecken auf ihr Gesäß. Von einer schmalen Bank aus sandfarbenem Holz beugte sie sich leicht nach rechts über einen Streifen weißes Linnen. Ihre weiße Haube erinnerte an eine Wolke. Das Blau der Bluse ging über in das Blau eines ungewissen Hintergrunds. Das Bild mußte in einem Zimmer spielen, aber es war in das raumweite, helle Blau einer Meerlandschaft getaucht.

Daneben hing ein Bild von Anna Ancher mit einem alten Paar, das beieinandersitzend Möwen rupfte. Anna dachte an Segantinis kopfüber gehängte weiße Gans.

Noch rupften sie die Federn und dann rupften sie die Farben.

Nun eine junge Frau in der Küche. Man sah sie nur von hinten, roter langer Rock, schwarze anliegende Bluse oder Jacke, das war nicht auszumachen. Sie stand an einer Art Spüle mit angrenzendem Arbeitsbrett. Durch das Fenster vor ihr fiel Licht. Auch durch eine leicht geöffnete Tür rechts kam Licht herein. In bunten Flecken lief es über den Boden wie Mäuse.

Das ist die höfliche Verweigerung des Motivs, dachte Anna. Zwei alte Leute rupfen Möwen, das war ein klares Sujet, fraglos pittoresk. Aber was sollte diese junge Frau in der Küche, wenn man gar nicht sah, was sie tat? Beiläufig lagen links auf einer Bank Blumenkohl und Rüben, eine Platte mit Fisch stand da, ein Aal schlängelte sich herab. Welch ein Genre! Wie oft wurden Fische in all ihrer naßschillernden Farbigkeit präsentiert, hier lagen sie im Halbschatten wie vergessen. Und was zeigte das Bild? Sonnenlicht, das durch einen lichten Vorhang in eine Küche fiel und das Fensterkreuz auf dem Stoff in einer schwingenden Bewegung auflöste.

Bitte, dreh dich um, dachte Anna und sah auf den Rükken der jungen Frau.

Aber neben ihr standen schon neue Schauwillige und diskutierten leise. Und so ging sie weiter.

2

Sie bewegte sich unter dänischen Touristen und spürte: An diesen Wänden hingen nationale Ikonen. Ein Pulk von Besuchern staute sich vor einem großen, wandfüllenden Gemälde: »Johannisfeuer am Strand von Skagen«, 1906. Ausliegende Blätter mit Legenden erklärten das Bild. Anna las. Der 1900 an Syphilis erkrankte Peder Severin Krøyer, er war verschiedentlich in Heilanstalten gewesen, hatte Jahre an diesem Johannisfeuer gemalt. Ein Schmerzensbild, eine Ehegeschichte. Er hatte die schöne, junge Marie von Paris weg geheiratet und einige Sommer nach Skagen gebracht, wo sie als Malerin, bald als Innenarchitektin im Kreis der Künstler aufgenommen wurde. Inspiriert von der englischen »Arts and Crafts«-Bewegung hatte sie begonnen, Möbel zu entwerfen. Sie hatte auch Brøndums Speisesaal mitgestaltet. Das Malen hatte sie zunehmend aufgegeben, spätestens seit sie mit Vibeke Mutter geworden war.

Auf einer Italienreise 1902, Vibeke war sieben Jahre alt, lernte sie den schwedischen Komponisten Hugo Alfvén kennen. Sie verliebte sich in den fünf Jahre jüngeren Mann. Sie wollte die Scheidung, die Severin Krøyer verweigerte; stattdessen lud der alte Maler den jungen Komponisten wiederholt nach Skagen ein. Und der kam. Das alles sollte doch zu regeln sein.

Die Mitte des Bildes war leer, ein vom lodernden Feuer erhellter Raum. Rechts und links standen die Skagenkünstler, einige Dorfbewohner, im Vordergrund sitzen Kinder auf dem Boden. Alle sehen auf das Feuer. Der Bildaufbau erinnerte an Gauguins »Vision nach der Predigt«; aber hier war ein Kampf vorbei. Kannten sich die beiden Künstler? Krøyer hatte noch vor Gauguin in der Bretagne gemalt; in Concarneau, aber auch im nahen Pont-Aven.

Die Flammen des baumhohen Johannisfeuers züngelten auf das im Dunkel des Hintergrunds etwas abseits stehende Paar. Der junge Komponist mit Strohhut und Anzug wie ein Dandy, die Hände in den Hosentaschen, Marie mit weißem Hut und weißem Kleid, eine schöne Silhouette, an ihn geschmiegt, den Kopf leicht abgewandt. Beide lehnten sich an ein Boot, als seien sie zwar dabei, aber gehörten nicht mehr zur Szene. Vor ihnen hüpften, leicht skizziert wie sprühende Funken, Kinder.

Das Schauen der Künstler, der Dorfgemeinschaft rahmte das lodernde Feuer, das die Höhe des Sommers feierte, bevor die Tage kürzer wurden. Doch der Künstler, der sie alle malte, erkennbar viele – auch den alten Dichter Drachmann mit seiner jungen Frau, auch den Maler Michael Ancher mit Anna Ancher (nicht in Schwarz, sondern ernst und aufrecht im grünen Mantel), auch sein Kind Vibeke –, erzählte von der Neige der Skagener Malerkolonie, vom Scheitern seiner Ehe mit der verlockenden Mädchenfrau, von ihrer Liebe zum jüngeren Komponisten. Sein Bild entzündete das

Sonnwendfeuer seines Lebens als Skagenmaler. Drei Jahre nach Vollendung des Bildes ist Peder Severin Krøyer 48jährig in Skagen gestorben.

Anna beobachtete, wie die kundigen dänischen Besucher über die Identitäten der Personen auf dem Bild und ihre Lebensläufe diskutierten, als seien es Familienmitglieder.

Als »Johannisfeuer am Strand von Skagen« beendet war, hatte Krøyer bereits in die Scheidung eingewilligt. Marie war von Hugo Alfvén schwanger geworden, da war es ihm richtig erschienen, sie freizugeben. Marie gebar ein Mädchen. Doch nun erklärte der junge Liebhaber, er sei schon verheiratet; er hatte Marie von Anfang an betrogen.

Einige Jahre später kam es doch zur Ehe zwischen dem Komponisten und der etwas älteren Mutter seiner Tochter. Die Ehe wurde 1936 wieder geschieden. Marie Krøyer-Alfvén sollte noch vier Jahre leben. Sie wurde 73 Jahre alt. Als Künstlerin war sie vergessen.

Anna ging weiter, vorbei an lebensecht gemalten Fischern, die Boote an Land zogen, an Schiffen in Seenot; sie sah das Totengebet für einen Matrosen, und enge, arme Stuben, in denen Menschen mit faltigen Gesichtern saßen. Dann wieder Strände, Möwen. Sie sah Farben, die den Dünen, der Gischt ganz treu sein wollten, und Farben, die schon deutlich damit spielten, sich parallel zur Natur in ihre eigenen Zonen aufzumachen.

3

Beim Hinausgehen blieb sie vor einem Paar in einer abendlichen Stube stehen. Gegen den rechten Bildrand saßen Frau und Mann nebeneinander auf zwei Stühlen und betrachteten gemeinsam ein Ölbild, das im Abstand der Tischlänge links auf einer Staffelei stand. Über einem dunklen Vordergrund erkannte man das rote Kleid der Frau als Lichtstreifen auf Brust, Armen, Schoß. Sie war entspannt zurückgelehnt, schaute dabei aber prüfend zum Gemälde. Er blieb etwas hinter ihr, in der Haltung aufrechter, doch wie sie ernst auf das Bild konzentriert. Von einer runden Tischlampe, deren Kugelglas sich im Spiegel wiederholte, fiel Licht auf ihre zwei Gesichter. Die Umrisse ihrer Figuren aber gingen im Dunkel ineinander über, als seien sie nur ein Körper. Es waren Michael und Anna Ancher, gemalt von Anna Ancher, die am Abend ruhig ihr geleistetes Tagwerk betrachteten.

Zum Museum gehörte ein Garten, ein langgestrecktes, niedriges Gartenhaus, einst die erste gemeinsame Wohnung des Malerpaares. Nun hatte in den Räumen ein Café seinen Ort gefunden mit hellen Tischen und Stühlen. Auf einem weißen Tischtuch standen verschiedene selbstgebackene Kuchen. Weiche und knusprige Kuchenpersönlichkeiten, mit Schokoladenguß, Streuseln, Cremefüllung. Eine Tür führte in einen zweiten Raum. Da war es wieder, das rotschwarze Mädchen in der Küche. Diesmal als Plakat. Langsam betrat Anna die niedrige Stube und nickte einem älteren Ehepaar zu, das hier zeitungslesend seinen Tee trank. Offensichtlich hing das Plakat da, weil das Bild in diesem Raum entstanden war. Anna verglich die Fenster, die Türen. Im Haushalt von Anna und Michael Ancher mußte dieses Zimmerchen einst als eine Art Vorküche für gröbere Arbeiten gedient haben. Sie sah noch einmal zu dem Fenster, das sie vom Gemälde kannte.

Anna setzte sich an einen der Tische im Garten zwischen den Rosen. Der Rhabarberkuchen mit der zimtigen Mandeldecke war noch warm.

4

Anna Ancher war das einzige der sieben Brøndum-Kinder, das geheiratet hatte. Ihr einziges Kind Helga blieb ledig. Helga Ancher malte, sie reiste. Aber ihr Lebenswerk wurde die Verantwortung für das Erbe ihrer Eltern. Nach dem Tod ihrer Mutter 1935 (ihr Vater war 1927 gestorben), hat sie die alten Wohnräume, in die ihre Eltern nach ihrer Geburt gezogen waren, als ein Museum erhalten.

Das Haus lag wenige Schritte vom Skagens-Museum entfernt am Markvej. Anna bekam baumwollene Stoffüberzüge für die Schuhe, dann durfte sie hineingehen. Sofort erkannte sie das Sofa wieder, den Tisch und die Blumen. Sie hatte es in Kopenhagen gesehen, in der Hammershøi-Ausstellung. Auf dem Bild, das die lesende Frau hinter dem leuchtenden Mohnblumenstrauß zeigte. Auch jetzt stand vor dem Sofa auf dem Tisch ein Strauß mit roten Blüten. Offensichtlich wurden die Räume nach den Bildern noch einmal belebt, und sei es durch Blumen.

Es waren Zimmer voller Fragmente von Geschichten. Kaum eine Stelle an den Wänden, an der kein Bild, kein Spiegel hing. Kaum eine Ecke ohne Tischchen, und überall schien es Stühle zu geben für immer noch einen neu eintretenden

Freund, der als Erinnerung und Dank ein Bild zurückließ: zur Hochzeit, zur Silberhochzeit, zu den Geburtstagen von Anna oder Michael. An mehrere kleine und größere Stuben schloß sich ein Erweiterungsbau an. Nun fast ein Salon mit langem Tisch, auf dem in holländischer Manier ein Orientteppich lag.

Am Kopfende ein Stuhl, eine Krone in die Lehne geschnitzt; hier hatte Christian gesessen, der spätere König von Dänemark, um den sich antifaschistische Legenden ranken. Während der deutschen Besatzungszeit habe er einem euphorischen Geburtstagsschreiben von Hitler kühl in Kürzeln geantwortet: »Meinen besten Dank. Chr. Rex.« Der Diktator war beleidigt.

Eine Küche mit blauem Schrank und blauen Möbeln, auf dem eisernen Herd eine blaue Emaillekanne. Mehl-, Salz-, Grießtöpfe aus Fayence, im Geschirrschrank Teller mit Blüten auf weißem Grund.

Anna betrat das üppige Salon-Atelier von Michael Ancher. Unter einer dunklen Balkendecke ein Reich von Plüsch und Troddeln. Der Schreibschrank mit barocken Schnitzereien, das Empiresofa aus Mahagoni, die mit rotem Wolldamast überpolsterten Stühle. Dazwischen Skizzenbücher, Zeitungsausschnitte, die Staffelei. Gemälde an den Wänden, auf den Tischen, Tischchen, Ablagen, am Boden. Tagebuchtafeln eines Malerlebens.

Hier hing auch das Bild, das Zeitgenossen als skandalös empfunden hatten. In großem Hochformat zeigte Michael

Ancher seine Frau schwanger und selbstbewußt an der offenen Tür. Schön, fast statuarisch stand sie da, bereit zum Ausgang. Den Blick übers Land, dem kommenden Kind entgegen. An der Schwelle, ihr freudig entgegenschnuppernd, der Jagdhund. Und daneben das Echo des Freundes: Krøyer malte Michael Ancher, während der dieses Bild schuf.

Gleich im Nebenraum ein anderer Kontinent: weiß gestrichene Wände, Oberlicht, dazu ein Ost- und ein Nordfenster – das schmale Atelier von Anna Ancher.

Anna hatte diesen Raum gerade im Skagens-Museum als Gemälde gesehen: der blaue Vorhang, der kleine runde Tisch mit dem Strauß blauer Blüten. Nun stand sie gleichsam im Bild. Das Atelier war hell, der Vorhang, die Blüten, die Schatten waren blau. Es lag ein bewegtes Schimmern im Raum. Aber nicht so blau, nicht so flimmernd, nicht dieser Glanz des Bildes. In dieser Werkstatt hatte Anna Ancher sich ihr Licht erfunden.

Auf einer Kommode standen Becher voll immer wieder ausgewaschener Pinsel, eine abgegriffene Holzkiste mit Farben. Daneben die leere Staffelei.

SIEBTES BILD, DRITTER TAG

I

Man muß mit den Bildern allein sein. Man muß sich vor den Audiogeräten hüten. Die Bilder sind scheu, sie brauchen Ruhe. Noch einmal, dachte Anna, noch einmal soll es gelingen. Sie wählte eine spätere Stunde. Bitte, dreh dich um, dachte sie. Sie sah auf den roten Rock, die schwarze Bluse oder Weste. Zwei starke Farbflächen, eine Frau. Sie sah auf den Nacken. Sie hatte Zeit, sie konnte morgen wiederkommen und übermorgen.

Sie kamen mit dem Bau der Eisenbahn. Es war nicht lange, nachdem die Strecke von Hjørring nach Frederikshavn fertig war. Ich war dreizehn. Da kamen die ersten Künstler. Ich glaube, bei den ersten war Holger Drachmann dabei, der Marinemaler und Dichter, und eben Karl Madsen, der junge Maler von der Kopenhagener Akademie. Er mochte mich. Und als er sah, daß ich ihm zusah, da gab er mir Pastellkreide und Papier. Und er zeigte mir ein wenig. Über den Winter habe ich weitergeübt, und als er im folgenden Sommer kam, konnte ich schon etwas. Nun gab er mir regelrecht Unterricht, wir zogen zusammen in die Dünen. Im Jahr darauf brachte er seinen Freund Michael mit. Auch er von der Kunstakademie Kopenhagen. Er war sehr freundlich und auch ernst. Die Eltern luden ihn zu meiner Konfirmation ein. Und heimlich verlobten wir uns. In diesem Jahr waren dann auch Viggo Johansen dabei und Laurits Tuxen, er wurde später Hofmaler. Und im kommenden Winter durfte ich, wie meine Schwestern, nach Kopenhagen gehen, aber ich mußte nicht wie sie auf die Hauswirtschaftsschule. Die Eltern erlaubten, daß ich auf eine private Malschule ging. Die Skagenmaler hatten gesagt, ich sei begabt. Und meine Mutter glaubte ihnen.

Aber vielleicht lag es auch an Hans Christian Andersen! Während einer Jütlandreise machte er bei uns Halt. Vom 17. auf den 18. August 1859 übernachtete er im Gasthof. Und meine Mutter, hochschwanger, hat sich wohl aufgeregt über diesen hohen Besuch. Jedenfalls brachte sie mich am 18. August auf die Welt. Und sie nahm das als Zeichen, daß ich ein besonderes Kind war; ich hatte den Segen des Dichters der kleinen Meerjungfrau.

Drei Winter lang lernte ich in Kopenhagen an einer privaten Malschule (Frauen durften nicht an die Akademie), und im Sommer lernte ich mit den Skagenmalern.

1880 heirateten wir alle in einem Sommer. Im Juni Karl Madsen meine Cousine Henriette; im August Viggo Johansen meine Cousine Martha (sie starb ein Jahr später bei der Geburt ihres ersten Kindes). An meinem 21. Geburtstag heirateten Michael und ich. Die ersten vier Jahre wohnten wir im Gartenhaus. Im Sommer 1883 kam Helga auf die Welt. Ein Jahr später zogen wir in das größere Haus am Markvej. Ich habe immer gemalt.

1882 lernten wir den umschwärmten Peder Severin Krøyer in Wien kennen. Wir luden ihn nach Skagen ein; er kam noch im selben Sommer. Wir nannten ihn Søren, und er wurde unser Freund. Er hatte in Frankreich gemalt, in Spanien, in Italien. Für seine »Italienischen Dorfhutmacher« war er beim Pariser Salon ausgezeichnet worden. Wir waren stolz, daß er kam. In diesem Jahr kam auch der junge Oscar Björck und im darauffolgenden Georg Brandes. Er hat über uns geschrieben, er hat uns bekannt gemacht; und Christian Krohg blieb fast ein halbes Jahr.

Marie habe ich in Paris kennengelernt. Im Atelier von Puvis de Chavannes. Das war 1889. Sie war acht Jahre jünger als ich. Und achtmal so schön. Søren war auch in Paris; er hat sie gemalt und im selben Jahr geheiratet. Es war im Sommer, an seinem 38. Geburtstag; sie war sechzehn Jahre jünger als er. Er war so vernarrt in sie. Er brachte sie mit nach Skagen. Wir wurden Freundinnen, wenn man das so sagen kann.

Es gibt dieses Bild von uns. Søren hat es nach einer Photographie gemalt. Die Kleider waren gar nicht so schön. Aber er hat uns gemalt wie weiße Prinzessinnen. Über den Strand schwebend mit diesen langen Kleidern, Schärpen um die Taillen. Irgendwie unerreichbar. Und letztlich blieb Marie das für ihn ja auch.

Sie war gefährlich schön. Augen wie eine Katze, hohe Backenknochen, über einem so ebenmäßig geschwungenen Mund. Manchmal dachte ich, ihr Beruf, das war Verführen. Warum malst du nicht mehr, habe ich sie gefragt.

Einmal hat sie gesagt: Es braucht Mut, um Talent zu haben. Aber Mut hatte sie doch. Diese Geschichte mit dem schwedischen Komponisten, mit dem sie dann in Skagen gelebt hat. Bis sie schwanger wurde von ihm und Søren in die Scheidung einwilligte, dann ging sie nach Schweden. Vibeke blieb bei ihrem Vater. So viel Herzeleid um die Liebe.

Mir hat Søren Freiheit gegeben, ich habe gesehen, wie er mit dem Licht umgegangen ist. Oder Krohg. Sie haben sich getraut. Und ich hatte ja an keiner Akademie gelernt, ich sah, was sie machten, und dann habe ich es, wie es mir richtig schien, weitergeführt. Michael war viel gebundener an Lehrmeinungen. Er hatte den Abschluß an der Akademie nicht geschafft. Aber er hing an der Akademie. Er war ein sehr guter Maler; er blieb am Motiv.

Mich hat etwas anderes interessiert. Als ich die kleine Helga malte, wie sie vor dem Bett kniet, fragten sie mich, warum ich das gemalt hätte. Sie wollten eine religiöse Antwort. Wegen der Farben, habe ich gesagt. Und sie schüttelten die Köpfe und sahen auf das Weiß des Bettes, das Rot der Decke, das bunte Weiß des Kinderkleidchens. Das schöne Dunkel des Zimmers. Das Licht hat mich interessiert. Die Blumen, die Vorhänge in meinem Atelier. Es war das Licht, das alles lebendig machte. Ich war keine Pleinair-Malerin. Oder ich war eine Pleinair-Malerin im Interieur. Marie hätte das auch gekonnt. Und kühner! Ich liebte ihr Bild mit der Leinenweberin. Wenn ich fragte, warum malst du nicht mehr, hat sie mit den Schultern gezuckt. Sie hat dann begonnen, Möbel zu entwerfen. Sie hatte einen wunderbaren Blick für Zimmer.

Man setzt sich weniger aus im Kunsthandwerk. Das habe ich schon verstanden. Sie hat sich im Leben ausgesetzt. Ihre Lieben waren ihre Kunstwerke. Rückhaltlos. Zwei Kinder von zwei Männern, damals! Einfach war das nicht. Und dann hat ihre junge Liebe nicht zu ihr gehalten. Er hat für sie komponiert. In Liedern mit ihr gelebt. Aber vor dem Alltag hatte er Angst.

Michael und ich hatten Glück. Vielleicht weil wir uns schätzten, auch wenn wir verschieden waren. Ich schätzte und achtete, daß er am Motiv blieb. Er ließ mir meine Freiheit. Er sah ja, was ich tat. Niemals hätte er sich das zugestanden; aber mich ließ er machen.

Und es fiel ja auch nicht so auf. Meine kleinen Momente in den Stuben.

Ich habe am »Mädchen in der Küche« lange gearbeitet. Es gibt Entwürfe, da sitzt ein Kind hinter der Tür. Nein, nicht Helga, Helga war gerade erst geboren, am Tag nach meinem 24. Geburtstag. Einfach ein Kind sitzt da. Vielleicht weil ich mich über mein Kind freute. Aber das Kind lenkte ab. Ich habe eine Kiste darübergemalt. Eine Kiste ist ein Farbton, eine Form. Eine Kiste will nicht mehr sein. Sie nimmt keine Aufmerksamkeit weg.

Ich war glücklich mit den Farben; je lebendiger sie wurden, um so froher wurde ich. Skagen mit den langen Wintern, aber ich malte Licht. Das war wohl meine Art von Liebe.

Das Mädchen wendete sich leicht und sah aufrecht über die Schulter.

Und Anna sah Anna Ancher ins Gesicht.

Aber bevor sie sich sicher sein konnte, ob sie ihr tatsächlich zulächelte, mit ernsten Augen, hatte die Figur sich schon wieder umgedreht. Und war ein Rot und ein Schwarz und ein Nacken im Anflug des Flimmerns.

2

Es war ihr letzter Abend. Sie saß am Hafen und sah den dikken Möwen zu. Der Wind hatte etwas nachgelassen, und doch war sie froh über das Schaffell und die Wärmelampe. Sie trank Wein.

Manche Möwen watschelten, manche schritten. Manche waren sehr groß und hatten breite, gebogene Schnäbel. Flogen sie auf, konnte man unter ihrem gesprenkelten Deckgefieder einen weißen, aufgefächerten Schwanz sehen mit einem schwarzen Rand. Andere Vögel waren ganz grau. Es gab kleine weiße Möwen.

Es gab Möwen, die schrien wie ein im Wind quietschendes Ladenschild. Manche bellten wie ein heiserer Hund. Sie sah Möwen mit roten Beinen. Und Möwen mit grauen. Manche standen gerade da und andere x-beinig. Im Hafenbecken schwammen Möwen, als ob sie auf dem Wasser schliefen.

Viele Tische in der gleichförmigen Reihe der Hafenrestaurants waren besetzt an diesem Samstagabend, aber lange nicht alle. Es fehlten noch einige Wochen bis zum Sommer. Anna sah Paaren nach, Kinderwagen, Hunden, ohne sie wirklich zu beobachten. Sie würde nach München zurückreisen, langsam mit dem Zug. Eine dicke Möwe tapste auf sie zu. Pickte etwas vom Boden und machte wieder kehrt. Und als Anna nun langsam hochsah, kam ihr der Fall eines wollenen Mantelstoffs entgegen, den sie kannte.

Georg, sagte sie.

Er nickte und blieb stehen. Sie stand auf.

Sie sahen sich an, wie durch Glas. Sie hatten sich gut vier Wochen nicht gesehen. Er hatte mit einer jungen Frau gelebt; sie mit Bildern. Sie hatten sich beide verändert.

Sein Gesicht war leicht gerötet vom Wind; er trug den Kragen hochgestellt. Anna mochte diesen alten, langen Mantel aus Mailand. Ein unverwüstliches Stück, an dem er hing. Er war beim Friseur gewesen; seine graumelierten Locken waren etwas kürzer, als er sie sonst trug. Er sah jünger und ein wenig fremd aus. Sein unerwartetes Auftauchen war ein Messerstich, und sie erschrak, weil sie sich mit dem Schmerz doch auch freute.

– Wie hast du mich gefunden?

– Es ist nett, daß du nicht fragst, warum ich dich gesucht habe.

Anna sah ihn an, als sei dieser Satz ein Übergriff.

– Wir haben ein gemeinsames Konto (seine Stimme wurde vorsichtiger). Es war nicht schwer, anhand deiner Abhebungen zu sehen, wo du warst. Und als du am Telephon in Paris sagtest, du würdest nach Skagen fahren, da habe ich mich auch auf den Weg gemacht. Er zeigte gegen den Tisch.

– Ich kann mich zu dir setzen?

Anna nickte.

Sie spürte, daß er unsicher war. Aber es gehörte zu seinem Beruf, kritische Situationen überspielen zu können. Sie war auch unsicher, und immer merkte man es ihr an.

Es gibt hier keine Kellner, die servieren, sagte sie. Du mußt, was du möchtest, drinnen selbst holen. Sie zeigte zur offenen Tür, hinter der die Theke mit dem frischen, auf Eis gebetteten Fisch lag. Er stand auf.

Die Möwen waren laut. Eine blaue Luft voll quietschender Ladenschilder und heiserer Hunde. Anna sah auf die Armee von Schiffsmasten. Er war ihr nachgefahren. Wollte er sie abholen, nach München begleiten? Vier Wochen sind lang, wenn man aneinander denkt, aber nicht miteinander spricht. Auf einmal kam es ihr vor, daß nicht nur er sie betrogen hatte. Auch sie hatte sich von ihm entfernt. Und das nicht wegen einer Nacht mit dem blauen Mann.

Er kam zurück und stellte ein Glas Tee auf den Tisch. Und sie schwiegen.

Was ist mit uns passiert? fragte er schließlich.

– Daß du in Triest nicht allein warst? Das kommt in den besten Familien vor.

– Sei nicht zynisch.

– Und in den schlechten auch. Ich bin nicht zynisch. Anna beobachtete eine Möwe, die sich mit einer zweiten um eine gebackene Kartoffel stritt. Beide Möwen bekamen auf einmal eine geierhafte Kopf- und Halshaltung. Dann flatterten sie gegeneinander hoch mit weiten Schwingen. Und waren Adler.

– Gut, ich habe dich betrogen, mit einer jungen Kollegin. Er wischte Krümel vom Tisch, die nicht da waren.

Er suchte ihren Blick. Anna sah zu den zwei Möwen hinüber.

– Mein Gott, ich war nicht treu. Er betonte die Wörter einzeln und klar, als seien sie eine Vorlage zum Übersetzen. Und dann wußte er nicht weiter. Und sie wußte auch nicht weiter und zog ihren Mantel enger zusammen. Sie mußten jetzt ja nicht alles erklären.

– Es war auch gut, weißt du. Kannst du das verstehen?

Die Kartoffel war in zwei Teile gebrochen. Beide Vögel pickten an ihrem Stück. Anna legte ihr Kinn in die Hände ihrer aufgestützten Arme. Die Masten der Schiffe schaukelten.

Es gibt eine Treue sich selbst gegenüber, sagte sie unvermittelt. Und eine Treue gegenüber dem Augenblick. Sie zögerte. Sie wußte nicht, ob sie das sagen wollte, was sie jetzt sagte. Und fuhr fort, als sagte sie es zu sich selbst. Es gibt Augenblicke, auf die muß man sich einlassen. Erst dann kann man weiter. Verletzt vielleicht.

Er schwieg, er lächelte: Dann bin ich ein Anfänger des Augenblicks.

Sie lachte auf. Anfänger des Augenblicks, wiederholte sie. Wie würden die alten Griechen das sagen?

– Die alten Griechen würden das nicht sagen.

Er sah immer noch gut aus. Die kurzen Locken schon mehr grau als dunkel, aber die Gesichtszüge klar geschnitten. Seine Augen, hyperrealistischer Samt. Er kam ihr mit seinen Händen auf dem Tisch entgegen. Sie tat, als bemerke sie es nicht. Er trug seinen Ehering.

– Anna, ich bin gekommen, weil du mir wichtig bist.

Anfänger des Augenblicks, sagte sie, das ist schön. Wir leben auch mit Wörtern.

– Wir zwei haben immer mit Wörtern gelebt. Mit ›Weißt du noch‹ und ›Es war einmal‹. Der Teelöffel schlug an die Innenseite des Glases, eine unregelmäßige Glocke.

Da stand diese junge Frau im Lehrerzimmer, sagte er. Und mit ihr die abenteuerliche Idee, noch einmal beginnen zu können, mit so einem Reh.

– Reh?

Entschuldige. Er begann mit dem Salzstreuer zu spielen. Es war dieses Berauschtsein an Jugend. Aber dadurch wirst du nicht selber jünger. Darin lag der Verrat. Auch an mir selbst. Nicht in leidenschaftlichen Nächten. Er fuhr mit der Hand über den Ärmel seines Mantels. Und doch. Sie schenkte mir etwas, das ich nicht mehr erwartet hatte. Das geht nicht gegen dich. Ich weiß, das klingt unsinnig. Er setzte den Salzstreuer um wie eine Schachfigur.

Und während Anna nun etwas sagte wie, daß es Ehen gäbe, da sei der Mann alt und die Frau jung oder umgekehrt, und daß solche Ehen hielten und hingegen andere mit gleichaltrigen Paaren scheiterten, da sah sie doch vor allem auf die cashmereschimmernden Falten seines schönen, alten Mantelstoffs. Der Faden war gesponnen aus dem Unterfell von Gebirgsziegen aus dem Himalaya.

Er hatte weitergesprochen. Ob sie ihn wirklich noch einmal als jungen Vater sähe? Kreissaalführung, hatte er gesagt, Krabbelgruppe, F-Jugend-Kinderfußball, Kieferorthopädie, Ponylager und Musikschule. Elternpflegschaftsabende, Klassenlehrergespräche, und dann das alkoholisierte Amen beim Abiball.

Daß du diesen Mantel immer noch hast, sagte sie.

Er lehnte sich zurück. Sie sah gegen den Himmel, der sich jetzt leicht rosa tönte. Rosa Bellen überall, rosa rostiges Kreischen. Die Masten der Schiffe eine schaukelnde Schraffur.

– Du weißt, daß ich das nicht mehr kann. Dieses Brüten und Flüggewerdenlassen. Wir haben unsere Kinder; wir haben unser Leben mit den Kindern gelebt. Wir haben viele Fehler gemacht, miteinander –

Sie schwiegen. Anna nahm einen Schluck Wein. Er rührte im Tee; das Zuckertütchen lag unberührt neben dem Glas.

Wir haben nicht auf uns aufgepaßt, sagte Anna. Wir waren beide beschäftigt, wir haben uns arrangiert. Schmerzlos arrangiert. Um die Klassenzimmer und Redaktionen herum. Das war normal. Ich habe immer weniger von dir erwartet. Aber vor allem habe ich nichts mehr von mir erwartet. Auf mich habe ich am wenigsten aufgepaßt. Vielleicht verlernt man das mit den Kindern. Wir haben die Kinder gehütet. Und dann standen wir da, zwei arbeitslose Familienhirten.

– Aber wir haben uns nie miteinander gelangweilt.

– Wir haben uns verlaufen ohne die kleine Herde. Und da hast du eine andere Frau getroffen und dich verliebt.

Er legte seine Hände um das Teeglas, als müsse er sie wärmen. Weißt du, was ich an dir schätze? Er sah sie kurz an. Daß du keine Begabung zur Bitterkeit hast. Es gibt so bittere Frauen.

– Das Leben ist kostbar. Als du eben dastandst, habe ich es wieder gewußt. Gegen alles, was ich wollte. Wir haben nur das.

– Wir haben noch einige Jahre. Vermutlich. Er machte eine Rochade mit dem Salzstreuer und dem Teelöffel.

Er lächelte nicht. Er sagte, komm, laß uns gehen. Sie fragte nicht: Wohin? Sie standen auf. Sie reihten sich ein in die flanierenden Paare, Kinderwagen, Hunde. Er legte seinen Arm um sie, und sie ließ es zu.

Später, im Gehen, legte sie ihren Kopf gegen sein Schlüsselbein. Wie früher. Paßgenau, dachte sie, paßgenau nach einem halben Leben Gemeinsamkeit. Der eheliche Körper. Gespenstisch. Er hat diese junge Frau geliebt. Wie wichtig war sie ihm noch? Und sie selbst? Waren ihre Besuche bei den Bildern nicht auch Seitensprünge gewesen?

Das Licht, sagte sie.

Das Licht hier am Hafen ist unglaublich, sagte er. Ein Himmel über zwei Meeren. Kein Wunder, daß all diese Maler nach Nordjütland kamen, nach Skagen. Es war die Zeit des Impressionismus, aber dieses Licht muß für sie ein Katalysator gewesen sein. Es zwang sie zur Moderne.

Nein, das meinte ich nicht, sagte sie. Ich dachte an eine Malerin von hier, Anna Ancher, die Frau von Michael Ancher, das jüngste Kind, die kleine Skagener Wirtstochter vom Brøndums-Hotel. Sie hat hingesehen, selbständig genau hingesehen. Ihr Kind in der blauen Stube, ihre Großmutter auf dem Sofa, die blinde Frau in den Sonnenflekken. Die gelben oder blauen Schatten auf einer Wand. Und dann hat sie es für sich gemalt. Stärker gemalt. So, wie sie es wollte, wie es ihr richtig schien. Das Licht. Als etwas Fließendes, etwas Lebendiges. Ja, als *das* Lebendige.

Ihr Arm faßte ihn enger um die Taille; sie spürte seinen Hüftknochen. Ihre Schritte waren synchron.

– Sie war die einzige der Skagenmaler, die hier geboren wurde und die auch in den Wintern blieb. Die in Skagen blieb, bei den Fischern, ihr Leben lang: Es braucht Mut, um Talent zu haben! Ihre Freundin Marie, die aufhörte zu malen, hat das gesagt. Aber sie hat es getan.

Sie bogen ab und gingen an einem leeren Hafenbekken entlang, in dem sich der wasserblaue Himmel spiegelte.

– Was hast du gemacht, die ganze Zeit, in all diesen Städten?

– Ach, wie früher. Ich war in Museen, in Galerien. Ich habe mir Bilder angesehen. Wenn man wartet, sprechen sie manchmal mit einem. Sie lachte. Ich habe das nicht gewußt. Aber es ist mir geschehen.

– Die Bilder haben mit dir gesprochen?

Anna zögerte. Sie griff in ihre Manteltasche. Ja, sagte sie und gab ihm die Schneckenhausspirale mit dem gezackten Rand und den Linien wie Noten oder Buchstaben.

– Was ist das?

– Nichts, nur vom Strand hier. Es gab viele davon, ich fand sie schön.

Das sinkende Licht lag jetzt auf den Mauern der Hafenhallen. Oben hockten Möwen mit dunklen Schnäbeln wie Protokollanten.

– Einmal, ich war noch ein Kind, zehn Jahre vielleicht, da sollte ich einen Bären stricken.

– Einen Bären?

– Ja, im Handarbeitsunterricht, wir hatten das gelernt. Und obwohl ich nicht gut stricken konnte, hat sich die Handarbeitslehrerin einen Bären von mir gewünscht. Ich habe das nicht verstanden, und dann habe ich mir den Bären nicht zugetraut. Meine Mutter hat den Bären gestrickt und ihm ein ganz falsches Gesicht aufgestickt. Die Handarbeitslehrerin hat natürlich gemerkt, daß nicht ich den Bären gemacht habe. Sie war enttäuscht. Vermutlich fühlte sie sich auch ertappt. Sie hätte lieber einen lumpigen Bären gewollt, der von mir war, als einen perfekten von meiner Mutter.

– Und?

– Das war schon alles. Ich weiß nicht, warum mir das jetzt einfällt.

– Vielleicht darf man keine Angst vor einem lumpigen Bären haben. Wenn das Gesicht stimmt.

Sie spürte seinen Hüftknochen, senkte den Kopf und beobachtete das Laufmuster ihrer gemeinsamen Schritte. Hier ging ein alter Paarhufer.

Es gibt noch eine Geschichte, sagte sie, auch von einem seltsamen Geschenk, von einer Spindel.

– Erzähl!

–Vielleicht später.

Er blieb stehen. Der Wind blies ihr ins Gesicht. Sie löste ihren Arm und sah ihn an. Er lächelte; sie mußte blinzeln.

Vielleicht hatte sie ihn mehr verlassen als er sie. Etwas war mit ihr geschehen. Sie verstand es noch nicht recht. Aber sie fühlte es, so sicher, wie sie den Bildern zugehört hatte. Und es machte sie glücklich.

Sie drehte sich um, lehnte ihren Kopf zurück an seinen Mantelkragen. Sie standen nun hintereinander. Und sahen gegen das Granatapfelblütenlicht an der Betonmauer der Fischfabrik.

Angelika Overath

Alle Farben des Schnees

Senter Tagebuch

256 Seiten, btb 74418

Wie lebt es sich an einem Sehnsuchtsort?

Ferienorte sind flüchtige Heimat. Oft verbinden sie sich mit dem Wunsch, für immer bleiben zu können. Und doch reisen wir ab. In der Regel. Die Reporterin und Romanautorin Angelika Overath hat sich zusammen mit ihrem Mann und dem jüngsten Sohn aufgemacht, aus einem Traum Realität werden zu lassen. Die Familie ist nach Sent ins Unterengadin gezogen. Ihr Buch erzählt, wie sich Wahrnehmungen und Lebensweise ändern, wenn das Feriendorf in den Bergen zum festen Wohnort wird.

» ... spannender als jeder Roman.«
Brigitte

»Ein wunderbares Buch: unprätentiös die Autorin, heiter und neugierig die Grundstimmung, still und poetisch der Stil.«
Financial Times Deutschland

btb

Angelika Overath

Flughafenfische

Roman

176 Seiten, btb 74245

Wo sich die Lebenslinien dreier Menschen kreuzen.

In der Ortlosigkeit eines Flughafens kreuzen sich die Lebenslinien dreier Menschen. Eine erschöpfte Magazinphotographin gerät vor dem Riffaquarium der Transithalle in den Schwindel fragmentierter Reisebilder aus Afrika und Asien. Sie empfindet eine seltsame Nähe zu dem Mann, der hier die stillen Tiere pflegt wie seine Kinder. Während sich zwischen den beiden eine verschwiegene Liebe entwickelt, geht nebenan im Raucherfoyer eine Ehe zu Ende. Variiert werden im Wendekreis der Fische die Muster von Sehnsucht, Einsamkeit und Paarung …

»Klug. Bewegend. Zärtlich.«
Neue Zürcher Zeitung

»Eine Erzählung mit starker Nachwirkung … Da ist kein Wort zu viel. Jeder Satz sitzt.«
Ruth Klüger, Die Literarische Welt

Juli Zeh

Schilf

Roman

384 Seiten, btb 73806

Sebastian kann mit seinem Leben mehr als zufrieden sein. Vielleicht hat er ein bisschen zu viel von seinem physikalischen Talent zugunsten seiner Familie aufgegeben. Sein alter Freund Oskar, auch er ein Genie der theoretischen Physik, erinnert ihn zuweilen daran. Als Sebastian seinen Sohn in ein Ferienlager fahren will, findet er sich unversehens in einem Alptraum wieder. Der Sohn wird entführt, und er bekommt ihn erst wieder, wenn er einen Mord begeht …

»Man hält das Buch in den Händen wie ein kostbares Kleinod, so prall gefüllt ist es mit überraschenden Erkenntnissen, schönen Sätzen, poetischen Bildern und kunstvollen Dialogen. Kein Zweifel: Juli Zeh schreibt ganz wunderbar.«

Amelie Fried